人間出版社
中國作家協會

馬小淘——著

那些伶牙俐齒背後的世故與感傷

石曉楓（臺灣師範大學國文系教授）

今（二〇一五）年六月，馬小淘在台灣《聯合報》副刊發表了一篇談八〇後作家的作品，我注意到她行文間的討論與自我省視：

所謂「80後」趕上了匱乏的尾巴，又迎來了發展的春天，好像和一直遭罪的前人不同，也區別於生來就見識繁榮的後輩。但是我忽然覺得，地球那麼大，歷史那麼長，代際可能並沒我們想像得那麼鮮明。也許人與人真的沒有那麼不同，不過是自命不凡或者被另眼相待。

評論家們意圖打造的代際命題與視野，她一筆勾消，輕描淡寫地指出其中更遼遠、更深層的某些體會。從十七歲出版第一本隨筆集迄今，這位早慧早發型的創作者已累積了六本創作，在寫作路上行走多年，她對所謂的寫作動機、創作觀、代際差異等問題沒有太大意見，是隨興或是嘲弄任人解讀，馬小淘只表態會踏上寫作之路，純粹基於「好奇和迷惑」。在對世事的好奇與迷惑裡，她冷雋觀察，提出想法，並且在且行且寫、且迷惑且清明的創作之途裡，敏銳洞視到自我的侷限。

《春夕》裡所收的六個中短篇〈不是我說你〉、〈牛麗莎白〉、〈你讓我難過〉、〈春夕〉、〈毛胚夫妻〉以及〈兩次別離〉，寫作時間跨度約有六年，但整體觀之卻表徵了高度的一致性與個人風格。就題材而言，馬小淘在此部小說裡所注目者，多為浮世男女的情感世界，〈不是我說你〉、〈毛胚夫妻〉及〈兩次別離〉寫的是愛情，〈牛麗莎白〉主要寫的是友誼，而〈你讓我難過〉、〈春夕〉則兼寫愛情與友誼。在這些故事裡，主要角色多來自於廣播專業，「林翩翩」作為廣播學院高材生，以電台播音員的職業現身，固然是重複出現的名字，其他如〈毛胚夫妻〉裡的雷烈與溫小暖，是廣播學院播音系畢業的師兄妹；〈春夕〉裡的江小諾是錄音師，鍾澤則以「金嗓子」令人驚豔，凡此也暗合作者本行，可見馬小淘自有其熟悉和偏愛的小說背景。至於〈牛麗莎白〉裡牛麗莎、沈源彼此的外貌特徵與情誼淵源考，到了〈你讓我難過〉裡的林翩翩、戴安娜間，又頗有些類似的映照。

馬小淘寫愛情，在〈不是我說你〉裡便可看出驚人的才賦。這是篇電台故事，同時也是聲音的故事，或許作者並不擅於依賴「行動」來塑造人物形象，但在此篇小說裡，她選擇以「聲音」作為切入點，無疑加深了讀者對角色的想像空間。而將背景置放於廣播的專業環境下，整篇小說也充滿了聲音表情：標題節奏明快、對話則伶俐傳神，在嬉笑怒罵中，馬小淘一邊寫情感的無奈，一邊也嘲弄了電台節目商業化競爭的虛偽。至於友誼部分，單看〈春夕〉裡寫江小諾與蕊妮之間的勾心鬥角，一句「女人之間，憤恨、理解，往往都是沒道理的一瞬間」下得輕巧，卻盡得神髓。〈牛麗莎白〉則是一篇關於綽號的故事，小說裡寫牛麗莎在父母、友朋間遭受的挫折與挫敗，那些輕描淡寫、舉重若輕的「惡意」，即使以貌似善意的形式表達，還是造成了傷害。

在對角色的評斷裡，馬小淘展現了相當明確的好惡投射，例如她對惡俗的鄙夷。〈毛胚夫妻〉裡溫小暖嫌棄雷烈氣若游絲、生活窘迫的夢境惡俗；而對於雷烈前情人沙雪婷的俗麗，敘事者亦不憚表露出乏味與虛偽的批評。〈不是我說你〉裡的林翩翩對於惡俗何等厭惡與鄙夷？然而其涉入的愛情故事，卻是俗濫的奔四中年男子與初入職場青春女子間之糾葛。〈你讓我難過〉裡的林翩翩也何等清高？但卻扮演了最惡俗的「小三」角色。那麼敘事者鍾意的生活是什麼？〈毛胚夫妻〉裡的「蟻族」可為代表。胸無大志的溫小暖，放棄優秀的專業能力，廿餘歲就過上退休生活，把全部注意力都放在網上，過著雖無聊卻歡樂的逆生長日子。瀕臨破滅的婚姻、一對彼此幾乎審美疲勞的夫妻，卻因與故舊、前情人的聚會而發生逆轉，靈魂的高度自由彰顯了物質性的寒傖，溫小暖的毛病成了難得的優點，這種皆大歡喜的轉念，可說對生活投予了更本質的注視。

意念的完整與精神氣質的一貫，是馬小淘敘事的一大特色。在這些篇章裡，所有角色幾乎都是伶牙俐齒的，那些幽默犀利的對話、明快而聰明的筆調，充分表徵了八〇後的刁鑽與機靈，簡直活生生一作者現身於字裡行間。但看此段文字：

> 周圍的人前仆後繼進了圍城，絕大多數都是速戰速決，從認識到熱戀進而結婚，一年半載而已。反正也不打算眼裡常含淚水，乾脆也別堅持愛得深沉了。……何況活著總是疲於奔命，縱使沒甚麼野心，無意飛黃騰達，每天還是要起早貪黑討生活，哪有心思琢磨什麼山無稜天地合的大手筆。那都是有閒階級幹的，傷筋動骨上天入地，勞心勞力破壞免疫力。
>
> （〈兩次別離〉）

玩世不恭的語調一路急奔而下，寫盡了八〇後的尷尬困境，感情空窗的剩女、疏離的人際關係與假作熱情的社交型態，謝點點的慵懶完全反映了這一代對理想、愛情與婚姻的無望，一切彷彿只能靠著耍嘴皮子得過且過。

於是牛麗莎的醜、牛麗莎的自嘲自損、牛麗莎豁達裡隱含悲愴的語調，至收束竟有了輕微的恐怖感。而林翩翩伶牙俐齒間，更難掩偶現的傷感。〈不是我說你〉、〈你讓我難過〉兩個故事裡的林翩翩都是乾淨俐落，令男人省心的角色，她有合理要求、非分要求都不提的清高，安靜愛人、不愛乾淨走開的自尊要強，然而所有的超脫大氣都是演的，〈不是我說你〉裡的無所求與豁達，竟是以委屈和迎合為底色；〈你讓我難過〉裡兩段無出路的感情、在婚姻國度間的徬徨與淒涼，以及油嘴滑舌背後的恐慌，更暴露了對感情高度的不安與不信任感。而初戀情人的陰影、層疊重複的關係，更是馬小淘作品裡屢次出現的情意結，〈春夕〉裡江小諾懷疑鍾澤另有一氣質激似自己的神祕初戀女友「春夕」，與〈你讓我難過〉裡「小三」林翩翩發現自己與鍾澤之妻的神似，難道不是文本的互涉與反諷？馬小淘無論寫中年男子的成熟與疲勞，或年輕女子脆弱的凶猛，都剖析得透澈而世故，行文間充滿了洞察情感後的冷然與悲哀，凡此對於人性內層的剖析，是其著力處也正是其迷人之處。

然而敘事者又是善於自我解套的，〈春夕〉裡的「但行好事，莫問前程」；〈兩次別離〉裡「這一切必須為她正常的人生讓路，必須囫圇吞棗地過去。對於擦肩而過的人和事，是不是真相其實沒關係」的豁達，以及〈不是我說你〉裡「完美是個圈套，相安無事就好，別要求太高，別委屈就好」的自我寬慰，雖然略帶些蒼涼無奈，卻亦直指不折不扣的自適與自處之道。正是在這些佻達、世故而淡然的收束裡，我們讀到所謂八〇後那種直面現實的生猛與活力、那種日常背後的底勁與韌性。

目錄

不是我說你

一、舊的去

「親愛的大學生朋友們，節目到這裡，翩翩又要和大家告別了。這一次和以往不同，下週的這一時段，我的聲音不會再出現在電波裡。在這個惜別的時刻，我心中湧動著複雜的情緒。很高興這個夏天和你們一起走過，在告別校園多年後，又一次和大家分享了青澀的祕密。節目的最後，為大家送上老狼的〈藍色理想〉，祝願收音機前的同學們愉快健康的生活，早日實現自己的理想。」林翩翩用幽幽的聲音説罷這些，對著導播擠了擠左眼，揮了揮右手，長舒了一口氣。這是她在《青春進行時》最後一次播音，這一次結束，這個節目就進墳墓了。她像個剛發送了孩子的繼母，短暫的悲痛過後，輕易地接受了無言的結局。

一個月前台裡通知《青春進行時》要下，理由是收聽率太低。編導們都跟挨了一悶棍似的，個個拉著個疼痛的長臉。林翩翩剛聽到消息時，心裡也咯噔了一下，但沒幾分鐘後，她笑了。

差不多了，這種無聊的小節目也該到壽了，再耗下去不過是迴光返照。節目被台裡叫停，倒是及時提醒她另謀出路，別混吃等死，荒廢了專業。林翩翩總是這樣，不被外部刺激就不改變生活，比如她不愛她男朋友卻從來沒盤算過分手，比如她不喜歡台裡的盒飯卻從來沒抱怨過。她覺得這都是應該的，就好像不打下課鈴，老師講得再無聊也不能走一樣。《青春進行時》開播還不到一年，傳說策劃時大家都雄心勃勃，誓要靠它吸引年輕聽眾，進而吸引更多目標消費者是年輕人的企業來做廣告，好像這個節目一上，大家就都有好日子過了。可誰承想編導的想像力都用到做美夢上了，節目的安排沒有一絲新意，從開播到現在要被斃，就沒引起過什麼反響，如同一個終生獨自活在荒島的人卻懷著飛黃騰達的願望，只有滑稽沒有悲壯。據說收聽率研究室的人對這節目的名字都沒什麼印象，它真好似飄零在荒島，偷偷存在著。

之前的主持人是個溫暾的中年婦女，和林翩翩同校同專業，大她十幾屆。那人畢業就進台卻始終做著雞肋節目，因為業務不拔尖沒有鮮明風格所以十幾年也沒熬進黃金時段，一直不鹹不淡地播著。林翩翩進台時她正要隨老公移民瑞士，順理成章地，林翩翩這顆新蘿蔔恰巧填上了她剛騰出來的小坑。進台一個月就撞上這麼個機會，林翩翩還真雀躍了幾天，老主播走時她還深情款款地前去送行。沒有她的離開，林翩翩上手哪能這麼快啊。

可新鮮感像眨眼，總是很短暫。做了四個月，才新鮮了兩禮拜。後三個半月，林翩翩都不好意思把這當成一份工作了，讀點青春傷感小故事，放兩首歌，再唸兩條短信，二十分鐘的節目就搞定了，像給通過檢疫的豬肉蓋戳一樣，總是機械的老一套，毫無創造性，讓人提不起勁。這所謂的直播節目，比錄播都簡單。說是面向在校大學生，其實聽眾裡大學生少之又少。一看那些參與的短信，林翩翩就知道子彈脫靶了——目標聽眾群全不在，在的都是閒雜人等，想釣魚魚不來，上鈎了一堆小蝦米。短信平台活躍的全是高中、職校、大專的，偶爾有那麼一兩個大學本科的，還都是她聽都沒聽過的校名。她雖然在節目裡扮著知心大姐姐，其實畢業還不到一年，她太了解大學生了，大學生沒那麼大驚小怪，對這類節目沒興趣。每次看到那些對大學生活滿懷憧憬的短信，就忍不住有點看不起，覺得無趣，還裝出心疼的口吻，強挺著飽含熱情地與他們溝通。剛開始讓她以過來人的身分說話，她還多少有幾分心虛，兩三期節目後，她就一點不覺得不合適了。那些發短信的人確實比她傻多了，雖然年齡也許很接近。小小自得後，是悲傷，這就是她一直想幹的事麼?和一堆弱智討論偽校園生活?

林翩翩是廣播學院的高材生，雖然全國一百多個大學都在辦播音與主持藝術專業，但林翩翩念的可是首屈一指的廣播學院。電視裡有頭有臉的主持人，十個有九個半是她師哥師姐。在這種製造名人的學校讀書，林翩翩自然是做過明星夢的。眼見著一個大她一屆的師姐因為長得漂亮去拍了電視劇，雖沒大紅特紅，但至少夏天穿靴子冬天穿紗裙，一身明星裝扮了；還有一小她一屆的師妹在主持人大賽脱穎而出，剛上大二就天天在電視裡教人做菜了。林翩翩外表平靜地依然天天在圖書館看書，心裡卻總是翻騰，盼著自己也能一抖翅膀飛上青天緘口不提當麻雀的歲月。但是機會都從她身邊跑掉了，偶爾有跑得慢的，也因為林翩翩的膽怯而沒有追上。她羞於在人前自誇，又缺乏瞬間的爆發力，所以參加比賽最多進入複賽。幾年悄然的折騰過後，她明白了，自己壓根不是比賽型的，還是兢兢業業比較有前途。

畢業實習的時候，林翩翩拿著學校的介紹信進了電視台。她以為像自己這種聲形俱佳的科班出身，到哪裡都會很搶手。沒想到，整整五個月，壓根沒一個人正眼看過她。所有人都抬著下巴問：「實習的？」「廣院的啊？」只用眼角的光掃幾下，好像她是被販進台裡用做午飯的豬肉。她跟著新聞組跑前跑後端茶倒水，搬過機器，校對過稿子，訂過盒飯，聯繫過嘉賓，就是沒出過聲沒出過圖像，哪怕一次都沒有。配音、主持、外景記者，所有跟她專業有關的事都有人幹著，飽和了，她是多餘的。沒有工資，還要每月交五十塊的實習費，早出晚歸，管每個人叫老師，這就是她為期五個月的電視台工作經歷。她回學校跟老師訴苦，老師説開始都是這樣的，慢慢熬，十年後，興許話語權就是她的。十年，還是興許！也就是説她熬個十年，還未必能出頭，到時候她這根老黃瓜連綠漆都刷不上了。還不如買彩票呢，堅持買十年彩票，中獎的幾率都比這個大。

林翩翩精疲力盡地離開了電視台，心有不甘地進了電台。整個本科四年，她想都沒想過要去電台，認為那不是美女的選擇。她覺得電台是為聲音好長相難看的人準備的，動聽的聲音被話筒放大，抱歉的長相隱匿在背後，像她這樣的美女，不去電視台真是浪費了那張臉。可誰也沒想到，她們畢業那屆，幾乎所有的電視台都不缺女播，任憑你業務再好，人家不想進人，也是白搭。再加上林翩翩對實習的心有餘悸，只能認了命。而且，電台並不像林翩翩想的那樣是電視台的候補，多少人為了進去擠破了頭，每一個正式的編制背後都有幾十雙虎視眈眈的眼睛。林翩翩能把關係落下，除了自身條件好，還是靠了老爸的關係，甚至應該說主要是靠老爸的關係。

二、葉庚

林翩翩眼睛緊盯著散落的珠子，生怕丟了哪顆，一邊撿一邊數著。那是她生日時男朋友歐陽雷送的綠幽靈手鏈，收到時有點失望，但戴了幾個月，漸漸就適應了。對於她，適應就是喜歡。剛才進走廊的時候，手鏈不小心刮到了門把手上，林翩翩下意識地輕輕一揚，手鏈嘩啦啦斷裂成一粒粒小珠子。開始是緊張，怕珠子跑丟了再也找不見，撿了幾顆後便是惱火，先是怨自己不小心，後來乾脆恨起歐陽雷來，幹嗎送一串珠子，送個鐲子不就好了嘛，掉地下撿一下就撿起來了！撿到最後幾顆，她已經鼻子不是鼻子臉不是臉，覺得被歐陽雷的禮物給算計了。她嘴裡咕噥著，手裡撿著，忽然眼見著一隻黑色的鞋即將踩在一粒珠子上。

「別踩！我的綠幽靈啊！」說時遲那時快，林飀飀對著黑鞋喊。

那鞋剛一觸地又陡然抬起，顯然是被林飀飀的喊叫刺激到了。她沿著鞋向上看，一個被嚇了一跳的男人身體後仰地看著她。

天！是葉庚！

雖然他胖了，不再消瘦，甚至又向庸常邁進了幾步。林飀飀還是不經大腦就識別出了那張臉。林飀飀半張著嘴僵在那兒，反應了幾秒才很誇張地把嘴閉上，換上淑女的表情。她為自己大媽一樣蹲在地上的姿勢尷尬，想裝作不在意，卻感到自己臉很熱。

「葉老師！」林飀飀嚥了口吐沫說。

「你是？」黑鞋的主人平靜下來，似乎在努力回想眼前人的名字。

「我是新來的播音員。上大學的時候你回咱們學校講過課。」

「哦。廣院的？叫什麼名字啊？」

「林飀飀。廣院播音本科的。」林飀飀終於回復了常態，以一貫的驕傲口吻說。

「那我們還是校友呢。呵呵，你先忙。」黑鞋說完笑了笑，禮貌地通過了走廊。

林翩翩又半張開剛閉上的嘴巴，望著黑鞋的背影，非常惱火。她無心再去撿那顆險些被踩的珠子，回味著短暫的剛才。她簡直不能允許自己第一次和葉庚的對話這樣上演，她蹲在那兒，先喊叫再遲鈍，寥寥數語就讓他從身邊走掉。可是又能怎麼樣呢，他已經過去了，並且對她愚蠢的撿珠子行為留下了「你先忙」的敷衍。

葉庚，一九六七年冬天生於北京，一九八五年進入廣院播音系……林翩翩幾乎可以背出葉庚的檔案，她搜集過他所有的節目資料，在本科畢業論文裡把他當做楷模論證，沒事就在百度上搜他的名字，這個拿過金話筒獎的著名播音員是林翩翩生活裡最熟悉的陌生人。

林翩翩上大學之前沒有聽說過葉庚的名字，系主任在新生入學典禮上一臉陶醉地說播音系人才濟濟時提到了葉庚，她也並沒有注意。直到她大二時葉庚作為業界菁英來講課，她才知道有這樣一位名人。林翩翩一心想做電視，又沒有聽廣播的習慣，以至於在葉庚的名字很是如雷貫耳的時候，她還由於對這名字的陌生很匪夷所思地想到了葉聖陶和華羅庚。講課前她問坐在旁邊的同學葉庚是幹什麼的。同學一臉驚詫，那表情就像聽說竟然有朝鮮人不知道金正日，然後如數家珍地羅列了葉庚主持過的節目得過的獎項。林翩翩附和著答應了兩句，也並沒覺得有什麼了不起。可是葉庚進來的那一刻，她忽然有種無路可逃的慌張。她坐在教室的後排，葉庚在跟組織課堂的老師打招呼，他一定不會注意到她，但她卻覺得他會注意到，應該注意到，最好注意到，其實她明白——事實是不會注意到。

記憶中，葉庚講課的內容當天就一片模糊了，林翩翩只記了幾行筆記還偷看了幾頁雜誌。其實她不知道筆記寫的是什麼，也反應不過來雜誌在講什麼，她是為了擺出尋常的態度才那麼做的。她沉浸在莫名其妙的悲傷中，悲傷，因為葉庚不會注意到她。所以她必須偷看幾頁雜誌以尋找一種心理的平衡。你不注意我，那我也不專心聽。至於為什麼有這樣較勁的想法，林翩翩自己也不清楚。

「他很高，很挺拔，聲音超級好聽，濃密的黑髮中參雜著早生的白髮。」林翩翩下課後給異鄉的朋友發了條短信。朋友回信問：「何方神聖？」她草草回答：「周潤發。」朋友以為她在無厘頭，回了個笑臉以示容忍和配合。她也舒服了很多地該什麼幹什麼。她需要發那條短信，不然好像有什麼堵在心口。唯有這樣小小的洩露大大的隱藏，才讓她安穩。

他很特別。林翩翩需要為自己的心理波動找到理由，於是她想，他很特別。哪裡特別？高，挺拔，聲音好，有白頭髮？她能告訴自己的只有這些，於是覺得有幾分失落。難道因為他優秀麼？這個詞是多麼惡俗，幾乎被所有暴發戶用來形容自己。那一晚，林翩翩是想著這些睡著的，她在夢裡消化了心裡的騷動，醒來又是平靜的一天。

那以後，她偶爾會聽聽葉庚的節目，好像去關注一個熟人。期末時候，她為提前寫完專業論文整天泡在圖書館。東拼西湊又要毀屍滅跡並不是件容易的事，她總是把各種觀點都看一遍，整理出最中庸的，再瘋狂舉例瘋狂論證，為了裝深刻而故作偏執。偶然間，她在書架最底層的左側看了葉庚的名字。「葉庚　著」三個字和眼睛接觸的瞬間，她心裡湧起一絲嘲諷：好好播音得了，寫什麼論文，為了評職稱吧。但她還是迅速地抽出書，那動作的慌張和迫切讓人想起偷竊。她用食指和中指把書向外抻，在擁擠緊密的書群中把它分離出來。沒有打開，而是直接借了出去。林翩翩很少這麼草率，她每每總是翻了又翻才決定帶走還是放回去，生怕什麼不夠格的冊子占了五本的借書指標。

書寫得果然糟糕，理論不扎實觀點很庸俗例子很老套，作為名人的書，甚至連點自戀都看不到。如果把封面上葉庚的名字去掉，換成隨便哪一個播音系的學生，林翩翩都不會覺得有什麼不妥。她到底沒有看完，即使懷著好奇、不甘卻還是沒有那份耐心。但她捨不得把書還回圖書館，因為扉頁是葉庚的照片。葉庚的頭像，黑白，正視著鏡頭，淺色襯衫，目光明朗，那時他大概不到三十歲吧。林翩翩無數次打開，闔上，還是忍不住想偷看那張年輕的臉。照片裡的他只比她大幾歲，如果有人拿著這張照片給林翩翩介紹對象，她會毫不猶豫地同意見面，並在約會時悉心打扮一番以配合男方的斯文俊美。可惜照片已然是過去時了，她遇到他時，他已奔四。而他真正三十歲的時候，她才十五歲，讀初三。

猶豫再三，林翩翩還是撕下了那張照片。那書定價十八塊，網上一定賣得更便宜，林翩翩可以買本新的，不用續借不用撕下來，可以合理合法的每天看，每一頁都屬於她自己，當然包括那張照片。可她不想買，買是太正常的手段。她想為他做點壞事，比如撕圖書館的書，她要超越一下道德來證明內心的激動。那照片跟圖書館裡所有的頁碼一樣，髒而舊，還有些軟，定是被無數人看過，林翩翩決心不讓別人再看下去，她控制不住把它占有的衝動。她刻意撕得很糙，以保留這種行為的粗野特性，暗示自己的不管不顧。看著那撕下的照片，她笑了，心裡滿足地想，她與葉庚終於有了某種甜蜜的不可告人，即使是單向的。她把書還了，把照片藏在抽屜的底層，從不拿出來看。

三、暈

林翩翩不能原諒自己在葉庚面前的痴傻。四個月了，她終於在台裡碰到了葉庚，卻在張著嘴撿豆子，她一個人扮演了祥林嫂和阿毛。如果說她來電台工作還有那麼一點點喜悅的話，那全是因為葉庚。他在這裡幹了十幾年，從初出茅廬的播音員到年輕有為的副台長，他的聲音已成為這裡的標誌和榮光。林翩翩也要在這裡開始，在葉庚福地，從一個疲軟時段的校園節目主持人做起。

她攥著碎珠子進辦公室的時候表情像蘇三似的，很不服。一個上午，她眼睛在稿子上，嘴在配音，心裡想的卻都是如何篡改葉庚的記憶。他看不到她的美麗才華也就算了，總不能看到她的缺心眼啊。下午，當她絕對超過第一百次回想起兩人相遇的情景時，事件已經在反覆的推敲重組後模糊了。甚至人，葉庚穿了什麼顏色的衣服、褲子，她完全想不起來，只記得那雙鞋。黑色寬沿的皮鞋，質地精良，光亮柔軟，帶著適度的褶皺，縫隙處也沒有灰塵，讓人想起乾淨的路和端方的腳。連他的鞋也是那麼恰到好處，精心侍弄卻不張揚。這樣的人真是不能仔細看，越仔細越被吸引。當林翩翩下班後在家樂福再次碰到那雙鞋時，一秒鐘她就出了汗。邪門了，四個月沒碰到，一天竟碰到了兩次——葉庚正推著個購物車挑選牛奶。林翩翩有點遲疑，要不要上去打招呼？萬一他不記得自己怎麼辦？萬一他對她印象很糟怎麼辦？她正抓心撓肝地想著，葉庚竟走過來了。

「小林。林翩翩！」他好聽的聲音叫著她的名字。

「哎呀，葉老師，您也在這兒買東西呀。」林翩翩驚詫又欣喜地發現他不僅認得她還記住了她的名字。她急中生智裝作剛看到他，說了句廢話。

「呵呵，下班順便帶點吃的回去。你家也在這附近？」葉庚眼睛還掃視著牛奶說。

「遠著呢，在城南。家旁邊的超市沒這邊東西全。」林翩翩從葉庚的「也」字裡得知他家就在這附近。

「幫我看看生產日期。」葉庚說著遞過來一盒奶。那樣子和語調讓林翩翩相當感動，彷彿他倆已經很熟悉。

他撿了幾盒奶扔到車裡，問：「你播什麼？」

「播了四個月《青春進行時》，那節目前陣子下了。現在中心還沒安排，配配音，散兵一個。」林翩翩正盤算著該說點什麼，聽到問話頓覺從鬼祟又急迫的苦思中被解救了出來。

「哦，你就是張未說的那姑娘啊。」葉庚看了看她。

「啊？他說我什麼壞話了？」張未是節目中心主任，掌握著主持人的生殺大權。林翩翩猜到張未不會說她不好，表演性地裝好奇。

「他說你素質不錯，幹《青春進行時》瞎了。新節目想讓你上。」

「哎呦，主任真仗義！」林翩翩覺得自己脫口而出的句子有點江湖氣，後悔卻也來不及了。

葉庚挑了幾個西紅柿兩袋速凍餃子就結束了購物，林翩翩跟著轉悠卻什麼也沒有再買，她渾身冒汗，基本喪失了挑選商品的能力。出門時，葉庚要打車，林翩翩禮貌地要開車送他回去。

「打車不過是起步價，讓小女孩送不好意思。」

「葉老師怕我是馬路殺手啊？我不是新手，技術過硬著呢！」林翩翩倒不是誇口，從二十歲生日爸爸送她車，她就一直開著，已經三年多了。

葉庚坐在副駕駛位置上，前後左右的搖動著脖子，姿態隨意而放鬆。

「葉老師今天沒開車啊？」林翩翩初入社會，找話的技巧還比較拙劣。

「我不會開車。心理障礙，對速度太快的機器有恐懼。」

「領導都有司機，不用自己開。」

「我倒真該考慮買個車強迫自己學學，不然什麼都被你們這幫小孩甩後邊了。」

幾句話功夫，到了。葉庚指著四幢塔樓中西北方的那個說：「那棟，十五樓。」又扔下句「路上小心」就微笑著告別了。他沒有邀請林翩翩上去坐坐，這對於剛剛認識的人的確沒必要，尤其當他們的關係是領導與下屬。

林翩翩開車回去的路上屢次用右手安撫心臟，她需要從飄飄然中平靜下來。一種異樣的感覺籠罩著她。牛奶、西紅柿、速凍餃子，顯然他們家不正經開伙。這麼少量簡易方便的食品又不像是買給全家吃的。難道他一個人？他的身材氣質的確沒有傳遞拖家帶口的訊號，但以他的年齡怕是早結婚了吧！林翩翩後悔從未注意搜集過葉庚的信息，她掌握的是他的專業簡歷，而對生活簡歷她一無所知。其實，葉庚的大致情況，台裡人應該都是知道的，赫赫有名的主管業務的副台長，婚姻狀況一定在檯面上。但是林翩翩不知道，一是她到台裡時間不長，還沒有人親密地跟她議論八卦；二是她一貫迴避在生活裡觸碰葉庚這個名字。從她偷撕掉那張照片開始，就命令自己迴避這個名字。他成了她層層包裹的祕密，從不提起，甚至別人提到他，她也刻意冷淡地靜默著，好像她一旦說了什麼就會立馬被洞穿。看起來沒心沒肺快人快語的林翩翩竟然這樣謹小慎微，並且是為一個並不認識她沒有說過話的人，這實在有些匪夷所思。連她自己也想不通有沒有必要這麼神神祕祕。此時她忽然明白了，她喜歡他，這樣的不能不忍言說沒有其他的理由。她猛地意識到，並且把自己嚇了一跳。她一直把他當偶像崇拜，她認定他是最高大全的形象，沒有缺點，渾身上下不容置疑。當然她也隱隱覺得這樣非常愚蠢幼稚，但一想到也許永遠也不可能真正接觸這個人，就覺得把他擺得再高也無妨。為了把對葉庚的迷戀神聖化，她把自己想像成更小的少女，把他歸類為更權威的泰斗，年齡上的差異被放大，可以算做孺慕之思了。她還設想過有一天他病入膏肓，躺在床上不能動了，她帶著鮮花跑去餵他喝湯。他吃力地睜開眼迷惑地看著她，她微笑地說，是他多年的崇拜者，拒絕透露姓名。她以為，她默默地注視是完全的仰視，絕沒有任何女人看男人的目光。可是當他拎著家樂福塑料袋從她車上離開剩下虛空的座位時，她恨不得自己也在那袋裡，是牛奶、餃子、西紅柿，被他喝掉吃掉，進到他溫暖的腸胃裡。她不明白自己是在這一刻忽然喜歡上他，還是之前就一直如此。難道全無性別意識的盲目崇拜乾脆就是假的，自己一直在掩耳盜鈴？她這麼多年來只是在暗戀一個老男人。暈，這簡直太庸俗了！

四、新的來

一週後，張未興沖沖地來找林翩翩，表情神經兮兮但一看就知道是好事。「天上掉餡餅！新節目，你主持，翩翩，我告訴你，準火！」他撇著嘴說話，以示誇張和亢奮。

「不是老年節目吧？」林翩翩無精打采地答應著，她的熱情被《青春進行時》腐蝕得差不多了。

「小小年紀這麼懈怠。」張未依舊撇著嘴沉浸在一種摸不著頭緒的喜悅裡。「我告訴你，是一罵人的節目，肯定火。研發中心今年發狠搞出來的大動作，沿海那邊有個男的，火得一塌糊塗。咱們依葫蘆畫瓢，設計的是一嘴硬心軟的女的。就你了！」

「嘿，聽起來有點意思。比動不動青春寄語強多了。」

「那哪是一個層次啊！我告訴你，現在最流行的就是大眾傳播向人際傳播靠攏，越特點鮮明的主持人越受追捧。這可是不一般的大機會，抓住了，不用一年你就是大牌！」張未目光炯炯，「先別張揚啊，我這也是嘴欠。反正也就這麼回事了，下班我請吃飯。到時候具體說。」說完，連跑帶顛的走了，也不知道是因為狂喜還是因為忙。

林翩翩看著那一躥一躥的背影，有點嘲弄的笑了。按說她應該非常畏懼張未，節目中心主任可不是一般的人物，他要是想修理林翩翩簡直像扔掉一張廢紙那麼容易，用誰他可能沒權一下拍板，不用誰可是他一句話的事。台裡主持人見他都畢恭畢敬，有的甚至有點諂媚，可林翩翩卻用不著，有時懶得說話，走正臉就隨便地擺擺手。原因很簡單，張未喜歡她。

林翩翩第一天來報到時，就知道張未至少是不煩她了。她局促地走進張未辦公室，叫了聲張老師。張未心不在焉地抬起頭，看了她幾秒，猛地直了直身子，來了精神。林翩翩立馬放鬆了，她太熟悉那情景了，圖書館、食堂，類似的情況發生過無數次——不認識的男生忽然看到她，由眼睛帶動全身興奮，不自覺地振奮。這是男人們自己無法察覺的動作，這動作透露出他們的好感。張未接過報到材料，竟然遞給她一張名片，那樣子好似生怕只是一面之交，斷了今後的往來。林翩翩謙恭地接過名片，心裡卻忍不住偷笑，都在一個台工作，還是垂直的上下級關係，遞什麼名片啊！

那時林翩翩雖不敢確定張未對她的喜愛，卻怎麼也無法尊敬這個人了，太輕浮。她覺得張未笑起來有點賴，帶著多餘的平易近人，顯得不尊貴。後來張未時常給她發些搞笑的短信，還總誇她節目做得有聲有色，她就完全明白了。好歹張未智商達到了正常水準，在主任位置上也幹了幾年，對節目基本的判斷還是有的，說《青春進行時》有聲有色，除了感情代替政策找不到其他的解釋。林翩翩也並不討厭張未，她覺得這人沒什麼心眼，對她的喜歡也算得上健康。在他那個位置，投懷送抱的女人不太多也少不了，他卻掩飾不住對林翩翩的偏愛並且沒有占便宜的舉動，應該是個不險惡的性情中人。他以各種正當理由邀林翩翩吃飯，話說得輕描淡寫，林翩翩也拒絕的輕描淡寫，他倒不生氣，一臉包容。林翩翩跟他說話態度隨便，完全沒有開始時對領導的文明禮貌，他不僅不生氣還受寵若驚地享受著這種不見外。

可能是當領導的關係，張未的句子裡總夾雜著「我告訴你」。不知是別人沒發現，還是發現了不敢說，林翩翩一臉不耐煩地搶白他這口頭禪時，他先是震驚，後是驚呼林翩翩太伶俐太聰明。被諷刺了還誇對方聰明，真是難得好脾氣。偶爾看到他嚴肅苛刻地對待其他人，林翩翩都有小小的得意和不安。

「我告訴你，節目名字還沒權衡好，因為台裡非常重視，所以還在推敲。形式其實也很簡單，就是接熱線，跟人聊感情婚戀，但不是以前那種深情路線，哄著勸著的。這回來個反其道而行之，跟聽眾對著幹，數落、唱反調。」張未右手刀左手叉，邊切肉邊說。

林翩翩正思忖著張未的俗，約女孩就得來西餐廳，紅酒甜點裝得挺優雅，真是沒創意不活潑。好在他說的那數落人、唱反調的活還算新鮮。

「怎麼個意思？公然修理聽眾啊！」

「恭喜你答對了。廣告、收聽率都快把我們逼瘋了，不玩點野的不行！現在受眾又俗又刁，賣相不花哨他們看都不看一眼。」

「我就是那個哭著喊著招呼大家瞧一瞧看一看的，還罵罵咧咧的，引起公憤可不好收場啊！」

「你當我們心血來潮啊，之前做了多少工作，統計調查多少輪了！我告訴你，也不是人家說什麼你都抬槓。而是塑造一個刀子嘴豆腐心，言辭犀利的形象。一般打這樣電話的不都是沒主意做錯事的麼，婚外戀啦，未婚先孕啦，男盜女娼啦，家庭暴力啦，沒一個省油的燈！我告訴你，你就痛心疾首地批評他們就是了！」

「人家心裡正堵著呢，我又上去把人一頓猛批。這有點落井下石吧？」

「誰讓他們自己做錯了的！你是一活潑的智者，看透了他們的錯，先批評教育，再提出點合理化建議。他們需要的就是這個，正良心不安自我譴責呢，到你這兒就是自動伏法，你直接上刑準沒錯。我告訴你，你就是道德！」

「你老告訴告訴的，告訴什麼呀！合著我就是一封建衛道士！」

「太對了，就是這意思！我告……你就偷著樂去吧，聽眾現在膩歪了知心大姐了，來個你這樣伶牙俐齒的，準把他們都攛掇起來。短信平台、論壇都開通，還要讓其他聽眾參與進來，發表意見。你就挑唆他們針鋒相對，跟你打起來也沒關係，那更熱鬧。一堆家庭婦女吵架，你就是那居民委，明裡勸架暗裡挑火。現在不就是要秀，要個性麼，咱就給他們來一個得理不饒人！順道還滿足他們的窺私欲。」張未眉飛色舞。

「我哪有那麼壞啊，太毀我形象了！我跑去家長裡短鹹吃蘿蔔淡操心去，我一宇宙超級美少女，溫柔可人的，我還曾經是大學生朋友最知心的翩翩呢！」林翩翩也來精神了。

「別得便宜賣乖了，你可不知道我為了推你費了多大勁。中心討論的時候，多少知名主持人要上啊。我一提你，他們都覺得是開玩笑。論資歷，你才哪到哪；論業務，你做那青春版塊也顯不出來什麼；別的就不用說了，後台，你沒有吧？廣告，你拉不來吧？我……」張未一套一套的。

「得得，我就是一窩囊廢行了吧！是您苦心孤詣把我這塊爛泥扶上了牆，我謝謝您！」

「我告訴你，你還真別客氣，你是真沒優勢！」

「別又告訴我，整出一苦口婆心的腔調糟蹋人。好歹我年輕啊，可塑性比他們都強！」林翩翩來了年輕氣盛的脾氣。

「你平時也不傻呀，怎麼反應不過來呢！這是一跟人探討情感的節目，雖然形式大於內容，主持人也不能太年輕。我們要的是了解人世滄桑的知識女性，見識多，眼睛毒，還有種拔高的俗。一小年輕，剛風花雪月結束初戀沒幾天，跑這兒來給二奶指手畫腳來了，誰嚥得下這口氣啊！是要鋒利，但要的是把寶刀，不是一小匕首！」張未伸著兩手指頭比比劃劃地說。

「你是想說你力排眾議敲定了我，對我有知遇之恩麼？」林𠇗𠇗以為張未在誇張。

「狹隘！我告訴你，這不是一般的節目，這可是咱們台節目改革的第一步，只許成功不許失敗，我定不了。策劃了幾個月了，一直觀察著，的確也沒有非常合適的，外請的話一是花費大，二是不穩定。好在你聲音條件好，咱們台現成的女主播裡，女中音還真沒幾個。正好你也不用像做青春那麼捏著說了，你這聲還真挺成熟挺有文化。好在聽眾看不到你這張未成年的臉。」

「是我這金嗓子幫了我呀！」林𠇗𠇗又開始美了，上學時她這厚實的女中音就經常受到專業老師的讚揚，如今終於顯出魅力了。

「打岔！現在的廣播飯哪還是憑一副好嗓子就吃得上的！也不知道是你還是我走了狗屎運，正僵持不下的時候，葉台發話了。葉台說老人的形象不好轉變，新人倒是更方便塑造。相信我的眼力，給新人鍛煉的機會，也顯出我們台的活力和魄力。」

「葉庚？」林𠇗𠇗的心倏地劃過一道火光。

「葉台播音員出身，一貫謹慎，從沒對新人這麼放心過。你想啊，他都不認識你，竟然這麼果斷！今兒我可是太有面子了，到底是老同學。」張未自顧自地說著，沒注意到林翩翩的失神。

林翩翩挺瞧不上他這點：沸點太低，幾十度就開了。一點小事就特美特沉浸，一副承受力極差的樣子。

「你跟葉庚同學？」林翩翩有點吃驚，心想這同學間的差距也太大了，但又一想自己班裡也是良莠不齊，馬和騾子亦可在同一屋簷下。

「你不知道啊？我倆一屆的，咱們都是校友啊。我告訴你，那時候全校才兩個半學生，不同專業的大部分互相也認識，我和葉台上學時候就都在學生會。」

「那你們一起分到咱們台的？」

「沒。我去電視台，六年前折騰來的。」

「你還真是一閒不住的人。」

「別說我了，還是說你那新節目。我告訴你，千萬別不往心裡去，這節目台裡相當重視。葉台讓你先試幾期，你可得全力以赴，占住位置就不走了，幹出彩兒來。你要是砸了，我也廢了。」

「放心吧，張主任，不辱使命！」林翩翩說著還敬了個禮。

「不是說了嘛，私下裡不叫主任，叫張未。」

「好的，張未未。」林翩翩總愛這麼叫，因為他頭一回給林翩翩發短信落款處就是這麼寫的。據他自己解釋是給美女發信息時心動過速，不知怎麼的就多打了個字。林翩翩揪住不放，動不動就「張未未，張未未」地叫著，一副無賴派頭。林翩翩、張未未，聽著真是一個比一個不靠譜。

五、托兒

之後的兩週歐陽雷總是抱怨林翩翩魂不守舍。以前都是林翩翩這樣抱怨他，要麼就是他抱著某本大書眉頭緊鎖，林翩翩一會兒探頭探腦一會兒亂翻書頁，再怎麼搗亂，他也不過是敷衍地親親她繼續看；要麼就是他目光呆滯地陪她逛街，林翩翩拿起什麼他都照樣遲鈍地皮笑肉不笑，一副被剝奪政治權利終身的樣子。畢業後他越來越像個上進又疲塌的老頭。

林翩翩抱歉地笑笑，說自己被新節目一輪輪的策劃會折騰得焦頭爛額。她每天被灌入大量信息，又時常在第二天被推翻，她快崩潰了。但其實真正耗費她腦細胞的是葉庚，林翩翩摸不著他的路數。有幾次策劃會他也參加了，可他臉上斂起了在走廊、超市的隨和，一副為國為民的冷峻模樣，幾乎沒有正眼看過林翩翩。目光偶然相遇，也是不聚焦地飄走。好像之前兩次接觸全然不存在，他的謙和溫煦消失得無影無蹤，如同幻覺讓人好生懷念。林翩翩聽張未說是葉庚親自拍板定了她，幸福得輾轉難眠，想著兩人是多麼的氣味相投：她默默迷戀他些許年，而短暫的相識又使她得到他的賞識。可葉庚疏離的眼神粉碎了這種為時尚早的幻想，林翩翩迷惑了，難道他真的已將自己淡忘？難道他真的只是賣張未的面子？他不會誤會了吧，以為自己和張未有什麼不尋常的關係。哎，搞不懂他到底會怎麼想，或者他想都沒想。

歐陽雷象徵性地摟了林翩翩一下，又捏了捏她鼻子。兩人每週兩次的公式化約會顯得格外乏味寡淡，平時都是林翩翩熱火朝天地說，歐陽雷不耐煩地聽，林翩翩一不出聲，就像路燈忽然熄滅，陡然攤開夜的黑與寂。

「吃核桃吧。補補你被過度開發的大腦。」歐陽雷遞過來一把剛敲開的核桃仁。

「要不你也幫個忙打個電話吧。」林翩翩歪在歐陽雷家的大沙發上，少氣無力地說。

「不可能，我丟不起那個人。」歐陽雷繼續敲核桃，頭都沒有抬一下。

「誰知道你是誰啊！再說往電台打個電話有什麼丟人的！我同學都用的差不多了，剩下的不是在外地的就是節目時間衝突的。我真沒誰可動用了，過了這幾天就好了。這次要是衝不出去，我可能就失業了。」林翩翩可憐兮兮地說。

「你那節目要是真沒人聽，整多少托兒也沒用，虛假繁榮有意思麼！失業就失業，我養你！」歐陽雷依然看著核桃，沒看林翩翩。

「你是誰呀，你養我？我用不著！」林翩翩最恨歐陽雷說這句話。別人眼裡她多優秀出眾啊，偏偏她男朋友把這些都屏蔽掉了，只覺得她是個美女。事業剛起步就得到這麼個機會多不容易，可歐陽雷卻巴不得她把工作辭了，每天擦擦地澆澆花，沒心沒肺一臉甜蜜。她其實並不是找不著人，只是想讓歐陽雷參與進來，密切他們越來越生分的關係，他一直對她的職業缺乏價值認同，這讓她很不爽。

「你能耐就幹吧。甭跟我這兒絮叨。」歐陽雷把核桃一扔，進裡屋玩電腦了。他最煩林翩翩的忙叨勁兒，尤其是剛開始幹什麼事時，總是熱情高漲準備過於充分，暴躁而慌亂。

林翩翩想抓起衣服離開，還沒站起來就打消了念頭。算了，新節目馬上要播了，沒時間和他生氣，到時候一冷戰一和好又牽扯精力。反正早就不是熱戀期了，誰讓著誰都一樣，都是怕事情大了懶得收場。戀愛真是費時間費口舌，除了打發點寂寞，沒什麼別的實惠。

她看了看歐陽雷的背影，訕訕地翻著手機，琢磨著還有誰能幫她。兩週後節目就要開播了，廣告已經天天在滾動了，週一到週五下午，五到六點，一小時，下班的黃金時段。策劃會上，大家覺得剛開始打熱線的恐怕不多，得先設計幾個爆點吸引觀眾，省得冷了場。林翩翩懂事的攬下了糾集人馬的活，一是覺得自己做的確實比大家少，有坐享其成的嫌疑，要主動為大家分擔；二是想著自己同學多，划拉點人扮演聽眾應該是不難的；三是怕別人聯繫的人不穩妥，說的不對路子，自己在節目裡出醜。林翩翩倒是清醒，知道越是幸運的時候越要夾起尾巴做人，確保萬無一失才能延長幸運。

同學們都很配合，畢業小半年了，一個個都忙得腳打後腦勺，要沒點實際的事還真想不起聯繫，一聯繫上也不用客套，到底是同學，還是親。上學時互相掩護著逃課騙老師，上班後相互幫忙弄節目騙觀眾，真是靠得住的同盟。都是業內人士，不用多解釋，大家都明白是怎麼回事。稍有溝通，準能超額完成任務。林翩翩也幫過這種忙。那次她正在廣州出差，接到薇子的緊急電話，讓她扮演旅美多年剛剛回國的全職太太。她說正在廣州的地鐵站，怕電話裡背景聲太嘈雜。薇子說正好正好，反正咱這兒也有地鐵站，具體的聲音聽不清，還顯得挺自然。林翩記下要點，並按照薇子的要求練了練帶港台腔的普通話。幾分後，兩人一唱一喝珠聯璧合，活脫脫一個憂心文化差異的海歸母親，一個見地卓爾不群的氣質主播。當年上學時想得那麼神聖的廣播電視事業，其實也不過是重複索然的熟練工種，反而是這些投機取巧的小把戲，才帶來點新鮮的刺激。

開播前一晚，歐陽雷來電話問下週是否有興趣一起去香港。他要去談業務，可以帶她一起去，買買東西，散散心。林翩翩一聽就氣不打一處來，跟他說了多少次了，明天開始要上新節目。日播節目，怎麼可能離得了呢。

「歐陽總，你又忘了吧。我明天開始要忙了。」林翩翩陰陽怪氣地說。

「啊哈，對不住了。我怎麼沒想起來。林主播明天要幹大事呢！我又撞槍口上了。」

「我得早點睡，不然狀態不好。」林翩翩不想閒聊。

「這麼快就想跑。那你睡吧，明天成功啊！」歐陽雷前半句是不樂意，後半句是應景。

放下電話，林翩翩想著他倆以前一通話至少得半小時，哎，順其自然吧，什麼都有個過程。本來就擔心節目，接了電話又添煩躁，林翩翩雙手交叉捏在一起，彷彿困境被夾碎在掌心。不適應早睡，躺下也是徒勞。手機忽然鈴響，是短信。——「好好休息，明天好好表現。葉庚」。陌生的號碼，簡單的關懷，因為那個特殊的落款而非同小可。林翩翩盯著手機屏幕，這是唱的哪齣啊？一會兒謙和熱情，一會兒視而不見，這會又把我想起來了？來不及多想，趕快回了個「謝謝葉老師，您也好好休息。」然後小心翼翼地保存了號碼，生怕只是一片虛渺。

葉庚的短信無疑是雪中送炭，給鬱悶的林翩翩帶來一陣驚喜。可是她太敏感了，一塊小碳就把她溫暖得夠嗆，越發睡不著了。他到底是怎麼想的？多少有一點點欣賞她，把她當成了張未的人，還是完全為了工作，怕她把節目搞砸？對葉庚的揣測雜草一樣，在林翩翩腦中胡亂生長，拔也拔不淨。她翻來覆去地想啊想，終於把自己想睏了，就那麼心亂如麻地睡著了。

「您好，這位朋友。」接起第二個電話時，林翩翩已舒解了緊繃漸入佳境，因為剛才唐然的表演實在太精彩了，那種吃一百個豆不嫌腥的傻冒氣質竟然用聲音就塑造得出來。事前只商量好讓他演一個妻子出軌屢受侮辱的弱勢男，沒想到他設計得有板有眼，還帶情節。林翩翩順勢把他損一頓，叫囂得相當酣暢淋漓，最後哀其不幸怒其不爭地安慰了幾句。

「小林啊，我覺得你說的太對了。你說一男的怎麼能那麼沒志氣呢！要是我老婆我就抽她！」這回是鄭辛，也是按計畫行事。

「這位朋友，您不要情緒太激動。打女人還是不對的。」林翩翩開始裝好人了，態度可以激烈，但導向還是不能出偏差。

「我那個意思吧，就是必須得有態度。你說你媳婦出軌，你就忍氣吞聲的，那不就是縱容嗎！」

「就是啊。哪有人對自己在意的東西能睜一眼閉一眼啊！做妻子的恬不知恥一次次出軌不對，做丈夫的也該反省一下，你受了欺負也沒個態度，人家不欺負你欺負誰呀！這不是寬容，這是軟弱！愚蠢！」林翩翩的表演欲也上來了。

「對。對。得有態度。不行就離婚。」鄭辛整個一捧臭腳的。電視台早新聞的主播，現在正扯著嗓子裝熱心人。

「我看這位朋友說的非常有道理。都說勸和不勸離，但也要看這婚姻是不是有意義的，一個心思不在丈夫身上的不正經女人，你留著她幹什麼呢！不是所有事情都能原諒，所有裂痕都能彌補的。第一個打進電話的劉先生，我勸你好好看清楚，看清楚你的婚姻正在漸漸死掉。好，我們接下一個電話。」林翩翩又發了一頓感慨，反正是同學不在乎趕盡殺絕。

一個小時迅速過去，各路同學前來助陣，幾個老熟人裝不認識聊得熱火朝天，整個一角色扮演版同學聚會。林翩翩跟打了雞血似的，數落完這個勸慰那個，儼然一部家庭生活指南，什麼都明白。節目結束她還有點意猶未盡。出了直播間，見組裡人個個士氣昂揚的，估計大家的感覺也不錯。林翩翩掏出手機給剛才賣力表演的各位同學發感謝信，關鍵時刻還多虧了他們裡應外合鼎力相助。

「太強悍了！把平時損人的本事全用上了吧！」等在外邊的張未捏著拳頭，做向下揮舞狀。

「這才哪到哪啊，你等著的，後邊還有狠的呢！」林翩翩正在興頭上。

「一直捏著一把汗。這下我可放心了。孺子可教啊！」

「張未未，敢情你一直都不相信我能力啊！你以為我是朽木不可雕吧！」見近處無人，林翩翩小聲嗔怪。

「那哪能啊！我們翩翩是誰呀！你得允許我多慮一次嘛。歲數大了，心理素質不好。」張未在她面前還真是沒脾氣。

同學們回覆的短信相繼到來。大都是別客氣，好好幹之類的，鄭辛回的最逗：「一將功成萬骨枯。」林翩翩心想這活寶腦袋真快，見手機屏幕又亮了。

「晚上慶祝你初戰告捷，一起吃飯吧。」張未等她看完短信依然激動地說。

「恐怕不行。晚上有安排了。我男朋友。」林翩翩為了拒絕的合理加上了後四個字。其實張未如果早一分鐘說她會答應的，因為她男朋友歐陽雷根本沒約她，約她的是一分鐘前那條短信。不對，即使張未早說還是沒用，她收到那短信必會出爾反爾推掉張未，去見發短信的人。甚至，即使真的和歐陽雷有約她也會想辦法脱身。那短信來自葉庚。

六、此一時

那晚林翩翩心情忐忑地去見葉庚，首播成功的爆炸情緒一下子蒸發了，她又變成那個膽怯羞澀的小女孩，不知所措。葉庚身上有種強大的場，每當靠近，她想高高的揚起頭，卻總是被那場威懾，縮得很低很低。他誇了她，說她聰明，悟性好。她謙遜地笑笑。他說猜到節目會成功，叫她做好成名的準備。她又謙遜的笑笑。

這頓以慶祝播出為名的晚餐吃得很簡陋，葉庚沒有提前的準備，林翩翩也局促得拿不出主意，於是二人開車在街上瞎轉。半小時過去，還在飢餓中對話。最後還是葉庚發話，沿著街開，數三家，不管是什麼飯館都進去。兩家貌似不錯的中等飯館過後，竟然是一個低眉順眼的小飯館。暮色中它賊頭賊腦地存在著，像一個隱約的逗號。葉庚挑釁地看了眼林翩翩，林翩翩俏皮地笑笑，已經在停車了。兩人鑽進去，開始了初次相約的晚餐。沿著街開，數三家，這是多麼有趣的決定。如若是歐陽雷的主意，又碰巧撞上這麼抱歉的小店，林翩翩定會一臉嘲諷地拒絕前往。可事情放到葉庚身上，林翩翩卻感到一種好玩的奇異。

林翩翩鼓起勇氣仔細打量著葉庚的臉。那臉大大遜色於那張她撕下的照片，不光亮，有皺紋，透著歲月的淒涼倦意。但是她一點也不失望，與照片的出入反而顯出一種可親近的真實。那年她撕下他的照片，現在她坐在他對面。林翩翩一貫把比她大五歲以上的當成另外一個世界的人，該叫老師的叫老師，該叫叔叔的叫叔叔。雖然呼吸著一樣的空氣，卻覺得年齡把他們隔得遙遠，那些人做什麼怎麼做都與她無關。可是這回，面對這個比他大了十五歲的男人，她突然想忽視年齡的界限，暗示自己別劃分得那麼森嚴。她盯著葉庚格子襯衣的鈕扣，想著自己的年輕就有些哀婉。然後又很看不起自己的按捺不住，或許人家只是從工作出發，想培養她成為那匹駕轅的馬而已。

「設計得好！性格鮮明，簡單粗暴，作風硬朗。」葉庚已肯定了她一路，坐定後又蓋棺定論地說。

林翩翩分析不出這是在誇自己還是在誇策劃，就報以一臉認同的笑容。

「張未很有些迷戀你。」葉庚點完菜忽然沒頭沒腦地冒出這麼一句。

「沒有吧。張老師人挺好的。」林翩翩沒想到葉庚的嘴裡也會有蜚短流長，也會談男女。她早已按照自己的意志把他劃到世俗之外，想當然地讓他脱離了一切低級趣味。她窘迫的回答中竟然把張未叫做張老師，其實她只在報到時那麼叫過他一次。這之後人前説話沒有稱呼，人後喚做張未未。她緊張地扯出張老師，是心虛的掩飾，唯恐暴露出哪怕一點曖昧。

「什麼話！誰説他人不好了。人挺好就不能喜歡你？喜歡你的都是壞蛋？」葉庚笑了。

「哎呀，我不是那個意思。我是説張老師有家有口的，怎麼會迷戀一個小孩呢！」林翩翩有點亂了。

「還小孩？你都二十好幾了吧？不過比起我們來，倒也算得上小孩。你長得也的確稚嫩，怎麼看也不像過二十了。再説有家有口又怎麼了！」

「葉老師，你是不是聽到什麼流言了。説張未對我怎麼著了？」林翩翩還是憋不住，叫張老師是一時情急，稍一放鬆又露了馬腳。

「怎麼那麼害怕！還真是個小孩。台裡哪會有人跟我說流言。」

「那就好，那就好。」放鬆的詞彙，忐忑的語調。

「我和張未是老相識了。這麼多年，我還真沒見他對誰這麼上心，這麼大歲數的人了，這種迷戀很難得啊！」

「他人挺單純的，是真心幫我。這我知道。」林翩翩的興致暗淡下去。她對葉庚兩次使用迷戀這個詞很反感。迷戀，這是她暗自送給葉庚的詞啊。從素不相識到悄然關注，她在他注意不到的地方，兀自迷戀。之前對這頓飯的期待正在落空，林翩翩不清楚自己在期待什麼，但絕不是與葉庚討論旁的男人對她的所謂迷戀。這樣的話題，於她簡直是一種傷害。她以為，他與她多少有幾分默契，卻原來不過是沒話找話，閒扯東西。沒有瀰漫著形而上的特殊氣氛，卻劈面被詢問瑣碎的曖昧話題。一瞬間她甚至懷疑，葉庚為什麼找她吃飯，是不是張未授意他來捅破那層窗戶紙。一種羞辱感淹沒了她。

「有人喜歡是好事啊。美女嘛！」葉庚看出林翩翩的失落，故作輕鬆地說。

「我是新人，不願意剛一進台就被牽扯進桃色事件裡。何況我跟張未真的沒什麼，人家是領導，這對他影響也不好。」林翩翩聲涼心也涼。

「沒有那麼嚴重。大家也是無事生非，愛議論點糾葛潤色生活。誰也不會多當真的。年輕人該有點遊戲精神啊，何必上綱上線。你被節目裡的角色給同化了吧！」

「反正我不習慣。」林翩翩心裡有火。

「你看不上張未。」葉庚邊吃菜邊說，口氣貌似隨意，卻帶著洞穿的平靜。

「是。他不壞，但太歡實，一天虛張聲勢的。」林翩翩恨這彆扭的話題，恨張未這個名字攪了她在意的晚餐，乾脆不管不顧。

「小丫頭看人還挺毒。」

喝了幾杯，林翩翩懷著股被擠壓的怨氣抬起頭來，她不再唯唯諾諾，變得健談起來。這是一反常態，要是話不投機，林翩翩定會找個理由儘快閃人，這回卻物極必反地來了情緒。她憤恨葉庚的毫不在意，卻終究捨不下那隱隱的惦記。

小飯館打烊，清醒的葉庚和踉蹌的林翩翩。她要去拿車，他說喝了酒不能開車。她說那就打個車回家。他說醉酒的女孩獨自打車太不安全，可打車送她他嫌路途太遠會很貴。出於某種隱匿的或許自己也意識不到的留戀，兩人都裝作捨不得那一百多塊錢，齊齊斷了打車的念頭。

清晨醒來，林翩翩躺在白色的床上。「去我家。我好歹比出租司機安全。」林翩翩喃喃地重複著葉庚在飯館門口最後的話。他說完探詢地看她，她猶豫地回望，不想答應也不忍拒絕。「有客房。」他補充到。「好吧。」她小聲應允，怕一旦拒絕會刺傷他的驕傲。

他為她找出新的牙刷浴巾就先關門睡了，那倉促的關門像在鬆弛她的緊張，又像慌亂的逃跑。她一個人躺在客房陌生的床上說不清是喜是憂。

「醒了？」葉庚好聽的聲音打斷了林翩翩對前晚的回想。

「是啊，幾點了？」

「十點。你可以再睡會。」葉庚說著坐在她床邊。

他穿著淡藍色睡衣，目光溫和，在白色的房間裡，像個護士。

「睡得好嗎？」他掖了掖被子問。

「有點不適應，過了很久才睡著，不過睡著後就一覺到天亮了。」林翩翩很陶醉這氣氛，不想起來。

她微微抬起身體，靠著床頭，看著坐在床邊的葉庚。兩人都故作坦蕩，卻都不知說什麼好，於是相互微笑。

「你不上班麼？」林翩翩終究沒有葉庚沉得住氣。

「我是台長，現在在外邊開會。」葉庚詭異地笑笑，帶著好孩子偶爾做壞事的調皮。

中午兩人一起吃了麵包，葉庚喝牛奶，林翩翩喝清水。他的冰箱像未入住的新房，只有少量奶、麵包、西紅柿。林翩翩想為他做點什麼，葉庚說根本沒開通煤氣。飯後，林翩翩盡可能整理了自己留下的痕跡，起身告辭，理由是要為傍晚的直播做準備。葉庚讚許地笑笑，不知是肯定她對工作的態度端正，還是滿意她儘早離開的聰明。

他送她出門，將要按動門鎖時忽然縮回手觸了觸她的肩。她毫無防備地抖了下，回身望著他。那一秒過得太快，不記得是誰先吻了誰。林翩翩踮起腳迎合葉庚的嘴唇，有些顫慄地感受著那種陌生的溫軟濕潤。葉庚略顯粗重的喘息，像涼風由嘴吹入心底，帶來癢癢的愜意。

竟然嘴對著嘴了，一夜相安無事，卻在最後關頭鬼使神差。葉庚，這個她高山仰止了多年的男人，綿長地吸吮她的嘴唇。她從沒有過如此的貪心，也未痴念過他的心儀，遭遇這突如其來的心動，竟有些心驚膽戰起來。並且還有小小的失落，是不是太快了，迅速總是聯繫著漫不經心和不精緻。

去取車，回台裡。林翩翩回想著葉庚的家，白、灰、淺淡的綠，簡潔素淨的北歐風格，沒有多餘的裝飾，卻張顯著周全完善。淡雅清寂，一點不邋遢，窗明几淨一塵不染，彷彿灰塵被他健朗的元氣驅散，再不敢露面。只有一把牙刷一條毛巾，沒有煤氣、沒有垃圾桶、食物稀少，可以確定沒有女人，過於凜冽淩厲的氣息宣告著雌性荷爾蒙的缺失，閃爍著單槍匹馬的信號。林翩翩摸了摸已然乾燥的嘴唇，克制地笑了。轉而她又嘲弄起自己的煞有介事，只是親了一下而已，何苦有過多的盤算。他能喜歡自己什麼呢？那幾乎沒有使用痕跡的房子，是不是也昭示著葉庚的心，不因時間磨損，不被細節揭穿，看不出忘卻和紀念。

七、火

如同含著金湯匙出生的孩子終於博士後畢業衣錦還鄉，沒辜負家族期待，對得起列祖列宗，光耀了門楣，《不是我說你》收聽率持續走高，廣告收入豐厚，一切數據都穩定在相當放肆的數字上。重磅推出，換回巨大影響，事實證明，《不是我說你》是一次高瞻遠矚的成功。起初還弄虛作假找同學當了幾天托兒，沒幾天李鬼就招來了李魁，電話一個接一個全是真槍實彈的真聽眾，導播忙得跟陀螺似的。林翩翩一躍成為台裡知名度最高的麻辣新銳主持，率真、正直、純粹、真誠、眼裡揉不得沙子是聽眾給她的評語。幾個月下來，她已能自如地分裂出一個潑辣的自己，每天傍晚時分，占領道德高地，慷慨激昂跟壞人壞事做鬥爭，唯恐天下不亂。當然，這已經不完全是開始時為了吸引耳朵製造噱頭的誇張表演。林翩翩不再覺得聽眾無知、愚昧，她每天都關注著短信平台、論壇，時常查閱心理學社會學書籍，以期真正幫他們看清情感的泥沼。她在這裡見識了太多愛恨情仇，她同情那些傾訴的人，他們自揭傷口推心置腹，縱使該受道德譴責，卻那麼迷茫無助。雖然通常是以嬉笑怒罵為主，甚至不由分說的劃清界限，林翩翩還是稀釋了幾分鋒芒添加了一些體恤。她感激這個節目，在小小的直播間裡領略了繽紛俗世的悲歡，也在自己的遭遇中懂得了情感的複雜。她與葉庚，有了最庸俗的進展。

那次之後，她搖擺在喜悅憂傷之間。她發現他們不過是普通的男女，對情欲有難以超脱的渴望。同時她畏懼，畏懼親密的撫摩會毀滅遠眺的美好。葉庚是她少女時代最透明的夢，她不忍汙染夢的顏色，亦無法承受夢的破碎。他必須繼續高大，他不能變矮。她掙扎過後決心擦去那個吻，當做一個岔路上的奇蹟，沉入記憶的湖底。她為了使自己堅定決絕，迫使自己叨咕出聲音：「葉老師永遠是葉老師，必須是。」

徒勞。當收到葉庚邀約的短信，她的心像被什麼抓撓一樣，發出躍躍欲試的呢喃。「翩，下了節目來我家，等你。」短信上如是說。她心猿意馬地熬完了節目，爭分奪秒地前往葉庚家。她心裡燃著一團烤炙的火，唯有見到葉庚才能擺脱灼燒。那些理智清醒的自我警告通通被火燒掉，甚至成了不錯的燃料，引發出更大的火苗。她眼神驚恐地敲門，他正等在門口。他低下頭親吻她的鼻尖，她順勢摟住他的脖子。他抱她上床，凶猛瘋狂的親吻揉捏，任她病貓一樣在身下求饒。他累了，睡了。她疼了，哭了。她似乎明白了他喜歡她的理由，多麼鮮嫩秀美的肉體，僅此而已吧。他忽然醒來，見她黑暗中閃亮的眼，靠過來與她聊天。

「你讓我重新體會到了思念的滋味。」葉庚的聲音說這樣濕潤的句子，殺傷力太大了。

「真的麼？」林翩翩從哀傷中抽離出來，情不自禁想感動。

「當然是真的。我從不說假話。」

林翩翩沒有說話，溫順地枕著葉庚的肩。她告訴自己無論真假，先享受這片刻的溫暖。

「有男朋友吧？」葉庚關切的聲音真像個安詳的長輩。

「有。」

「打算結婚嗎？」

「不。」

「幹嗎？玩瀟灑啊？」

「他人很好，我父母也滿意。可是和我有點不搭調，總覺得沒話說。」

「那就先不急，慢慢找。」

「我本來就不急啊。無所謂的事。」林翩翩說的是實話，她從未考慮過結婚之類的事，認為那既遙遠又乏味。

「可別無所謂，婚姻對人非常重要。今後我可得替你好好打算，碰到合適的給你留著。」葉庚慢條斯理。

「放心，我不會賴上你，也不會嫁不出去。」林翩翩悲從中來，卻儘量用調侃的語氣說。她沒想過要嫁葉庚，但那是因為不敢，因為覺得可望不可及。沒料到他第一次肌膚之親後就拋出這樣提醒。

「還挺自信。」葉庚察覺不出林翩翩的心思，還處在歡愛後的散漫中。

「那是因為我條件好。」林翩翩說的不假。她從小就長相和成績都出眾，一路順風順水備受寵愛，還是小女孩時就學會了漠視男孩的愛慕。

「不許驕傲！」葉庚掐著她的臉，邊說邊笑。

「婚姻重要，你怎麼還不結婚？」林翩翩其實一直好奇，葉庚為何獨自生活。

「我結過，離了。」

「對不起。」

「沒什麼。極平常的故事，太太要出國，我放不下事業，她走了，我留下。」

「愛情敵不過現實麼？」林翩翩一直認為愛情有最強大的小宇宙。

「理想主義的結果就是受傷極深，沒有什麼能敵過現實。我曾經就是因為堅信的東西太多，所以才有這麼多苦楚和寂寞。」葉庚有些神傷。

「真絕望。」林翩翩掉下眼淚，她心疼著葉庚的苦楚和寂寞，認為他最有理由得到幸福。

「掉淚了，寶貝，你真孩子氣。」葉庚擦去她的淚。

「嘁！那你剛才還欺負孩子！」林翩翩怕自己淚水太多被葉庚反感，忙換上輕快的語調。

「我就喜歡欺負你。」林翩翩撒嬌，葉庚也順勢撒嬌撫摩著她的身體。

「你什麼時候開始盤算欺負我的？」林翩翩想知道。

「說不準，突然的感覺很奇妙。但我那次在走廊見你就覺得這丫頭挺可愛的。」

「啊？我多狼狽啊，滿走廊撿東西。」林翩翩不願意葉庚還記得他們的初相逢。

「特憨特可愛！毛毛躁躁衝我喊，太好玩了。關鍵是所有人都叫我葉台，只有你叫我葉老師，學生氣！」

「你是我師哥嘛，業務又那麼好，當然叫老師。台長誰不能當，可像你那麼出色的播音員能有幾個啊！」

那一晚他們就這樣閒話家常，漸漸睡去。林翩翩赤裸著貼著葉庚，覺得生活的扇面在展開，一切都變得滋味更重，更複雜。那之後，事情就上了軌道，林翩翩偶爾去葉庚家，纏綿悱惻。

「翩翩，出大事了。你現在哪？」張未沉不住氣的聲音從手機裡蹦出。

「怎麼了？未未。天上下刀子了，還是地上長餃子了？」林翩翩樂於和他抬槓。彼時她正睡眼惺忪地躺在葉庚家的大床上，葉庚已經上班走了。

「有人要跳樓！」張未急了。

「誰呀？」林翩翩以為是危言聳聽，但還是忍不住問。

「一年輕男孩。在一居民樓頂上晃悠兩小時了，怎麼勸也不下來。」

「那就別勸了，讓他跳吧！」

「人家指名要見你！」

「什麼？見我幹嗎？可不是我讓他跳的！」林翩翩也急了。

「笨蛋！聽眾唄。肯定是聽了你節目，覺得你說的在理，信任你唄。」

「還真有中毒的。」林翩翩有點驚了。

「你快來。這對咱們台非常有利，提升節目品牌影響力呀。」

「都快出人命了，你還跟這兒這利那力呢。我馬上到。」

林翩翩掛了電話就飛速穿衣，臨出門接到葉庚電話，說的也是這事。葉庚囑咐她為與節目契合別穿太時髦，儘量低調，還說了些注意事項。林翩翩真佩服葉庚和張未，那邊有人都要跳樓了，這兩人還琢磨著與節目契合、品牌影響力，真是組織利益高於一切，犧牲別人個人利益甚至生命保護自己組織利益啊！再說林翩翩只能穿著前一天的衣服啊，她昨晚住在葉庚這兒，而她怕他覺得有負擔，從不把任何東西留在他家。緊急時刻，她怎麼可能回家換衣服，還好昨天的衣服是黑色的，雖然昂貴但並不花哨。

飛車趕到時張未已經在現場了，林翩翩認真地聽完警察介紹情況，在圍觀群眾的矚目中上樓了。

男孩茫然地站在頂樓的邊緣，風把他乾燥的頭髮吹得狂亂而乖張。他瞇著眼看了看林翩翩，大吼著叫她滾開。

「我是小林。是你叫我來的呀，我工作可挺忙的，為你特意來的，怎麼剛見面就攆我走啊！」林翩翩故作鎮定，其實心裡兵荒馬亂的。

「你？你是小林？」

「是啊，聽聲音你還識別不出來？」

「你也太年輕了吧？」

「我保養得好行不行？我永遠年輕可以吧？」林翩翩儘量輕鬆。

「跟想像出入還真大。」男孩一副百思不得其解的樣子。

「說吧，幹嗎這麼難受？怎麼就非要走這個極端？」其實林翩翩在樓下時已初步了解了他的情況——女朋友和別人好了，為情感所困。

「我對象跟老張有一腿，我親眼見他們摟著在大街上溜達。我被誑了，不想活了。」男孩頹然坐下，雙手抓著領口，不斷搓著。

「她要跟你分手？」

「沒。她不知道我知道。她還跟我演戲呢。我倆從小一起長大，又一起來城裡打工，原本說好了掙幾年錢回家辦事。可這才一年，她就變了。整天塗脂抹粉，你說她一個飯店端盤子的，誰看她！我心想這也算現代化吧，也沒覺得有啥。哪知道她這原來是為老張美呢！」男孩使勁揪自己領子，好像那領子背叛了他。

「老張是？」

「老張是他們飯店老闆的弟弟，老大不小的，天天在那兒蹭吃喝。整半天，不光是吃喝，人他也要啊！」怒氣衝上男孩的臉，寒冷中發白的臉一下子紅起來。

「你不餓麼？」林翩翩必須遏止他的憤怒，再說下去，就成勸他跳樓了。她按警察設計的路子，揚了揚手中的袋子。

「我早都氣飽了，沒心思吃。」男孩憤然道。

「我可餓了。正打算吃早飯，被你給揪來了。你也仗義點，陪我吃點！」她邊說邊從袋子裡掏麵包和飲料，「你愛吃果脯的還是黃油的？」

「果脯。」男孩大概是不好拒絕這種親近，囁嚅著說。

「咱姐倆一樣，我也愛吃果脯的。不能都給你，咱們一人一半吧。」林翩翩把果脯麵包掰開，自然地遞給男孩一半，接著把另一半往自己嘴裡塞。

男孩接過麵包，面無表情地咬了咬。

「我媽也愛吃果脯的，小時候都可著我，她不捨得吃。」林翩翩貌似無意其實很狡猾地說。

「我媽沒吃過。」男孩神色黯然，語調顫抖起來。

「給你媽買呀！你說你來城裡打工時間也不短了吧，怎麼連個麵包也不往家裡帶啊？這也太不懂事了吧！你媽白養你啊！」林翩翩知道不能失了自己快人快語的作風。

「我……」

「你什麼你，別廢話了，白眼狼啊！快收拾收拾給你媽打個電話，告訴她下次回家給她帶好吃的回去。」林翩翩拍著男孩的肩，一臉的恨鐵不成鋼。

男孩猶豫了一下，好像下了極大決心的跳樓就這麼未遂多少還是有點遺憾。林翩翩知道不能給他哪怕一秒胡思亂想的時間，就小嘴不停的教育他做人要孝順。半小時後，兩人姐弟般下了樓梯，林翩翩才發現手心裡全是汗。男孩被警察帶走，沒忘感謝地向林翩翩笑了笑。林翩翩鼓勵地點點頭，整個人鬆懈下來。張耒又瘋瘋癲癲得意忘形地迎上來，林翩翩一臉不耐煩，她就想不清楚那麼大歲數的人了，怎麼總是用井噴的方式表現高興，輕佻！她要張嘴說話，卻低下頭吐了，剛才塞進去的幾口果脯麵包，黏糊糊濺出來。她後怕的想，如若那男孩油鹽不進，從她眼前縱身一躍……她不敢再想。張耒關切地扶住她，嘴裡念叨著棒啊，驚險啊，成功之類的詞。報社電台的記者圍上來，張耒代林翩翩接受了採訪。不是他搶功，而是從節目的利益出發。媒體間素來關係都不錯，記者們也很配合。極力宣傳了電台主播小林說服輕生青年的事蹟，又省略了現場清晰的圖像照片。林翩翩暴露的時機還不成熟，她必須神祕地符合每個人的設想。節目雖火，卻僅僅才半年，如若她的形象履歷被曝光，無異於像聽眾扔了顆炸彈。財富、美貌、學歷，林翩翩什麼都有。她太幸福，這不合適。聽眾喜歡的是電波裡的她，音色厚實、閱歷豐富、視角獨特、立場鮮明、古道熱腸。他們或許會以為，那是個歷盡滄桑的過來人，和他們一樣品嘗過愁苦失落遭受過命運的不公。一旦發現對他們品頭論足指手畫腳的所謂知心人，竟然是個初入社會乳臭未乾的漂亮寶貝，必會覺得被紙上談兵愚弄，感到極大的不平衡。再等兩年就好，等聽眾群更加穩定，林翩翩也老一老，那時他們只會略微驚異於她的年輕，並很可能對這種年輕肅然起敬。

九、彼一時

跳樓事件中林翩翩表現出的智慧和低調越發把她塑造成了一個傳奇，簡直成了四兩撥千斤一語驚醒夢中人的女俠。張未沉浸在難以自持的喜悅中，真誠地為林翩翩高興，也為自己當時的力薦塗上先見之明的光彩。葉庚在台裡大會上對林翩翩進行了適度的表揚，並將其定義為節目改革的初步成果。私下裡他叮囑林翩翩注意自我保護，謹防小人。就連一貫認為林翩翩在東家長西家短的歐陽雷也開始叫好，後知後覺的發現自己女朋友已然成了坊間流傳的婚戀達人。你好我好大家好，節目的欣欣向榮給每個人臉上黏上了笑容。唯有林翩翩有點淒惶，那跳樓男孩因背叛而絕望的眼神總在她腦子裡自動播放。有一晚她夢到那男孩變成歐陽雷，就那麼慘地看著她。她與歐陽雷還是那樣，平靜地吃飯逛街看電影游泳打遊戲，鮮有爭吵。因為兩人都忙，每週兩次的例行約會也與時俱進減少為每週一次。見面時淺淺的微笑，分別時淡淡的親吻，他們像一對安詳的夫妻，耗盡了熾熱只剩溫和。早就已經這樣了，像條直線，沒有曲折。林翩翩心裡不滿卻不知如何改善，這個看起來出色的男孩其實壓根不懂她。她曾經有隱隱的怨恨，現在卻只覺抱歉。暗地裡從身體到心靈的不忠，讓她不再敢有任何要求。她從未愛過歐陽雷，戀上葉庚後這種感覺更加明瞭。縱使初相識時最愉快的時光，也只能算是喜歡吧。

四年了。林翩翩和歐陽雷好了四年。門當戶對，郎才女貌，從大二到參加工作，這對戀人一直是朋友圈子裡豔羨的模範情侶。雖然沒想過結婚，但也沒想過分手。他們相識在一次辯論會上，林翩翩是觀眾，歐陽雷是選手。唐然他們一路過關斬將殺入決賽，卻被歐陽雷代表的那所名校挫得屁滾尿流，最終廣院隊痛失冠軍屈居第二。林翩翩是去給唐然他們打氣的，卻被歐陽雷的口才、知識結構吸引，他機敏犀利旁徵博引勢如破竹，毫無爭議地獲得最佳辯手。觀眾席上，一貫挑剔的林翩翩也頻頻頗有收穫的點頭。頒獎後冠亞軍隊的交流活動中，歐陽雷友善地向林翩翩笑了笑。三週後她接到他的電話，說就在她學校門口。問他如何弄到的電話號碼，他自信地說除非國家機密他什麼都打聽得到。並不出乎意料，他對她展開了攻勢，鮮花、玩具、手寫信件、昂貴的首飾，他靈活運用了小說電影裡最浪漫最俗套的一切手段和道具，換來她動容的點頭。那時他大四，她大二。

戀愛接近一年時，歐陽雷本科畢業直接讀研，因成績優異被推薦免試，既光榮又省力。鬆散自由的學生時代，兩人和諧相伴共同度過，思念、陶醉、誓言都曾經新鮮地存在過。歐陽雷對林翩翩呵護細緻，事無巨細地關照指點。林翩翩亦習慣了他的參與，感念他對自己的上心，卻偶爾想逆反那種大哥式的關懷。她發現他像根緊繃的弦，總保持著辯論場上的狀態，反映靈敏咄咄逼人自以為是，有種無所不在刻意為之的優秀。他自以為幽默，但說話時總因發力過於明顯準備過於充分而顯得不流暢。他一調侃她就想發呆。他常年若有所思，好像全世界就他最深奧。他周到的關懷，帶著居高臨下的救世主味道，而對於林翩翩真正的渴求他是粗心和忽略的。你說疼，他會給你買藥給你愛撫，你說心裡難受，他卻只會提醒你女孩想太多容易老。外人羨慕著他的好，歐陽雷也得意於自己的表現，只有林翩翩觸摸著冰涼的隔閡。在歐陽雷眼裡，林翩翩漂亮、嬌憨、識大體、懂情調，其他的都不重要。至於她是不是也有夢想和思索，他執意置若罔聞。他不喜歡她不切實際的胡思亂想，寧可她再淺薄世俗點，每天琢磨著買名牌包。他被她的出色自信吸引，又總怕她蓋過他的風頭，寧願她再平凡點襯托他的出類拔萃。甚至他希望她再內向深沉點，別總是引人注目的聒噪。

林翩翩知道歐陽雷不是她的百分百男孩，他外露的優秀穩重很容易讓人一見傾心，但在未來的相處中除了起初的吸引再無新鮮。他太精明，太實惠，太單調。他不虛偽，卻總讓人覺得不真誠，那種有點做作的好，像閃耀的晚禮服，華美炫目，卻不夠舒服隨和。他無論與誰相戀都會貌合神離，因為他無心真正體諒別人，總惦記留下足夠的情緒欣賞自己。她也曾想過與他分開，但似乎沒有值得一提的理由，也沒有合適的誘因。她甚至想，人大概都是這樣自我的，因為一個人太冷才需要找個伴取暖，或許跟了誰都填不滿內心的一片荒涼吧。這中間還有個林翩翩自己都覺得荒唐可笑的理由——他的姓氏。歐陽，雖然不如慕容、獨孤、南宮那麼飄逸，但這複姓裡的俗套，在泱泱姓氏裡依然還可算是鳳毛麟角。她喜歡複姓，小時候就莫名地喜歡上官婉兒、上官雲珠，不為她們特殊的遭際，只因她們獨到的名字。歐陽雷是她目前遇到的第一個複姓的人，或許她當初高估了他的可開採度，也受了這姓的干擾。

他們是一同畢業的，她本科，他碩士。她經過艱苦的實習進了電台，他卻輕而易舉地帶著名校國際財會專業的畢業證進了跨國公司。他讀書時一直打工的公司高薪挽留，他卻毫不動搖的婉拒了。用他的話説，相比視野和平台，錢算不了什麼。在林翩翩工作尚無著落的時候，歐陽雷許諾她大房子好車子，林翩翩配合地笑笑，許是家境富足的緣故吧，她對物質冷淡麻木並無期許。她討厭這麼肥厚篤定的未來，這破壞了她與心上人浪跡天涯的童年夢想。

他們進入各自的社會角色，應付著工作和人際的短兵相接。歐陽雷一派朝氣和體面，像玉米粒變成爆米花，搖身一變，既成熟又膨脹。從糧食變零食，是必需品向奢侈品的升級。然而林翩翩覺得他們更遠了，約會彷彿故作姿態，告誡對方和自己這是份正式的感情。偶爾還是有鮮花和小禮物，她也會定期還歐陽雷小小的驚喜，兩人相敬如賓禮尚往來。這是份不麻煩的感情，只是他太葷，她太素。

十、如果愛

「您好，這位聽眾。」

「小林，聽得到我說話嗎？」

「您好，徐小姐，我聽得到。」

「我吧，正在痛苦地掙扎。我和我男朋友在一起兩年多了，我母親不同意我和他在一起，並且態度非常堅決。一頭是我媽媽，一頭是我愛的人，你說我該怎麼辦？」

「徐小姐，你剛才跟我們導播講，說你男朋友身體不太好，是不是有這個情況？」

「對。我男朋友身體比較弱，經常得病。我媽覺得他不能照顧我，怕我和他長久不了，怕我當寡婦。」

「你媽這麼想是為你好。可憐天下父母心，都希望女兒找個健康的伴侶。但是，你母親也未免太絕對了。兩年多的感情哪能說放棄就放棄呢，你說你男朋友身體本來就不好，你再把他拋棄了，你們家也太不仁義了吧！」

「我……」女孩帶著哭腔。

「你是不是自己也猶豫了？你也別吞吞吐吐的。」林翩翩從導播給的信息裡看到女孩自己的動搖。

「說實話，我也有那麼點……」

「那就分手吧。你不要再標榜愛情至上，說什麼一邊母親，一邊愛人。明明是自己受不住還拿家裡人當幌子。趁早找個身體好的，找個絕對能走你後頭的。」林翩翩心煩意亂，有點拿聽眾出氣的意思。她現在一上節目就條件反射地刻薄，動不動就惡從膽邊生。

女孩無聲地掛了電話，林翩翩又有些後悔。女孩夠倒楣的了，攤上個病男朋友，任誰也得琢磨琢磨，生活到底是現實的呀。可她非但沒安慰幾句，還來了一堆風涼話。

「姓林的，你個變態！人家女孩……」電話被切斷，林翩翩倒好奇後邊還會說什麼。這不是第一次了，畢竟她的主持風格不算中規中矩，有人喜歡就有人痛恨。上次還有人來電話說要殺她全家。張未安慰說只有明星才會受到各種威脅，有人討厭證明她影響力大。林翩翩學會了不在意，她得到那麼多擁躉和讚譽，就該安然接受討伐和厭惡。這些聽眾也不容易，想公然罵她幾句還要先騙過導播，不然電話是接不進來的。

「小林，你別難過啊！有些人就是素質差。我們都喜歡你。」是個男聽眾。

「謝謝，謝謝，知音啊。我心理素質好著呢，反正在節目裡說別人也經常有口無心說重話，來個人懲戒我幾句也挺好！」

「別太謙虛，太謙虛也是驕傲！我覺得你說那女孩說的太對了。現在的女孩啊，口口聲聲愛情愛情，其實捏著一打條件讓你對號入座。有房、有車、有學歷、有好工作，還得健康，你說她們要求這個多！這哪是結婚啊，這不市場選東西麼！」男聽眾安慰了兩句就打開了話匣子，顯然是生活裡被女人挑剔煩了，上這兒尋找心理平衡來了。

「呵呵，這位聽眾真是心直口快……」林翩翩剛一開口就又被打斷。

「我就說現在的人就只考慮自己。你說你跟人家好兩年了，一發現人家身體不好，馬上這個那個的。這叫什麼人啊！」男聽眾也不知哪來那麼大火。

「我們也要設身處地想想。誰也不容易，女孩也沒說要跟男朋友分手，只是說很痛苦。誰遇到這事心裡也不好受，我們不能不由分說就譴責人家。時間有限，我們來跟進論壇上討論很熱烈的袁女士的故事。」林翩翩要挽回對女孩的傷害，同時對這憤怒男有點來氣，草草把他打發了。「在前天的節目裡袁女士打來電話，講述了自己的遭遇。兩天以來聽眾們在論壇上各抒己見，絕大部分觀眾認為袁女士是在掩耳盜鈴，傷害別人也傷害自己。昨天，袁女士發來了很長的短信，我給大家唸一唸：小林你好。我看到了論壇上大家對我的勸告和挖苦，知道這些朋友是出於善意和正直。但是我還是忍不住委屈，我想為自己辯解，即使我們素不相識，我也不想讓別人說我狐狸精。我跟他認識時並不知道他有老婆孩子，後來知道的時候，已經在一起一年多了。

你也知道，感情不是說斷就斷得了的。我們現在幾乎從不出入公開場合，我們經常在我家，在車裡約會。我並不想讓他離婚，也不想跟他妻子搶奪什麼。希望大家也可以想想我的痛苦。」唸到結尾林翩翩簡直有些感同身受，她與葉庚也從不出入公開場合，她也從不向他要求什麼。

「小林，我想說兩句。」一個男人聲音渾厚。

「這位聽眾，您說。」

「我覺得袁女士也挺可憐的。她其實是個受害者，那男的肯定是存心的，故意隱瞞自己結婚的事。我覺得她必須快刀斬亂麻，切斷與那男人的聯繫。我送她一首歌：啊！多麼痛的領悟/你曾是我的全部/只是我回首來時路的每一步/都走得好孤獨……」男人說著說著唱起來。

「這位聽眾，時間關係，你唱幾句就行了。相信袁女士能感受到你的真誠。謝謝你，我們接下一個電話。」猝不及防碰到一愛秀的，林翩翩還真是哭笑不得。

「喂，小林啊。剛才那男的有毛病吧！怎麼什麼機會都不放過，跑這兒唱什麼歌！再說這袁女士有什麼可同情的，她就是咎由自取。動不動拿愛情說事，明明就是為自私辯護。婚外戀就是不道德，說什麼它也是不道德。」一清脆女聲，說話像剝豆子。

「嚴重同意。只有婚姻裡的愛情才有理由被保護，即使情況再特殊，你覺得自己再無辜，破壞別人家庭還是不道德。誰想為自己辯護都找得到理由，但有的事你再讓人同情也還是錯的。」林翩翩喜歡那女聲，情不自禁贊同她的觀點。其實這樣的節目做多了，難免對誰都同情，對誰都麻木，內心早就沒了旗幟鮮明的立場。

「小林，您好。」中年婦女的聲音傳來。

「您好。也是要就袁女士的經歷談談自己的想法嗎？」

「什麼東西！還不出入公開場合，在車裡，家裡。那玩意兒見不得光，可不能公開麼！還好意思說在家裡車裡的，是覺得車裡很刺激麼！我最恨這種人，勾引別人老公，還裝不是故意的，還委屈。這樣人就應該判刑，我看誰還敢！」女聽眾聲都劈了，相當投入。

「這位聽眾真是義憤填膺啊。判刑的事咱就別在節目裡談了，這個您得跟司法部門反應。」林翩翩怕那邊炸了，趕緊東拉西扯。「袁女士的事就先說這麼多，大家覺得不過癮，還可以在論壇上繼續聊，我們會跟進的。下邊還有聽眾的電話，我來接一下。」

「小林，我和我男朋友感情很好，但是他始終不把我介紹給他父母，我很痛苦！」一挺風騷的女聲軟軟傳來。

「你們在一起多長時間了？」林翩翩不喜歡那種聲音。

「都快三個月了。」

「你可真是只爭朝夕啊！三個月恐怕還真用不著見父母，我看你也太心急火燎了。」

「但我覺得我們彼此都認定對方了呀！」竟然是一走瓊瑤路線的。

「你今年多大？懷春少女啊？」林翩翩一看資料，這女的都快四十了。

「我們都是二婚。」那邊當然不會說年齡。

「那還是慎重點好。我麻煩你再多忍忍，認定了也再忍忍。」林翩翩切斷了電話。

「小林姐姐，下午好！我是初次傾聽你的節目。」

「那要歡迎新朋友啊，你是小月，對嗎？導播已經把資料傳過來了。」

「我聽了剛才袁女士的事，感觸挺多的，也想講述一下我的際遇。」

「好的。你講述吧。」林翩翩覺得女孩挺幼稚，說話文謅謅的。

「我也愛上了一個有家庭的男人。他長我十五歲。但是我只是純粹的愛他，並無意願破壞他另一方面的生活。」女孩說話像朗誦。

「小月，麻煩您打住！你多大啊？你懂什麼叫愛情嗎？還純粹愛？」林翩翩一聽就知道這是一沒文化的純情少女，跟她當年主持《青春進行時》那些聽眾說話一個味兒。

「我二十有一。」女孩繼續朗誦。

「這麼點歲數就覺得自己成熟了。你這年齡談戀愛也就剛剛夠，還玩上癮了，上來就找一已婚的！你沒找莫多克還真是手下留情了！」林翩翩生氣地數落著，手指直點，好像女孩就站在她對面。

「我不是執意尋覓已婚的，而是緣分讓我遇到他的。我被他偷了很貴重的東西，我的心。」

女孩自說自話。

「住口。還緣分，還我的心。別文藝了！跟二十一歲女孩搞婚外戀，不用說，對方絕對是個沒有良知的人，簡直就是禽獸不如。你的問題沒什麼可多說的。你要是頭腦健全就跟那老流氓分手，不然吃苦的日子在後頭呢。」

「你不了解他……」

「住口吧。我不需要了解，也不能跟你再浪費時間了。順便提醒你，別這麼文藝。我們再見。」

林翩翩煩亂地下了節目，搞不清楚怎麼那麼多人的感情一片混沌，都把愛呀情呀掛在嘴上，其實情節都現實而簡單，那些投入糾纏不過是當事者的冥想。她驅車去飯店，心想著她與葉庚之間的誘惑與吸引。他們已經一個月沒見，他去歐洲考察，一回來就發了召喚的短信。林翩翩幾乎是雀躍的，她從不主動聯繫他，怕他忙怕他煩怕他不喜歡。上節目前葉庚又來信息說晚上有重要的飯局，他和她都要參加，約會被延遲在飯後。她有點怏怏，卻明白這是不得已，至少見面的時間還是沒變的。

飯桌上端坐的是他們台最重要的廣告客戶，那人白面無鬚，一副營養好心眼壞的狡詐相。

林翩翩趕到時，葉庚、張未、還有另外幾個領導都已經到了。她抱歉地笑笑，解釋下班高峰的堵車。客戶做理解萬歲狀，熱情地招呼她坐在身旁。她望著客戶身邊空著的位子，飛速掃了眼葉庚，不情願地坐了過去。葉庚安之若素，根本沒有看她。

「哎呀，小林呀，我可是你粉絲啊。聽你在節目裡損別人真是種享受啊！」客戶聲音猥瑣，笑容比聲音還猥瑣。

「太感動了。您百忙中抽空聽我的小破節目，感人至深啊！」林翩翩已不是剛出校門的黃毛丫頭，應酬的話多少還能說幾句，但表情上還欠修煉，有點皮笑肉不笑。

「我跟你們葉台說，今天小林要是不來，我也不來了。一堆大男人吃飯，有什麼意思！」客戶得寸進尺，一臉賤笑。

「那今天就讓小林陪您多喝兩杯。」葉庚熱情地說，略顯抱歉地瞄了一眼林翩翩。

「來，我敬您！」林翩翩端起酒杯一飲而進。她這杯是喝給葉庚看的，他知道她不能喝酒，還叫她多陪幾杯。她恨他的不動聲色，恨他政客般的公私分明。

倒是張未有些沉不住氣，他的眼睛像兩粒快要掉下來的扣子，滴溜溜亂轉地心疼著林翩翩，屁股在椅子上扭了幾下，如坐針氈。想出面，卻覺幾個領導都在，自己越界解圍有些不便。

「小林果然豪爽，沒有一般女孩的忸怩。我喜歡！」客戶來了情緒，順勢摸了摸林翩翩的手。

林翩翩想一個巴掌抽過去，大不了得罪了客戶丟了飯碗，但她沒有，她顧及葉庚的面子，他在意的事情，她死也會幫他把戲唱完。

「好酒量！我敬您一杯，為我們多年的合作乾杯！」張未還是站起來了，他的臉混著諂媚和緊張，忍不住瞥了林翩翩一眼。

觥籌交錯，林翩翩豔若桃花地坐在客戶旁邊。整頓飯，葉庚只對她說了一句話。他說，小林今天表現不錯，不愧是業務骨幹。語氣生硬，那麼公事公辦。她慘然地笑笑，繼續推杯換盞。為了那個她鍾意的男人，苦中作樂心甘情願。她想起節目裡那個叫小玉的二十一歲女孩，滿嘴文藝腔，什麼也不懂，草率的愛上一個結了婚的男人。男人比她大十五歲。葉庚和林翩翩，也相差十五歲。

十一、接近愛情

林翩翩微醺著獨自上了出租車，張未堅持要送，她堅持拒絕。當著那麼多人，張未也不好再拉扯。林翩翩讓司機兜了兩條街，才向葉庚家駛去。她靠在後排的座位上，覺得五臟已經脫離了身體，整個人失重地飄起來。

她跌跌撞撞地敲門，鬼一樣閃進屋裡。葉庚已換了居家的衣褲，拿著手機。

「惦記死我了！正要給你打電話。還行，沒醉得連我都忘了。」他摟著她的肩膀，語調雲朵般綿軟。

「不用打，我會自己白送上門，別浪費那幾毛話費。」林翩翩目光迷離。

「不高興了？說話這麼殘酷。」

「沒有。隨便一說。」

「沒讓誰看見吧？」謹慎是葉庚的靈魂。

「花非花，霧非霧，夜半來，天明去。來如春夢不多時，去似朝雲無覓處。放心！放心！安全第一！我挖地道來的。」林翩翩捶著葉庚的胸恨恨地吵嚷著。

「還是不高興了。」

「不高興？我也得敢啊！我上廁所。」林翩翩收起怨怒，直奔衛生間。

其實她不想上廁所，她是流淚了。她壓抑著聲音哭了一會兒，沖了下馬桶，平靜地出來。她也搞不清為什麼，她不願帶給葉庚一點不愉快。她恬淡地靠向葉庚，任由他牽著走進臥室。她鬆軟地躺著，跟著葉庚的節奏任由他擺布，感受他對她身體的掠奪。他總是不遺餘力地要她，好像掏空她穿越她方可到達人生的極樂。

「今晚我特擔心，都不敢看你，怕看了會心疼。」葉庚疼惜地說。

「薄情啊！明知道我不會喝酒，還……真是捨得孩子去套狼！」林翩翩推了他一把。

「不得已啊！那王八蛋非叫你去，你不喝他是不會輕易罷休的。我倒想衝冠一怒為紅顏，那不是沒事找事麼！不過張未夠仁義，對你是真體恤！」

「他一天咋咋呼呼的，看著挺淺薄，還真是一好人。」林翩翩不無感慨地說。

「看來你還是不適應，以後儘量幫你推掉吧。本來我也是為你好，覺得多接觸點人，以後發展會省力。」

「多謝葉老師提攜！」林翩翩板起臉來，作了個揖。她知道葉庚一直規劃著她的前途，在他的思維裡，事業的關照才最顯誠意。

「光口頭感謝是不行的！」葉庚猛地拉起她。

「你把我最崇拜的葉老師變成了毛茸茸的灰皮大色狼！」林翩翩掙扎著說。

「錯的是你不是我。我本來就是專吃你的色狼！」葉庚故意咬牙切齒地撲上來，傳神地扮演著色狼。

已經快半年了，她不時在傍晚到來，翌日離去。她躺在他身邊，暫時做那大床的女主人。林翩翩甚至覺得，她所有餘下的時間都是一種留白，唯有陪伴葉庚的片段才有可期待的內容。

她的山林裡流淌著他一個人的泉水。

他們不像一般的情人，他們沒有吵鬧、猜忌、折磨、約束，一種默契的美好被提純出來，接近愛情。但這其實不是默契，是迎合和犧牲。在鬆散自由不留痕跡的關係裡，葉庚嘗到了甜頭，林翩翩卻埋藏了酸澀。她臣服於他，難以克制地仰慕討好，自動營造著不平等。從不自卑一貫桀驁的林翩翩，縱使與葉庚親密了半年還是甩不掉拘謹，走不出自虐般的善解人意。她知道他需要直奔主題，沒有拐彎抹角的時間，於是她過濾掉多餘的糾纏，只給他撫慰和溫存，甚至收斂起豐沛的依戀。她知足地充當著夜色情人。她的愛如曇花，在暗黑的角落悄然繁盛，又在清晨的冷光中寂寥死去，無人知曉。在台裡偶然相見，他們心照不宣地點頭，守著香豔的祕密，好似毫無瓜葛的上下級。其實林翩翩不介意，她不怕背上勾引台長的惡名，亦不怕被歸類成權色交易的女主角，她甚至渴望身處這樣的困境，她要聲嘶力竭地為他辯護，為他身敗名裂，為他毀滅自我。她將成為《紅字》裡的女人，捍衛她聖潔的愛情，交付身心以及一切。但她不需要也沒有機會做那麼多，她知道對他最好的保護就是隱蔽。

她清楚明白這多少有些自做多情的意思，葉庚從沒給他們的關係下過定義，他謹慎小心甚至可能後悔過自己的魯莽。他偶爾會說喜歡，但避免與愛有關的字眼出現。他成熟而疲勞，沒精力再侍弄嬌氣的愛情。不需要太狂熱，心動一下就好。他也會好心地暗示林翩翩，怕小姑娘投入得太多。他說，我們永遠不要傷害對方，永遠彼此珍惜，永遠量力而行地互相扶持，永遠不許反目成仇。林翩翩會意地笑笑，用眼神回答，知道了。她全然明瞭他的意思，知道他與她的人生不在同一階段，他熱戀時她還小，他結婚時她還小，他受傷時她也還小，如今她終於長大湧動出懵懂的激烈，他卻已人到中年，學會了平靜看透了痴狂。她感念他沒虛誇一分，只表現真誠的部分，並對不能給予的表示抱歉。

起初也有過疑懼、焦慮，也想過理智的抽身，卻還是漸進成難以割捨的眷戀。葉庚，這個她撕下來藏進抽屜的照片，豐滿立體成一個人，偶爾呼吸均勻地酣睡在她身邊。勞累疲憊後會打呼嚕，小腹略微突起有了少量贅肉，匆忙中會錯穿本不是一雙的襪子，對電腦一竅不通遇到病毒就氣急敗壞，買東西不看價錢買完了又抱怨不值得，飲食馬虎粗糙食欲不振，不能忍受髒亂堅持每天打掃房間，在頻繁的年會研討會策劃會後抱著她發呆……他帶著凡俗男人的鮮活忙碌在她的視線裡，從意淫中的虛幻具體成空氣裡的真實。她發現夢想與現實的出入，卻驚喜地愛上那些未曾設想過的瑣碎細節，這在葉庚的完美之外鍍上了一層可愛。她是帶著有色眼鏡看他的，透過金色的眼鏡，這個大她十五歲的男人閃爍著讓她沉溺的光亮。藉著那男人的金色光暈，她臆想的愛情宮殿也一下子金碧輝煌。她迷醉在人與宮殿的燦爛裡，發狠地想，怕什麼粉身碎骨，要什麼地久天長！

十二、求婚

「翩翩，嫁給我吧！」歐陽雷掏出一個精巧的紅色盒子，不用看，是戒指。

「別鬧了。」林翩翩心一驚，得過且過。

「你看不出我是嚴肅的麼？」歐陽雷清了清嗓子，誠惶誠恐地說。

「我……太沒有心理準備了。太突然，太不人道了。」林翩翩心裡非常畏懼，嘴上依然在打趣。

「我知道你都察覺得到。你一直在容忍我，這我都知道。」

「你知道？」林翩翩覺得自己心懷鬼胎，眼圈因為羞愧而泛紅。

「別難過。你的好我都記在心裡。我發誓真的沒做什麼對不起你的事，我無數次想跟你說清楚，但見到你就開不了口。你越發沉鬱，我知道以你的敏感你什麼都察覺得到，我知道你在等我開口。可是我，我沒臉說。我想來想去，覺得不能失去你。我要向你求婚，我希望以這些寬慰你約束我堅定我們倆的關係！」歐陽雷已經兩年沒這麼動情地說過什麼了。

「那你說清楚吧。」一年的情感熱線讓林翩翩訓練有素，她已經反應過來歐陽雷說的容忍和她的不是一回事，而這中間有他對她的虧欠。

「我以人格擔保我真的只是逢場作戲，我沒有動過心思。」

「是麼？」林翩翩心頭掠過一片悲涼。她一直對他深感歉疚，卻沒想到他也是半斤八兩，原來誰也不是秦香蓮，都有一本糊塗帳。

「你也知道，我的生活節奏太快了，有時會忽然有種解脱不了的壓抑。你太小了，工作又那麼忙，覺得沒法跟你說，說了你也不懂……」

「別鋪墊那麼多，直接說關鍵的。」林翩翩打斷她，好像在對聽眾說話。

「我有過一夜情。」歐陽雷羞愧地低下頭。

「還怪時髦的。」林翩翩像背後挨了一槍，錯愕又疼痛。

「真的只有一次。她第二次約我，我雖然去了，但什麼都沒發生。我褲子都脱了，可是一下子想到了你……」歐陽雷乞憐地說。

「褲子都脱了，還想到了我。我太感動了！」林翩翩好像遺失了原本的說話方式，只剩下做節目時的調子。

「翩翩，我也非常痛苦。你的沉默和包容更讓我難過，我發誓不會再背叛你，我愛的只有你。」

「你不覺得你今天發誓發得有點多麼？」林翩翩冷笑地起身，要離開。

「別活在夢想裡了。修復一段感情到底比重新尋覓容易。我們至少手裡有碎片，黏在一起就可以了！」

「你這話是說給我還是說給你自己？」林翩翩難掩鄙夷。

「難道你一直的忍耐只是為了讓我自己說，然後離開我？」歐陽雷惶惑地抓住她。

「我沒你那麼運籌帷幄。」

「那你會原諒我麼？」

「你讓我想想吧。別給我打電話，我會找你的。」林翩翩甩開他，淒然地離開。

歐陽雷絕望的樣子其實已經讓她心軟了，但她澆不滅心頭的怒火，那種被欺騙被愚弄的屈辱感讓她呼吸急促，很想破壞點什麼。她緊緊捏著方向盤，以手的發力消解著怒氣。她想給葉庚打個電話，卻在想起葉庚的瞬間懵了，她覺得自己挺損，背叛了男朋友一年多，卻在對方小小的出軌後把自己當成了最委屈的受害者。眼淚漫上眼眶，她不知這淚是為誰而流？

人到底都是自私的，自己最知道心疼自己。之前還一直內省著腳踩兩隻船的事實，總覺得辜負了歐陽雷，今天卻傷感地揪住他的錯誤不放。而且，她一直覺得自己和歐陽雷沒有愛情，只是慣性造就的親情，不分手只是苦於沒有合適的理由，這下理由來了，她卻心神難安。她以為對他的情已經枯竭了，卻發現不是說沒有就真的沒有了。他們一起走過了五年時光，那種喜怒最無常皮膚最光滑是非最分明謊言最簡易的準成人年紀，她和他，被認為是一個整體。他是她與那段歲月的聯繫，是纖細的線牽扯著她毛茸茸亮晶晶的記憶。如果他和她結束了，她會再也不敢回去。他們缺乏溝通，貌似般配其實有點南轅北轍，但是既然當年會怦然地鍾情，並且多年沒有分手，至少說明兩人之間還有種本質上的認可和交融。回頭看，那誤以為筆直的情路竟是這樣裡出外進。沒有爭吵，沒有糾紛，沒有刺刀見紅，他們選擇殺人不見血，分頭出軌，再偽裝安詳，這一點上兩人還真是心心相印。沒有誰為誰守身如玉，我愛你是為配合這寂寥的人生。

「是我。」林翩翩第一次撥通了葉庚的電話，一年來她都是乖巧地等待，不被需要就不出現。

「翩，你怎麼了？」葉庚沉吟片刻，關切地問，大概是聽出她聲音的異樣。

「我也許要結婚了。」

「好夢總是容易醒。你是在向我告別麼？」他黯然。

「你可以見我嗎？」她哭了。

「我們約一次會吧。很少帶你出去的。」

「不。我想去你家，行嗎？」

「也好。我等你。」

林翩翩不想今晚有什麼特別，她怕特別與結束有關，她在聽到葉庚聲音的瞬間下了決心，無論如何不要先離開這個男人，除非他要離開。這才是她內心深處的那個男人，不能免疫。

他開門，她撲向他。他們親吻，臉貼著臉蹭著，再親吻，她把頭埋在他肩上。她一股腦全說了，男朋友求婚了，坦白了背叛，一夜情，懺悔，戒指很大，她以為不愛他，但是她難過了。

他說，不如就嫁吧。這是多幼稚的孩子，結婚了應該會戀家。捉姦在床都該抵賴的事竟然在求婚的時候沒有屈打成招就坦白了。有學歷有教養有前途還這麼傻。

他吐露的會是全部麼？

不會。所有人都有道德以外的情不自禁，如同你也有祕密。

他的背叛就那麼原諒了嗎？

人生中失望總是一個接一個，不可能了結。女人容易老就是因為放不下無謂的固執和較真。

那麼我依照你的意思嫁了！

不要為了我做任何事。我的想法僅供參考，因為痛苦比你多，所以多少有點價值。

我還可以來嗎？

你要知道，結了婚性質就不一樣了，我們現在是男未婚女未嫁，那時候你可是有夫之婦了。相濡以沫不如相忘於江湖。

我早就不是什麼好東西了。做你的情婦吧，到你結婚為止。

我不想毀了你的生活。

我不聽你的，我只做參考。我要來。

林鬫鬫其實想問為什麼你不能娶我，話到嘴邊還是原路返回了。自尊在唇邊是一道關口。

十三、無題

「鬫鬫，你真是錦心繡口，在這樣惡濁的世界上怎麼還會有人純潔到你的程度！你太讓我感動了，讓我重新開始相信愛情。原來愛情很簡單，只要我們保護好自己的純潔。」這是節目尾聲時一個男聽眾的電話。

林鬫鬫歪了歪嘴想笑笑，卻不小心淌了眼淚。她在葉庚家睡到下午，一腦子空白地靠到直播時間，什麼都沒準備就進入了工作狀態。恐是節目裡說的太多太花哨，生活裡的林鬫鬫物極必反，不見了原來的心直口快，總是悄無聲息地安靜著。她越來越職業化，節目裡尖銳，私下裡沉默，天天實踐著判若兩人的轉換。每日五點準時火冒三丈語重心長，六點立刻刀槍入庫馬放南山，瞬間遊刃有餘地調動著冰火兩重天，簡直像川劇裡的變臉。流年飛轉，林鬫鬫被這些在別處的故事日復一日轟炸了快兩年，她褪去了羞怯麻木了悲憫，工作時心如止水只剩花架子的刁鑽。輕車熟路了，無非是聽各種移情別戀生離死別背信棄義無病呻吟，野蠻粗魯地提出以道德為準的解決方案，故作清醒地一針見血扎幾針。

晚風撫面，下節目總是在這個時間。重新相信愛情。原來愛情很簡單。男聽眾的話復現在耳邊。林翩翩忽然很想說聲抱歉。聽眾總是錯她永遠對，沒心沒肺地胡說八道，得寸進尺地攻擊別人的悲哀，置身事外地指出血淋淋的出路，這便是她體面的工作——最當紅的先鋒情感聊天節目《不是我説你》主持人。自負、狂躁、武斷、一刀切，誰賦予她這樣的權力，以高人的身分踐踏人愚弄人，還輕蔑地裝作一切很簡單！他們喜歡她信任她甚至依賴她，卻不知她只是按最粗淺原始的原則說話，生活裡比誰都慌亂。慢慢地，林翩翩終於發現，任何一段感情都複雜，都充滿困難。幸福是個虛無的詞彙，質感縹緲並且太遙遠。她和那些電話機旁專注傾訴的聽眾一樣，把握不了自己的內心，有時勇敢，有時畏懼，有時從容，有時憂慮。她原來一直不信，每個人的故事都是寓言。現在她終於信了，卻還是無法規勸自己接受別人的教訓。有些苦一定要吃了才知道。有些話說再多也無意義。

她撥弄著手上的訂婚戒指，擦去淚痕換上一副笑臉。完美是個圈套，相安無事就好，別要求太高，別委屈就好。太陽底下，並無新事。

毛坯夫妻

一

雷烈看著熟睡的溫小暖，覺得她越長越像貓，五官集中，表情散漫而詭祕，是因為和貓待在一起時間太長了嗎？他親了親小暖的臉頰，她發出含混的兩聲哼哼，翻了個身。溫小暖一隻腳露在了被子外，紅色的指甲油已經有些脫落，讓人難判斷這女人是愛美的還是邋遢的。雷烈把小暖的腳塞進被子，經過四隻熟睡的貓，越過滿地雜物，上班去了。每天都是這樣，不到七點，雷烈起床上班，而剛剛躺下三四個小時的溫小暖正處在昏天黑地的黃金睡眠階段。

雷烈要倒兩班公共汽車上班，大概三十公里路，一個多小時的車程可以到達公司，公車是走高速的。車很擠，一早必須精神煥發去討生活的上班族，誰也不讓誰，捍衛著自己的立錐之地。但雷烈總是有座，因為他們家在終點站。他住在城市的最東邊，雖然去哪都不是太方便，但唯一的好處是占了終點站的便宜，漫漫長路不必立正，可以坐著稍息。

他簡單洗漱，七點準時出門，上班前到公司樓下的早餐鋪吃飯。包子、餛飩、餅、豆漿，早餐鋪只有四種產品，卻火爆得像跨國連鎖的多種經營，吃飯還得跟那山東口音永遠拉著臉的服務員賠笑臉，好像在求什麼長生不老的仙丹。原本雷烈是在家吃早飯的，溫小暖比他早起半小時，睡眼惺忪折騰著各種廚具。兩人共進早餐，溫小暖總是半睡半醒地瞇著眼，動作遲緩，雷烈懷疑她隨時會有昏迷的危險。吃完飯她送他出門，繼續睡回籠，到中午日上不止三竿才正式起床。早餐總是精緻得駭人：雞蛋會煎成心形，黃燦燦的蛋黃是那顆心的心；三文治切得整齊規範，培根、火腿、西紅柿低眉順眼被碼在裡邊；土豆泥是小貓的臉，橢圓形外加兩個三角耳朵，上邊點綴著兩個象徵眼睛的葡萄乾；熱狗腸被開膛破肚切成花形，兩個一組開懷大笑地穿上牙籤。天！誰能想到在這城市東郊的陋室，還隱居著一個技藝精湛的大廚啊！第一次見到這般化腐朽為神奇的早飯，雷烈簡直激動得要吐血，他在溫小暖未洗的臉上深深一吻，傳遞著對早餐的感謝和敬畏。然而，幾天下來，雷烈就鬱悶了。天天煎蛋、三文治，西式早餐日復一日。另一邊溫小暖愈發走火入魔，土豆泥小貓已經精益求精變成了更名貴的波斯貓——綠色、紫色的葡萄乾大小相同，炯炯有神。他幾乎不好意思破壞溫小暖精心打造的藝術品，不知該先咬掉小貓的耳朵還是先破壞它的雙眼。一頓家常的早飯有太強烈的儀式感，讓雷烈不知所措也不敢吃得全力以赴。而且他純中國北方的胃，根本受不了這不知是法國南部還是美國西海岸的早餐。一次兩次新鮮新鮮是可以的，可長期下來，他簡直怕了這五星級酒店般的眼花繚亂，發自肺腑地渴望哪怕是路邊攤的包子饅頭鹹菜稀飯。他一看到溫小暖披頭散髮在廚房忙活，就心頭一緊，琢磨著如何面對一桌子花裡胡哨的外國飯。雷烈體恤地告訴溫小暖，不要這樣起早貪黑地忙碌了，他心疼她。溫小暖善解人意地說沒事沒事，為了她親愛的他，睡眠不足也是心甘情願的。最後在雷烈的一再堅持下，溫小暖才甜蜜地答應不再起床做早飯了。雷烈摸摸她的頭，心想終於可以和那些玩具早飯說再見了。

小籠包的籠屜反覆使用早有些髒了，盛餛飩的碗邊也兩處缺損，雷烈對著粗糙的容器吃得心滿意足。這才叫早飯嘛，質樸實在，吃得人額頭微汗。飯後，他清了清嗓子朝公司走去。雷烈在一家製作公司上班，說是公司，其實更像作坊，裡裡外外十幾個人，連他這個剛來不到兩年的，都已經進入了核心階層。公司主要製作音頻，偶爾也接一些校本、視頻類的業務，雖說夾縫中求生存，但業務倒是不少。雷烈去年從某集團內部的電視頻道跳槽到這裡，放棄了穩定安逸的主持工作，只為能賺得多些，儘早還完貸款。內部電視台之前，雷烈在一家手機資訊台做主播，那地方僧多粥少，幾個主持人鬥得你死我活；手機諮詢台之前，雷烈在體育頻道配音，同事多半是上學時的同學，合作愉快賺得也多，可惜收視率研究室下達了病危通知，節目被斃，欄目解散，雷烈丟了飯碗。畢業六年，換了四份工作，如今正兢兢業業配音、剪片子、外加聯繫業務。

雷烈是廣播學院播音系畢業的，上學時因為業務突出，是播音系七匹狼之一。每有去外校會演、接待外國友人、去中央台演出的機會，總是少不了他們七個。一水高大威猛的男生，面容俊朗聲音洪亮，清一色黑西裝，那場面現在想起來也真是風光無限。如今這七人有的春風得意成了電視台新聞主播，有的退出江湖成了居家過日子的孩子爹，有的天馬行空做起了忽然爆發忽然困窘靠配音吃飯的棚蟲，而雷烈則朝九晚五，雖沒有太遠離專業，卻做了太多專業以外的內容，他覺得自己幾乎成了個邊緣人。

溫小暖是雷烈的師妹，兩人是在播音系學生會認識的。那時雷烈剛剛升入大四，而溫小暖是初入校門的新生。雷烈作為體育部部長在報名的新生裡挑選幹事，溫小暖帶著個粉紅的棒球帽染著金黃的頭髮，腳上是一雙淺粉色平底船鞋，兩條麻竿般的細腿戳在鞋裡。花哨的打扮和過於纖細的腿，雷烈覺得她像一隻輕佻的彩色鸚鵡。按照慣例，雷烈問了報名者幾個問題。無非是為什麼要進體育部啊？如若進來了有什麼工作計畫？新生都怯生生的，答得自然也沒什麼新意。輪到溫小暖的時候，她乍看也是一副任人宰割的怯懦模樣。雷烈問她為什麼要進體育部。她卻囉哩囉嗦回答得沒完沒了，說外聯部總出去跑太疲勞，學宣部又要海報又要組織競賽太瑣碎，文藝部挺出風頭但自己實在算不上能歌善舞，想來想去好像只有體育部可以打入敵人內部。雷烈聽著她把自己的部門說得好像白吃飯的地方，又問她如果進來打算幹點什麼。她翻了翻白眼說，我競選的是幹事，不是部長。部長叫幹啥就幹啥，面朝黃土背朝天，沒那麼多高瞻遠矚的想法。雷烈被她逗樂了，琢磨著這姑娘倒是快人快語，招進來活躍氣氛得了。於是溫小暖大搖大擺進了體育部，每天大呼小叫跟著雷烈忙東忙西。後來，雷烈覺得她雖然有點二，但也挺可愛的。再後來，七匹狼中的另一匹相中了溫小暖，系學生會外出野餐時為溫小暖馬首是瞻，殷勤獻得旁人都不敢看。溫小暖哭喪著臉黏糊在雷烈部長身後，拒絕著那匹狼的好感。野餐歸來，那匹狼告訴雷烈別裝大尾巴狼了，擺明著溫小暖中意他，該出手就出手吧。彼時雷烈感情空窗已經兩年有餘，雖然不是芳心，但也的確寂寥。雷烈想想那姑娘雖然不夠低調，但還是挺本分，於是打算一頓飯就把她收編。結果剛剛開餐，雷烈才開門還沒來得及見山，溫小暖就兩眼發直臉色慘白呼吸困難從椅子上出溜下去了。倒楣的雷烈抱起她衝出飯店打車奔了醫院，特意穿的白襯衫被她吐得垃圾一般，特意塞滿的錢包付完了餐費掛急診立馬癟回了原點。又是洗胃又是打點滴，折騰一番，還陽的溫小暖終於脈象平穩。原來，她還是個過敏體質——花生過敏。餐前的小點心裡放了花生醬，不知情的溫小暖吞了兩塊就付出了急救的代價。滿身汗穢的雷烈焦灼地守在床邊，還沒怎麼樣呢就得替她操心。兩個小時，溫小暖少氣無力地睜開雙眼。雷烈恨恨地說，我沒抱過女生，你做好準備以後可能得嫁給我。溫小暖說，那先當你女朋友慢慢準備著吧。說完沒搭理雷烈翻身睡覺了。一段說起來簡直草率的關係，就那樣確定在了病床前。

談戀愛沒多久，雷烈畢業了，他搬出宿舍在學校附近與人合租了房子，溫小暖沒事就往他那兒跑。兩年後，隔壁房間的人退租，雷烈乾脆租下了那套兩屋一廚，溫小暖也就順理成章地搬了過來，開始了同一屋簷下的相看兩不厭。這下約會倒是省錢了，不去飯店電影院，窩在家裡看碟看書打遊戲，餓了就食堂地幹活，刷的還是溫小暖的飯卡。開始雷烈以為溫小暖懂事體恤知道勤儉持家，後來發現她就是懶，不愛出門不愛動，偶爾出去不把兜裡錢花個精光絕不踏上歸途。

二

「師哥，週末露露他們要來吃飯，你有空嗎？」溫小暖在電話裡叨咕。下午一點，看時間她該是剛睡醒，聽聲音也還帶著夢的餘溫。

「週六還是週日？」雷烈問。

「啊呀！他們沒說，我問問再跟你聯繫。掛了啊，師哥。」

「晚上回家再說。我應該沒什麼事，你要好意思就讓他們來吧。」

「我有什麼不好意思的？好好工作吧你，別工作時間修理媳婦了。晚上早點回來啊，我煲牛尾湯。」

在一起六年多了，溫小暖還是叫雷烈師哥。雷烈對這個稱呼很受用，他覺得很像武俠小說，一般師妹嫁給了師哥，也不會改口叫相公，依然師哥師哥地叫著，帶著系出同門的近乎。雷烈掛了電話繼續吃著外賣涼麵，心想著晚上的牛尾湯，露出了滿意的笑容。

原本溫小暖是不會做飯的。上大學之前，她甚至連水都沒燒過，雖不是什麼富家千金，卻也被慣得四體不勤。有一次她大張旗鼓拎著兩袋子東西去雷烈的出租屋做飯，忙活了一個多小時，端出了三個碗，一碗湯大的飯或者水放少了的粥，總之那一碗大米乾濕程度介乎飯和粥之間；一碗切得整齊的香腸，似乎是蒸過的，因為冒著熱氣；一碗西紅柿黃瓜胡蘿蔔，拌了沙拉醬，中間還搗碎了一個煮雞蛋。雷烈表情絕望地接過三個慘淡的碗，心想這樣的女人真娶回家可怎麼辦！偶爾改善伙食，都是雷烈掌勺，溫小暖游手好閒站在一邊看。後來，溫小暖賦閒在家無事可幹，才大器晚成開始了料理生涯。

那是溫小暖大學畢業的第二年，她和老闆大吵一架憤而出走，只留下一張字條寫了一行「老子不幹了」就收拾行李回老家散心了。雷烈回到家看到滿地狼藉的臥室和四隻喵喵亂叫的貓，真想把那些貓一個個拎起來放血。這個好逸惡勞的溫小暖，招呼也不打就拍屁股走人了，還留下四隻流浪貓添堵。當晚溫小暖在火車上來了電話，她上了火車才覺得不告而別不夠仁義，特意打電話跟雷烈道歉。雷烈抓狂地嚷嚷了幾句，溫小暖卻自顧自地講起了老闆的不是。

她從畢業開始就一直在那家公司，一天八小時，隨時接受任務錄彩鈴、搞笑段子、鬼故事，郵件一到或者電話一響，她就得及時出現在錄音室。一個月底薪兩千，根據錄音的量拿提成。其實工作也還算有趣，咿咿呀呀裝神弄鬼不是難題，就是那每天九點準時打卡的制度不合溫小暖的意。她從沒出過國卻按照歐洲時差生活，無論何時非得比北京時間落後幾小時。別人睡的時候她正精神，別人起的時候她正犯睏。每天鬧錶響起，她都五官扭曲地把它關掉，殺人不過頭點地地打算再瞇一會。雷烈為了叫她起床花了不少心思，他簡直搞不懂平時沒什麼脾氣的溫小暖怎麼那麼貪睡，一叫她起床就翻臉。他把手指插她鼻孔，靠阻礙換氣打斷她；他把手機開成震動放在她肚皮上，弄得她做夢也只能夢到拖拉機。每天他拖著滿臉倦容的她走向車站，開始新一天的工作。偶爾他實在不忍心，或者她實在太強悍，溫小暖就徹底睡死過去蹺了班。每個月，她都因為裡出外進的出勤被扣掉不少錢。溫小暖從不檢討，而是致力於控訴公司的剋扣，底薪才兩千，可是一次缺勤就要扣掉一百元，遲到也要扣五十，難不成我一個月不去還得倒找他們錢嗎？那個告別了春睏秋乏夏打盹的冬天，溫小暖屢屢蹺班，一個月下來，工資加獎金只拿到九百元。她捏著那薄薄的一沓錢，罵了老闆，捲了鋪蓋，從此成為了新時期的待業青年。

先是回老家住了一個月，反正怎麼睡也沒人扣錢，吃穿都有爸媽照顧，溫小暖神清氣爽樂不思蜀。雷烈苦苦哀求父母苦口婆心，她也沒扒拉回去的算盤，直到雷烈惡狠狠下了最後通牒，不回來就弄死那四隻貓，絕不食言。她知道雷烈沒有惡從膽邊生的行動能力，卻還是裝作就範地跑回了北京。一出車站，四目相對，沒有浪漫煽情的擁抱和眼淚，兩人推推搡搡，你給我一拳我撞你一膀，哥們般回到了出租房。倒是看到那幾隻貓時，溫小暖眼神溫柔笑容溫存，她檢查了貓糧貓沙，對雷烈露出讚許的笑容。等溫小暖跟貓親熱完，才輪到雷烈靠前。

其實雷烈不喜歡那幾隻貓，牠們肥頭大耳好吃懶做，在不大的房子裡閒庭信步東抓西咬，什麼也不打怵。但是他沒辦法，溫小暖不要鑽石玫瑰，不愛華服美裳，唯獨愛貓如命。那四隻貓沒一個名貴品種，兩隻從街上撿回的流浪貓，兩隻被消息靈通的前主人特意託付於此，從溫小暖大三開始，陸續安營紮寨。溫小暖本來還打算對樓下新來的流浪貓敞開懷抱，被雷烈疾言厲色的勸解，才噘著嘴打消了念頭。四隻已經是極限了，滿屋子都是牠們上躥下跳的身影，滿耳朵都是牠們不管不顧的叫聲，原本都是風餐露宿遭人嫌棄的傢伙，卻搖身一變成了溫小暖的掌上明珠。美眉食慾好像不太好；牛丸最近在脫毛；村上又欺負鋼蛋了……溫小暖滿嘴貓經，幾乎把自己也當成了一隻貓。有一次村上從開著的窗戶裡跳了出去，活不見貓死不見屍，溫小暖兩天沒正經吃飯，瞪著血紅的雙眼盼望著浪子回頭的瞬間。雷烈假模假式寬慰著溫小暖，心想少一隻就少操一份心少一點麻煩。晚餐時間，他帶著絕食兩天的她到樓下小飯館吃飯，她哭喪著臉，用筷子扒拉著碗裡的飯，好像需要吃飯的是筷子不是她自己。鬱鬱寡歡了三四天，卻一下子聽到了熟悉的貓叫，樓門口的雨擋上，那臭無賴的貓站在燈火闌珊處。溫小暖大喜過望，靜悄悄靠近著村上，好像怕牠不是真心想回來，態度粗暴再嚇著牠，頗費心思地指揮雷烈回去取貓包。雷烈拿著貓包認了命，這祖宗玩了幾天失蹤又恬不知恥地把家還。

作為掙錢的男人，雷烈要養著辭職的溫小暖還有她的四隻貓。不工作的溫小暖一身睡衣打天下，天天吃了睡睡了吃，不是萬不得已不出門。可她一點也沒胖，還是身材細長，像紙片一張。閒來無事，她開始研究做飯了。她煞有介事買了好幾本菜譜，又大張旗鼓張羅了全新的廚具，出租房寒酸的廚房裡，她的鍋碗瓢盆閃閃發光。雷烈看著她嚴肅認真的樣子真懷疑她會不會再買一頂廚師帽，還真是幹什麼都不拿自己當業餘的，剛上手就擺出了食神的架勢。那時候，每天推開房門都有日新月異的怪味，味噌湯、紅酒梨、烤魷魚、奶油雜拌……京魯川粵古今中外，溫小暖甚至到批發市場尋找模具，試圖做出《紅樓夢》裡賈寶玉吃的那種蓮葉湯。雷烈本以為可以天天吃上熱呼呼的家常飯，卻沒想到每天都要硬著頭皮試新菜。其實，味道都是不錯的，雷烈也承認溫小暖的確有這方面的天賦。只是他受不了她痴迷過度的花樣翻新，也承受不了那些價格不菲還總被浪費的食材，在家做一頓飯，簡直跟在外邊吃的價格差不多。

三

週六，露露他們果然來了。溫小暖電話指揮遙控路線，露露開車載著一干人終於找到了北京的東邊。露露是溫小暖大學同寢室的姐妹，車裡另外三個男男女女也是溫小暖的同學。他們抬著一箱飲料，熱熱鬧鬧進來門。

「師哥，你們家真夠偏的！再開幾十米就到出北京的收費站了吧？」露露衝著雷烈抱怨。溫小暖正在廚房忙活著，留雷烈一個人在客廳招呼同學。

「就是，我終於感受到北京有多大了！」一個男生說。

「我的天，老溫，你們就住這兒？」還沒等雷烈就房子的偏遠接茬，露露就又發出了高分貝的呼喊。

一干人隨露露的叫喊開始打量房間，每個人的表情都不同，但顯然他們都在驚駭之中。面對雷烈和溫小暖的新家，他們除了大呼小叫，大概也只能啞口無言。

毛坯房。是的，雷烈和溫小暖住在毛坯房裡。牆壁上沒刷任何顏色，地上鋪著地板革，照明設備是節能燈泡，餐桌是一個掉了漆的折疊桌，裡裡外外哪裡都是鋼筋水泥的本色。客廳、臥室裡不見一件正經家具，不知哪來的舊沙發上裹著床單，三十塊錢的塑料布衣櫃一人一個一共兩個，床邊放著個簡易鞋架，上邊堆滿了溫小暖的護膚品。怎麼看也不像一個有人住的房子，倒像是神經失常的主人早已走丟，忘記了自己凌亂的家。

「我說雷哥，你們也太狠了吧？瀟灑得令人髮指啊！」先前半張著嘴的男生，終於開口了。

「我們沒錢。交完首付，我們的錢只剩一點點。我精打細算勉強把廁所和廚房給裝完。」溫小暖端著兩個盤子從廚房出來，帶著香噴噴的氣息解釋著房子的缺欠。

「精打細算？你們別聽她胡說八道！就她貼廁所牆的瓷磚，一小塊就九十多塊錢。我勸她買簡單樸素點的，省省錢，她非說淡粉的碎花她早就相中了十幾年，終於有了自己的房，打死也要往家裡搬。結果衛生間的牆磚，一不小心花了七千。你說她不精打細算，還不得兩萬啊？」在一起這麼多年，雷烈始終弄不懂溫小暖為什麼總覺得自己挺會省錢。她這種錯覺是打哪來的呢？

「這個你不懂！女人一定要有個舒適的衛生間！」沒等溫小暖開口，露露接下了話茬，跟溫小暖說的一模一樣。真是天下烏鴉一般黑，女人有什麼了不起，怎麼就非得有一個貼著暴利牆磚的衛生間？

去年，出租房即將到期，房東說會稍稍漲價。當初雷烈是因為約會方便才租下那房子，溫小暖已經畢業兩年，他們其實沒必要一直在學校旁邊。溫小暖在猶豫要不要忍痛加價和房租續約，雷烈卻從長計議有了買房的打算。溫小暖說買房是痴人說夢吧，我們兩個窮光蛋。彼時她已經失業超過了一年。房價只會越漲越高，你現在覺得貴得離譜，以後就會後悔現在為何沒當機立斷。雷烈已做了不由分說的決斷。

當然不敢考慮什麼二環三環四環，那不是勒緊褲腰帶就擠得進去的地方，中彩票之前，他們和那裡沾不上邊。第一次看房，兩人精神百倍來到了五環邊。一聽報價，信心就被擠到了天外邊，還是在溫小暖的堅持下，雷烈才蔫頭耷腦地看完了樣板間。五環外，五環外五公里，五環外十公里，終於他們一步步退到了東五環外十五公里的城市邊緣。價格合理，房子漂亮，有溫小暖喜歡的落地窗和衛生間。遠是遠了點，可是不遠的地方確實掏不起錢啊！於是，兩人拿出了幾年的積蓄，又各自回家請示了一筆住房基金，首付交上，再貸款二十年。辛辛苦苦幾十年，一下子回到了解放前，終於成了有房的人，但也再拿不出一點閒錢。裝修怎麼辦？家具怎麼辦？沒有錢，只能一切從簡，挑主要的辦。雷烈說，先把臥室弄一弄吧，反正睡覺是最主要的。溫小暖說，你安心上班，裝修的事情交給我來辦。於是雷烈戰鬥在配音的第一線，溫小暖穿梭在建材市場和新房之間。

其實雷烈是不放心的，他們唯一的貴重物品——房子，怎能讓異想天開沒頭腦的溫小暖經管！可是不這樣又能怎樣？自己必須天天上班，要是光靠週六週日，搬家還不得拖到下一年！反正那是一個毛坯房，溫小暖手頭也沒多少錢，總不可能把窗戶拆了吧，後果再壞也不會太震撼。

一個多月，溫小暖滿面塵灰煙火色地操勞奔波著，甚至疲憊得不再熱衷做飯，家裡天天吃得簡簡單單。工程似乎不小，她找了包工隊，又是殺價又是監工的，天天眉頭緊鎖早出晚歸。她唯一透露給雷烈的，便是終於找到了夢想中的牆磚花樣，其餘的一切都是語焉不詳。待到雷烈利用休息的週末去新房探班時，看到的依然還是原來那個冷清的毛坯房。原來，溫小暖把全部的熱情都投入到了廁所和廚房，除此之外的地方，都保持著原樣。還以為她拿那麼少的錢打理了整個房，卻沒料想，她一直忙活的只是那麼兩塊小地方。

雷烈欲哭無淚看著自鳴得意的溫小暖。溫小暖卻振振有詞：廚房要做飯，廁所要洗澡要便便，你不能不裝！要裝就得一步到位。其他的都無所謂啊，有一張床，咱倆就可以同床同夢，幸福萬年長！客廳啊，陽台啊，那都是裝給別人看的，廚房和廁所才是咱們自己的。反正咱不是富人，就乾脆別那麼虛榮了，以自己舒服為主吧。我們已經完成了最艱難的部分，邁出了偉大的第一步，其他的以後有錢了裝！雷烈一瞬間就被她的歪理征服了，他忽然意識到，他最看重的，便是溫小暖的不虛榮。她對生活的認識既樸素又磅礴，宛如哲學家，永遠怪異，又永遠自圓其說。

「師哥，你們家門夠酷的！我記得我幾歲的時候，我們家門好像也是這樣的！找這種門，挺費事吧？」溫小暖的男同學望著各屋翠綠翠綠的木頭門感慨著。

「呵呵，那是。」雷烈微笑著，想起那些幾乎讓他跑斷腿的門。

溫小暖的廚房廁所竣工後，他們湊合著買了個大床，又在溫小暖的堅持下鋪上了老土的地板革，理由是怕貓著涼。原來房東跟他們相處愉快，就把那使用了多年的舊沙發給了他們。沙發隨著塑料布衣櫃、電腦、衣架等等零碎物件遷移到了城市的東邊。然而，入住的第一天，他們才反應過來，他們忽視了一個嚴重的問題——沒有門。打開進戶門，任何一個房間，都沒有門。錢已經只夠吃喝的了，不偷不搶是弄不到門了，溫小暖要打電話尋求娘家資助，雷烈強勢地制止了他。那個週末，他坐著公車奔走在幾個市場之間，終於在即將絕望的時刻，遭遇了那些八十年代電視劇裡和筒子樓配套的大綠門。說好看，確實謊撒大了，但說個性還是合理的，關鍵是那親和的價錢。雷烈被預算支配，搬回了那些扎眼的門，溫小暖歡欣鼓舞，覺得那門帥呆了，顏色正，還碰巧趕上了懷舊的風潮。

「別光羨慕我們家門啊！看看我們的超級小飯桌！」溫小暖眉飛色舞端出個大盤子，轉身回廚房掌勺去了。

桌子上已經擺了四個盤子：橙汁瓜條、芝士焗南瓜、黑椒牛柳、避風塘茄子。小飯桌上鋪著報紙，按人頭擺著紙杯，溫小暖嚷嚷著讓大家先吃，還有重頭戲剁椒魚頭和豆角燜麵。中西合璧南北薈萃，露露等人被精緻的菜餚征服，一個個誰也不讓誰地擠在小桌邊。雷烈看著滿桌子大嚼大嚥的師弟師妹，殷勤地給他們添飲料，內心湧起一種主人翁精神般的滿足。

「你還在家窩著呢？」一個男生問小暖。

「是啊，下崗女工，每天含辛茹苦洗衣服做飯。有什麼散活找我啊！我可天天都是業餘時間！」溫小暖輕描淡寫，好像她一心想工作卻處處面對艱難。

「你說你也算苦出身，怎麼這麼爛泥扶不上牆，沒有革命的上進心！」露露邊往嘴裡塞茄子，邊把頭轉向雷烈，「師哥，你們什麼時候辦？」

「怎麼的？著急隨禮呀？」

「雖說會破點財，但我實在想看老溫正經穿一回婚紗！」

「那你問她。我說要辦，她總是嫌麻煩。」

「民政局都批了，辦不辦有什麼區別？又不是名人，還非得昭告天下我們正式成婚啊？辦喜酒又操心又麻煩，我們先花一堆錢，然後再上你們那劃拉點禮錢，不仗義啊！等我頭髮長點，去拍套婚紗照，就得了。」溫小暖扎著圍裙，把打牙祭的香腸放進貓的食盒子，又折回廚房端出最後的銀耳羹，擠在了小桌前。

「我還真沒見過你這樣的！人家都是女的哭著喊著要穿婚紗擺喜酒，男的沒心沒肺懶得辦！」一個男生說。

「我也沒見過這樣的。」雷烈看著悶頭吃菜的溫小暖。

搬進新家的第二個月，雷烈和溫小暖就成了合法夫妻。雖說從交往的第一天雷烈就懷著結婚的心願，但一想到尚算青年的人生階段，竟與她相伴了六年，依然覺得百感交集。

「要不咱們結婚吧？」躺在毛坯臥室的大床上，雷烈說。

「行啊。這下稱了我媽的心了。」溫小暖在前邊的電腦桌邊，手沒離開鼠標，頭也沒有回一下。

「那你的意思呢？」

「我聽我媽的。」

「什麼時候你這麼乖了？」雷烈盯著她的背影看。

「我媽說女孩未婚同居有點丟人，結了婚就不怕人說閒話了。我這人比較仁義，不想讓你背著個誘騙少女的壞名聲，打算委屈委屈接受你的破名分。」

「我說，咱們談論這麼嚴肅的話題，你能轉過來跟我面對面嗎？」

「哎，我真怕一面對面審美疲勞得壓根不想跟你結婚了！算了算了，我反正我是一沒工作的無業遊民，就不跟你談條件了。」溫小暖撲向雷烈雙手扯著他的耳朵，目不轉睛地與他面對面。

第二天一早，兩人電話告知了雙方父母，在不久後溫小暖的生日登記結婚了。

「我說雷同學，以後要是你把我甩了，我可連生日也沒法過了啊！這明明是我向世界報到的日子，你可別把它變成一段孽緣的紀念日啊！」

「呸！呸！呸！你能不能說點喜興的？我都跟你一起墮落了六年，你以為還有別人能看得上我嗎？我選你生日登記，不過是想省一份禮物。要不然結婚紀念日得送，生日也得送。這回倆好割一好了，我也省得破費了。」

「不能跟歲數大的人好，真陰險！」

當天兩人在樓下最體面的飯館吃了飯，慶祝從男女朋友過渡到夫婦階段。雷烈要了一瓶紅酒，溫小暖喝得小臉紅撲撲的，在那頓飯的後半段，保持清醒對她來說很困難。他們情緒高漲，一直吃到打烊，才相互扶持走出飯館。城市邊緣是沒有夜生活的，其實也就是十點，街道就已寂寥而森然。小區門口，幾輛黑車的燈隱約的亮著。雷烈拽著有些踉蹌的溫小暖，她的胳膊那麼細，捏起來像浮著一層水的木棍。他拍了拍她的頭，叫了一聲「媳婦」。

月亮只有一牙，薄得像缺鈣人的指甲。月光下，兩隻流浪狗在垃圾箱附近吃飯。不知是好心人特意放下的剩飯，還是哪個協調性太差的傢伙扔方便飯盒的時候偏離了垃圾站，反正兩隻狗正在狼吞虎嚥。酒精讓雷烈有些傷感。

「你看那像不像我們？我們就是兩隻流浪狗，在遠離城區的一邊。我每天到外邊覓食，回來餵餵，可你卻怎麼也餵不胖！」

四

畢業已經快三年了，溫小暖自從炒掉了錄彩鈴的工作後一直沒有正式工作過。開始她自己不想找，嚷嚷著太疲勞太亞健康，需要減緩腳步休養生息。後來模稜兩可地說想出去工作，卻怎麼也找不到稱心的。風塵僕僕跑了幾天，就發現像原來錄彩鈴那樣的活都不好找了。長江後浪推前浪，面對一茬茬應屆畢業生，溫小暖的優勢漸漸被稀釋。如果說當年是她感情用事放棄了工作，如今行業的發展已經幾乎剝奪了她工作的權利。她迅速洩了氣，大多數時候，她破罐破摔晚睡晚起，睜開眼就將無所事事繼續。家裡亂得像個廢棄的廠房，空曠的水泥牆配滿地雞零狗碎。她和她的貓蝸居其中，布下天羅地網。以前，在出租屋的時候溫小暖就不收拾不搞衛生。她常說等有了咱們自己的家我就利索了。可是顯然，她壓根就不是認真的，搬進新家了，她沒改邪歸正反而越演越烈，別人的房還有所顧忌，自己的還不是想怎麼折騰就怎麼折騰！三個飽，一個倒，溫小暖不管白天黑夜，抱著貓躺在大床上。偶爾會出去做一些配音的散活，東邊配個卡通片，西邊主持個品牌展，雖說收入微薄，但也算拿出了個補貼家用的態度。千斤的重擔雷烈不得不一肩挑，週一到週五天天上下午，忙得屁滾尿流。月入四千多，還兩千房貸，剩下兩千吃飯、坐車、交雜費、買貓糧……月月所剩無幾甚至精光。人生簡直像無限循環的還債謎題，怎麼除也除不盡。雷烈在疲於奔命中悄悄發胖，他無奈地發現自己越來越像個中年男人了，雖然三十的門檻剛剛邁過。

露露他們來吃飯那天，溫小暖特別高興。她提前兩天便定了菜譜，週六還起了大早到市場採買。買回來便一頭扎進廚房，亢奮地炮製著待客大餐。

他們一來就你推我搡，好像還處在磕磕絆絆的學生時光。吃飯時誰也沒客氣，風捲殘雲之後才騰出空笑語歡聲。酒飽飯足驅車離開，溫小暖依依不捨地送他們下樓，回來收拾碗筷時還依然帶著明媚的笑容。雷烈喜歡這種氣氛親暱沒有寒暄的歡顏，卻在師弟師妹離去後有些失意。露露在衛視台做社教節目，雖沒有大紅大紫，卻好歹天天準時亮相。另外的三個是體育頻道的出鏡記者，農業頻道的當家花旦，移動傳媒的新科主播。雖說提起工作來個個都叫苦連連抱怨不斷，可顯然他們已經按部就班地在軌道上運轉。露露問起移動傳媒的待遇、醫保、住房公積金，體育記者說起上次報導輪椅籃球出的小播出事故，農業頻道的姑娘預告自己上了廣播電視報的第二版，整頓飯的後半段，他們的話題專業而熱鬧，並沒有給溫小暖插嘴的空間。雷烈知道他們不是故意的，大家都太忙了，都是好久不見，這些事業上守望相助的話題本來就該是聚會的熱點。可是這些都和溫小暖無關，她恍惚而懵懂地吃著飯，依然自顧自嘲諷著大學時大家最瞧不上的女生。露露他們只是象徵性地笑笑以示敷衍，他們在職場摸爬滾打，早已有了小巫見大巫的更討厭更看不慣的對象，學生時代的一切，如今和他們隔了一層毛玻璃，那青春而剛健的舊時光，在回憶裡模糊得只剩美麗和溫暖。而溫小暖不同，她彷彿畢業就被冷凍，她的朋友都是大學同學，她的人際扇面狹小一如往昔。因為對社會的淺嘗輒止，可供她厭煩的對象，依然存活在她歷歷在目的校園記憶裡。她被隔絕在龐雜的現實外，躲進小樓成一統，昨天今天明天都一樣，反正對於她，休息日總是無限延長。他想勸勸她面壁十年也該圖破壁了，閉關太久小心被世界遺忘，卻也知道她未嘗沒有焦慮，現在搶飯碗的太多，搶與不搶常常是照樣挨餓，一個樣！他想告訴她，放低身段，不行就做別的吧，看著她邊哼歌邊擦桌子的愉快模樣，話到嘴邊還是沒有開口。算了，別找不自在了！每次一勸她轉行，她就鼻涕一把眼淚一把，「我除了播音什麼也不會！你也是播音系畢業的，該知道咱們練發聲、調氣息遭了多少罪！

憑什麼你幹著專業，別人都幹著專業，讓我幹別的！」說完，還總是抽搭幾聲，儼然受迫害的播音菁英。他比她大三歲，很多時候卻覺得她比他小了十歲以上。

十點，雷烈洗漱完畢準時躺在床上。床的正前方，溫小暖駝著背在論壇看著關於養貓的帖子。每天都是這樣，上班族雷烈要按時就寢，家庭婦女溫小暖卻正在生物鐘意義上的傍晚，看書看電視看網頁，正在興頭上。雷烈已經習慣了，看著小暖的背影，在密集的敲打鍵盤聲或是韓劇人物對白中進入夢鄉。另外那個屋子壓根沒被動用，他們的主要活動都集中在這間臥室裡。

「我睡覺了，晚安。你也別太晚！」

「快乖乖睡覺，明天還起早呢！」

——這是他們每晚的例行對話，處在不同時差的兩個人體恤著對方的處境。

一個睡覺，一個繼續上網，打字聲伴隨著均勻的呼吸，和每一天一樣。

「不行……我還要賺錢！」

溫小暖看看電腦屏幕上的時間，凌晨兩點半。她回過身，見雷烈虛弱地翻了兩次身，叨咕著同一個句子。她猶豫了一瞬，還是推醒了雷烈。她抑制不住自己的好奇，在一起這麼多年，她第一次聽到他說夢話。

「我夢到我生病了，所有錢都不夠治病。還不了貸款，房子也被沒收，我們露宿街頭……」被搖醒的雷烈額頭有細密的汗珠，他顯然沒有完全走出夢境，被幻象的疾病和潦倒震懾。

「你怎麼那麼文藝。」溫小暖有點瞧不起地盯著自己男人惶恐的臉。

「我絕對不能生病，我要讓你美眉村上牠們都吃飽穿暖。」雷烈彷彿下決心，咬字堅定。

「師哥，你真大義凜然。」溫小暖說這話時已經起身，預備回到電腦前。

她對雷烈的夢話已經喪失了興致，這種夢境也未免太惡俗了，簡直是日有所思夜有所夢，一曲氣若游絲的生存悲歌嘛！然而繼續上網的她卻有點心不在焉，雷烈的夢強勢地扎進她的腦子，莫名其妙地摻和進她的思維。

窗外一片漆黑，對面樓所有的窗子都是黑的，整齊劃一的黑暗彷彿永遠不會有燈火。東郊已經被稱為睡城，住在這裡的大都是城區工作郊區生活的上班族。大家早出晚歸，把兢兢業業的工作奉獻於繁榮的城區，再長途跋涉回郊區的家休養生息。所以，這裡熄燈都早，好像軍營一樣，過了十點就劈里啪啦漸次滅燈。到十一點多，便是正兒八經的萬籟俱寂了。溫小暖像整個小區的守夜人一樣，已經習慣了在這龐大的寂靜裡獨自活躍。她和他們都不一樣，她不操心今夕何夕，在好似一生都不用上班的日子裡樂此不疲。可能客觀地看他們的日子有點狼狽有點拮据，她溫小暖卻算得上養尊處優，因為有身後那個做夢都怕生病怕失業的男人，她的不著調總是不用面對最惡劣的結局。

「師哥，因為有你庇護，我雖然沒工作，卻沒受一點委屈。」溫小暖望著重新熟睡的雷烈喃喃地說。

告別了那個夢，又經歷了幾小時睡眠，雷烈翻過身，卻發現溫小暖沒在身旁熟睡。他猛地起身，竟然發現，她依然坐在電腦前。

「媳婦，你這是睡醒了?」

「怎麼可能?當然還沒睡。」她盯著電腦，頭也不回。

雷烈看著她骨瘦如柴的背影，卻忽然覺得「死豬不怕開水燙」才是最好的形容。他剛想說點什麼，卻被溫小暖搶了先。

「快來，快來，看這個好不好看?」溫小暖指著電腦屏幕叫喚。

屏幕上是一件款式古怪的小西裝，裡三層外三層，凌亂到有些挑戰智力。它結合了棉、紗以及說不出來的兩三種質地，價值四十九元。從價格上看，倒是不枉這亂七八糟的手工和怪力亂神的用料。只是雷烈卻怎麼看怎麼不順眼，他不明白溫小暖為什麼整晚上不睡覺在淘寶上看這些無聊的東西。

「你不上班，還想穿成這樣，幹嗎?上街遊行啊?」

「你懂不懂啊？我不上班就不穿衣服了啊！」溫小暖嬌嗔，眼睛依然盯著屏幕，沒有多餘的精力理會身後的傢伙，也沒有發現他的不爽。

「你真是有點過了啊，整夜不睡！」

「還不是你大半夜說夢話，壞了我睡覺的興致！」溫小暖的確為雷烈的夢失了眠，他的壓力在夢境奔湧，在深夜帶給她巨大的哀傷。

那個夢太清晰了，他脆弱無力地躺在病床上，溫小暖只剩痛哭的餘地，吊牌滴答滴答，紗布鋪了一地。夢中肅殺凋敝的氣息仿若觸手可及，讓醒來的雷烈依然心有餘悸。毫無疑問，這不是好兆頭，自己這光桿司令一定要挺住，一旦有個什麼三長兩短，可是兩條人命四條貓命啊！

雷烈注視著她的背影，這個和自己領了結婚證卻連婚禮都懶得辦的姑娘，以最無為的方式為自己套上了夾板，他每天卯足了勁，絲毫不敢懈怠，生怕有什麼閃失，摔碎這本已微薄的幸福。而她自己，卻竟然徹夜不眠在淘寶奮戰，沒完沒了地關注著那些不華也不實的破衣服。這個人就是所謂妻子嗎？恐怕她更像他的女兒，可愛的，純真的，任性的，讓人恨鐵不成鋼的，心頭一緊氣不打一處來的女兒。

「你一輩子就這樣了嗎？」雷烈犯起了嘀咕，話到嘴邊還是嚥了下去。

直到雷烈出門，溫小暖依然興致勃勃地坐在電腦前，既沒有睡覺的意思，也對雷烈的存在熟視無睹，看起來她的全部注意力都在屏幕上，那裡邊一件件繁複卻廉價的衣服牢牢牽引著她。而其實，她只是不想看雷烈，這沒有睡意的一夜，她克制不住總是濕了眼眶。雷烈並不是悄悄離開的，卻覺得自己完全被忽視。上班的公交上，他看到車廂裡的年輕姑娘，忽然生出了敬意。那些或者精神抖擻，或者蔫頭耷腦的姑娘，她們和太陽一起早早起了床，在擁擠混沌的公交車上朝著市區挺進。她們和溫小暖一樣，也是有起床氣的吧，但是她們起來了，她們藏起睏意，向公司、向老闆、向各種始料未及的麻煩走去。雷烈忽然想起那個聽起來有點復古，其實很口語，卻很少說起的詞彙——勞動婦女。

五

溫小暖睡得越來越晚了，或者，更嚴謹的說法應該是——越來越早。她睡眠的起點從後半夜逐漸推遲到了第二天的早晨。雷烈睜開惺忪的睡眼總是可以看到她孜孜不倦地坐在電腦前，甚至有一天，她不在那兒，她抱著入眠的貓呆呆地坐在客廳鋪著破布的沙發上，那失神的樣子，配上零裝修的毛坯客廳，簡直如同賣火柴的小女孩。雷烈問她為什麼不睡，她說不知道，只是覺得夜晚的時間過得特別快，她只想稍微晚睡一會兒，就不知不覺醒著到了另一天。相應的，她起床的時間也跟著延遲，某天雷烈下班時正趕上溫小暖在刷牙。她克服著滿嘴的泡沫遞給他一個雀躍的笑，她說回來的太是時候了，可以一起吃早餐。雷烈苦笑著回應，懷疑自己是不是自不量力，娶了個思維不在地球的月光女神。

他想起那天中午露露急三火四給他打電話，兩人平時素無往來，每年聯絡一次——互發拜年短信。若她不是小暖的閨蜜，兩人的交情不過是並不熟稔的師兄妹而已。

「師哥，能找到你家老溫嗎？她手機關機。」露露直奔主題。

「她在睡覺。」

「把你家電話告訴我。」

「我家沒電話。」

「那我怎麼能找到老溫？」

「除非你使勁去按門鈴。」雷烈苦笑著，中午當然找不到小暖，晝伏夜出的她已然成了幽靈，沒有白天。

「怎麼跟吸血鬼似的，你也受得了！你也找不到她？」

「嗯，誰也找不到。她白天要睡覺，只有週末會早起些，因為我在家。平時白天家裡也就她一人，就是睡覺。」

「那算了，有好事也沒她的了。」

原來露露是要找溫小暖配音，他們節目打工的配音員不幹了，露露琢磨著是個機會，可以讓溫小暖試試，可是時間緊迫，必須要當天下午去試音。無奈露露和雷烈都要上班，沒人能以最原始的手段——敲門，把溫小暖叫醒。如果沒有能力託夢的話，大抵是誰也找不到她的，在白天的現實世界裡，她已經缺席了很久。

下午，雷烈看到溫小暖MSN的頭像亮了，可是時間已經是二十四時計時法裡的十六點，縱使溫小暖已梳洗停當刻不容緩地出門，以他們家那東郊的地理位置，趕到露露她們台大概也該六點了。雷烈還是懷著僥倖撥了露露的電話，興許還有機會呢！

「你們兩口子也太精彩了！這都幾點了，早挑上人了，現在活兒這麼少，人這麼多，老溫還真睡得著！還想給她找個活兒幫著攢攢你們家客廳的裝修錢呢，看來是不行了……」露露的話在意料之中，卻還是有點傷了雷烈的自尊。他想起上學時小暖的專業是比露露好的。他曾經介紹她倆出去配音，試了幾句人家就相中了溫小暖，把露露晾在了一邊。回來後溫小暖總覺得過意不去，生怕露露不高興，給兩人的關係留下什麼陰影。可是好漢不提當年勇，現在露露可不是專業比小暖好一點那麼簡單。如今露露在社會扎了根，溫小暖卻在家裡雪藏，她們已有了天壤之別，待業青年和主持人，可以慨嘆的無非原來都在同一個班。

雷烈在MSN上跟小暖說著中午發生的事情。他以為小暖會多少有些懊惱，卻沒想到她倒是心平氣和雲淡風輕。她說她和這個活兒沒緣分，說中午時她大概正在做夢，她好像夢到有人要教她烤蛋糕，但前提是她要先切一面板的洋蔥。雷烈看著屏幕上彈出的關於切洋蔥的囉哩囉嗦的夢境，不禁皺了皺眉，撇了撇嘴，洩露出一絲厭煩。烤蛋糕、切洋蔥，她現在真是只知道吃，連做夢也是八九不離十。錯過一個不錯的配音機會，她幾乎沒有給出哪怕一點正常的反應，而是漠然地扯起了她庸常的關於蛋糕和洋蔥的夢。

「你覺得這個怎麼樣？」

屏幕上來自溫小暖的對話框給出了一個鏈接。雷烈其實毫無興趣，卻還是索然地點開了鏈接。彈出的是一件蝙蝠袖的帽衫，寶藍色，不均勻地分布著紅色的圓點。價格三十六塊。

「挺好。你喜歡就買吧。」其實雷烈根本沒有仔細看，那跳躍的顏色和剪裁讓他煩躁。他想像得出溫小暖坐在電腦的樣子，她一定是頂著被枕頭壓扁的亂髮，還沒有洗臉，起床就打開了睡前剛關上的電腦，津津有味地研究著衣服的細節。

「不買，我只是看看。」

「哦。」雷烈不知道該說點什麼，他的妻子全部的注意力都在網上，匪夷所思的衣服，養貓的論壇，美劇，這些活色生香的網絡生活塞滿了溫小暖的空閒時間，其實也就是全部的時間。

他除了附和，似乎已經無話可説。她雖然那麼無聊，卻那麼歡樂。他不能破壞這種歡樂，也懷疑自己是否有能力破壞，他在她的世界裡嗎？

「我去配音。你乖，自己玩哈。」

雷烈打出一行字，而後悄然對著屏幕發呆，其實他沒有活兒。

「雷烈，別忘了明兒晚上的飯啊，讓你家小暖也來。」MSN上馮雨的對話框彈出來。

馮雨就坐在隔壁，卻也懶得過來説話，乾脆活動手指以文字代替語言。他提醒的是第二天的聚餐。

「嗯嗯。」被溫小暖那件寶藍蝙蝠衫鬧的，雷烈連跟馮雨説話的興致也沒有。他甚至有種不祥的預感，小暖大概又會有各種無厘頭的理由推脱，她越來越不愛出門。

公司裡全是年輕人，雖也像所有單位一樣難免矛盾，大體上説關係都還不錯。隔一段時間，大家就會一起吃個飯，一般説也會叫上家屬。之前溫小暖還挺願意去，隔三差五還主動打聽，有沒有什麼聚會飯局。可在家待的時間越長，她對外界的興趣就越小，甚至能在臥室完成的事，她都懶得去客廳。沒有什麼十分強烈的理由驅動，很難勸她出門。

果然，待到晚飯時雷烈和她提起翌日的飯局，溫小暖不情願地扭動著身軀，在頭腦中搜尋著不去的理由。她知道雷烈想讓她去，但是她不想一個人坐漫長的車去和他會合，不想跋山涉水只為以家屬的身分吃一頓和自己關係不大的晚飯。

「師哥，我不去行不行？」

「行。」溫小暖搜腸刮肚的發嗲和耍賴還沒派上用場，雷烈就快刀斬亂麻地同意了。他忽覺索然，你又不是什麼女皇，幹嗎找你一起吃個飯還要苦苦哀求。不想去就不去唄，隨你便。

「你答應得好痛快啊，親愛的。」

「我打算給你撥一筆經費，」雷烈調動著溫和的表情，他覺得自己已經上了軌道，一進家門就自動扮演著和藹可親的父親角色。「你去學點什麼吧，不然老這麼在家待著，人就廢了。」

「你嫌棄我？」溫小暖顯然是在撒嬌，臉上慍怒的表情帶著歡愉的底色。

「我是怕你閒得難受。」

「不難受，我可舒服了。都是有你做後勤，我閒得再也不想忙了。」

「你早晚還是要去社會轉轉的，不然年紀輕輕就成了歐巴桑，以後會後悔我把你圈起來的。」

「以後的事情以後再說吧。」

「你考慮考慮，看有什麼想學的，報個班，也好有個新興趣。我每天看你在淘寶搜那些瘋狂的衣服，看得都毛骨悚然了。」

「我考慮考慮。」溫小暖做高傲狀，彷彿勉強屈尊答應下級的建議。雷烈一直覺得她假模假式的樣子可愛極了，如今也漸漸有些審美疲勞了。她要是假可愛也就算了，但她是真可愛，可愛得跟年齡不相符，簡直讓人疲憊。

第二天雷烈一個人出現在了聚餐的飯桌上。巧的是竟然這一次除了溫小暖沒有其他家屬告假，大家都帶著男伴女伴出雙入對，唯獨他這個正在發福的已婚男孤獨地被圈在中間。

「嫂子呢？怎麼沒來啊？該不是你家貓又病了吧？」馮雨的女朋友熱絡地問起溫小暖。

「她不舒服。」雷烈如坐針氈。他後悔自己輕易地容忍了小暖的任性，應該直接告訴她，他需要她的出現。

「金屋藏嬌啊！嫂子都不工作了，天天在家仙兒，還動不動不舒服！」馮雨的女人伶牙俐齒，搞得雷烈越發不自在。

「趕上了，本來她想來，我琢磨別大老遠折騰了，就讓她歇著了。」雷烈故作輕鬆地打著圓場，心裡恨恨地怨起溫小暖：上次吃飯，你推要帶美眉看病，一隻流浪貓也搞得跟公主似的，其實就算真病了還不是早一天看晚一天看一樣。全職太太都讓你當了，你總該給點面子出來社交社交吧。難不成你把那毛坯房當成了世外桃源，真要一輩子享受自由和孤單。

那邊廂溫小暖卻自在得可以。雷烈不在，她沒有做晚飯的壓力，乾脆打了豆漿，再把豆渣做成豆餅，一杯豆子乾濕兩吃，解決了晚餐問題。她窩在電腦椅旁，喝著豆漿看著《生活大爆炸》的第四季，雷烈不在乾脆直接開音箱，不用躡手躡腳插著耳機。她不知道她老公正一邊吃著火鍋一邊牙根癢癢地想著她的種種惡習，她不睡覺，她不起床，她不工作，她不學習，她不懂善解人意，她看不出眉眼高低，她壓根不是成年人，她正在逆生長。

六

戰爭爆發是在雷烈發現信用副卡又新增了兩千五的消費紀錄之後。那是中午，依照慣例，溫小暖應該已從淺睡眠向深睡眠過渡完畢，正處在最酣暢沉醉的睡眠階段。可雷烈的手機短信卻提示，他的副卡被刷了一筆，那數目對他不算少，可以說是狠狠的一筆。副卡在溫小暖手裡，就是說，她破天荒不在睡覺，而是在消費。雷烈想撥個電話問問這筆消費是否合理，又覺得小暖婚後已然在原有基礎上學習了開源節流，不該太吝嗇，因為自己賺錢，就一定要了解每一筆。他忍住了好奇，決意下班回家再慢慢了解帳單明細。然而，出其不意，下班時溫小暖不在家，宅女出街，竟然到了晚飯時間還意猶未盡。雷烈已經習慣了進門就有熱湯熱水伺候著，猛地面對冷鍋冷灶，還真有種被閃了的不適應。正思忖著要不要給溫小暖打個電話，聽到了鑰匙轉動鎖孔的聲響。

「太對不起了親愛的，我不知道晚上路這麼不好走，堵了一路。」溫小暖拎著蘿蔔和西蘭花徑直衝進了廚房。反正客廳鋪的是在現代家裝中早已退出歷史舞台的地板革，換不換鞋純屬對舒適程度的考量，與衛生整潔的關係不大。溫小暖高跟鞋都沒來得及換下，一副頗具責任心的主廚模樣。

「你就是飽漢不知餓漢飢，當然不知道上下班時間的路多不好走，地面堵得什麼似的，地鐵倒是不堵，能把人擠成照片。上班的辛苦簡直不是在工作時間，最嚴峻的考驗在上下班的路上。」雷烈對溫小暖不當家不知柴米貴的言論頗有些來氣，又對她積極做飯的態度有些歡喜。

「你幹嗎去了？趕上這個點回來，湊上班族的熱鬧。」

「我不是聽從您老人家的建議，去擴大視野，去繼續深造去了嗎？以免和社會脱節，和您老有越來越不可逾越的差距。」

「逛街觀察社會去了？」

「今天正好露露休息，我先去報了個班，而後和她逛了逛。」

雷烈聽到「報班」兩個字的時候，簡直是兩眼放光。他不曾料到，那旁敲側擊的規勸竟然真進了溫小暖的耳朵，突兀地，她有了醒悟的趨向。

「我說中午信用卡信息怎麼刷了那麼一筆呢，原來我媳婦要開始充電了啊！」

「對呀，我還去試聽了一下，為了把錢花在刀刃上，先嘗後買呢！」

「我媳婦真是勤儉持家！」雷烈在小暖背後抱住了她。

「等我學完，就烤藍莓蛋糕給你吃！」溫小暖被雷烈的溫存感染，停下了手裡正在切西蘭花的動作。

「你說什麼？」雷烈忽覺苗頭不對，按住了小暖的肩膀。

「我說我學完就會烤蛋糕了啊，到時候給你做藍莓蛋糕，你最喜歡吃那種。」溫小暖依然嘻嘻地笑著。

「你報的什麼班？」

「烘焙啊！」

「你花兩千五去報了個學做蛋糕的班？你確定你不是在開玩笑？」雷烈的青筋像兩根蒜苗在脖子上爆出。

「是啊，我報了個做西點的班啊！不是你讓我去的嗎？本來我也不捨得的。」溫小暖依然不緊不慢開始切蘿蔔，「還是你對我好！」

「你是不是腦子有病？播音系就業率幾乎就是百分之百，你從畢業了就沒正經工作過。我怕你閒時間長了變成廢人，讓你去學點什麼有用的東西，你竟然腦子進水去學做蛋糕！兩千五是我半個月工資，是咱家一個月房貸，你就輕輕鬆鬆塞給蛋糕師傅了！你學那玩意有什麼用啊？你真以為你是廚子啊？看看咱們家，水泥地，破沙發，比工地還工地。唯獨那個廚房，烤箱、餅鐺、豆漿機，你比一般的小飯店都全乎！真以為自己吃飽穿暖了呢？還挺有閒情逸致！天天花樣翻新做那些烏七八糟的東西，我覺得你無所事事，也就不管你了。現在你還走火入魔沒完沒了了啊！你是不是瘋了？你……」雷烈完全控制不知自己的情緒，甚至在他看到小暖的眼淚時也沒有心軟。那一刻他覺得她很滑稽，什麼都不懂，什麼也不會，除了荒誕的做派，就只剩眼淚了。

「是你說你養我的！是你叫我培養新興趣的！我就是這樣的人，我就是沒有鬥志，我就是沒有欲望，我就是懶，我寧肯不吃，也不想出去覓食。我和你結婚時候就是這樣的，我一直是這樣的。你幹嗎發那麼大脾氣？」溫小暖也來了氣，抬腿踢了雷烈一腳。

高跟鞋的硬度足夠雷烈齜牙咧嘴，他覺得一切仿若幻覺。這個凶神惡煞大言不慚承認自己寧肯不吃也懶得找食的女人是自己戀愛了多年娶回家繼續愛的女人。她二十幾歲就恬不知恥過上了退休生活，自顧自以一種幾乎是超現實的方式詮釋著浮生若夢。他叫她出去學習，她竟然會神經錯亂地報了個烘焙班。他說了他幾句，她竟然惱羞成怒踢人。

「我出去走走。」他掃了一眼她被哭泣扭曲的臉，走了。

小區門口的燒烤店。雷烈要了啤酒和肉串，與有些寒酸的桌椅配套，他看起來像個失意的男人。事實跟看起來也並沒什麼出入，他就是失意的，一切都那麼平凡，唯獨媳婦不平凡，卻讓他感到厭煩。他不想六神無主地待在外邊，對回家也充滿著畏懼。那是溫小暖的家，她時時刻刻待在裡邊，和凌亂、簡陋、湊合著相看兩不厭。而他，只負責早出晚歸，對那個房子裡具體的一切，只有極小的權限。他愛小暖，卻抑制不住那種惶然的厭倦。她的隨遇而安簡直帶著衰朽的氣息，他懷疑自己的人生是不是已經有了定論——在沒有裝修的房子裡，和那個無欲則剛的女人做伴，摟著幾隻被遺棄的貓，老死。

「快回來吧，差不多得了，回來給你炒雞蛋。」溫小暖的短息適時響起，她不擅長生氣，總是三言兩語將矛盾沖淡。她花了兩千五報了個學做廢物點心的弱智班，卻覺得炒個雞蛋就能讓怒氣消散。

雷烈懷揣夾生的慍怒打開了房門，他沒能勸自己把她的幼稚看淡，又隱約覺得她已不可救藥，再爭執也不過是對著牛把琴來彈。掉了漆的小飯桌上放著一盤西蘭花一盤雞蛋，溫小暖雷打不動坐在電腦前，幾隻貓事不關己地吃著貓罐頭，都已各就各位，就差躺在床上的自己了，一切如同昨日重現。雷烈無語地直奔被窩，看著那佝僂的背影，他的眼睛然有點濕，不知是喝了酒還是燈光晃眼。他找不到其他理由，那背影幾年如一日在床前，早已成了習慣。眼淚怎麼會不適應習慣？

七

爭執過後兩人彆扭了幾天，雷烈照常上班下班，溫小暖還是洗衣做飯，無非話題少了一點。溫小暖開始在每週一三五的傍晚出去上課——那個該死的烘焙班。她在被雷烈痛罵的第二天試圖退掉報名領回學費，卻被告知無法全額退款，如若確定無法出席，也只是將學費的百分之七十返還。她覺得沒必要白白折了三成的學費，只得硬著頭皮，在雷烈的白眼中學起了做西點。開始學的無非馬芬之類的小蛋糕，溫小暖之前自己也嘗試過一點。她想自己花錢再節省些，等學會了那些華美的大手筆再給雷烈獻上個大蛋糕露一手，她的烘焙學業就可以摘掉不靠譜的帽子了，到時候家裡常有精緻的糕點，雷烈一定又是心滿意足小肚溜圓。

雷烈的一三五沒了應時的飯，他要等小暖下課回家後才能吃上延遲的晚餐。一般說他會比溫小暖早回來一點，他已經幾年不做飯，習慣了一有飢餓感就找小暖。他想起小暖還沒畢業時，他們住在那個比現在還狼狽的房子裡，總是他扎著圍裙，她站在旁邊。她甚至需要想一想，煮麵條到底是先放水還是先放麵。這樣想，他忽然覺得，她也並不是一點沒長大。她到底在廚房中成熟起來了，因為有她，心再煩的時候，他的胃也是滿足而溫暖的。所以當溫小暖拎著課上做好的胡蘿蔔蛋糕進來時，他沒忘在狼吞虎嚥的同時掐了掐她的臉。這不是行凶，是表示親善。一般說，兩人有了小摩擦總要經歷一小段破冰階段，徹底重歸於好的標誌除了摟摟抱抱親親等明顯黏膩的身體接觸，掐捏撓抓其實也算。

「你說週六你們同學聚會我做這個蛋糕怎麼樣？」溫小暖很受鼓舞地問。

「你怎麼知道同學聚會的？我還沒來得及告訴你呢！」雷烈險些噎著，對溫小暖消息的靈通捏一把汗。

週末有個小聚會，有個到異國讀研並居留海外的傢伙回來了，班裡的幾個人張羅了個小局。雷烈本是抱定主意要去，除了那留學的哥們兒，還有好幾個也是好久不見。可偏巧事情被幾個同學越攛掇越大，乾脆和沙雪婷喬遷新居混到了一起。這沙雪婷不是別人，是雷烈大一時的女朋友，雖沒什麼往事不堪回首，卻到底是相見不如懷念。更直白地說，雷烈壓根沒有一點懷念，他就是不想和她相見。

話說和這位前女友的戀情已經過了快十年，回憶起來無非開始的小小心動，最後的好合好散。兩人從曖昧到分散加起來不到一年，溫小暖進校前兩年多，就已經一刀兩斷。分手時候好像還說了要做朋友的，可是兩人都默契地井水河水互不犯。後續的大學生活裡，雷烈不記得自己有沒有和沙雪婷說過話，彷彿他們已經互相屏蔽了對方，走個對臉也如同看不見。

分手是雷烈提出來的。他受不了沙雪婷的拿腔拿調，對她精心營造的端莊形象，越是交往就越反感。比如他不喜歡她三伏天堅持穿黑絲襪，在滿校園自然的光腿女生裡，她扎眼地包裹著並不纖細的雙腿，彷彿隨時準備去走紅毯。比如他應付不了她經常提出的「認識六週半燭光晚宴」、「相戀九十九天驚喜」之類附庸風雅的戀愛橋段。比如他受不住她天天拿著時尚雜誌問這個髮型那個項鏈是不是很好看。她對幸福的設想無非物質上的貪得無厭，對時尚雜誌的背誦，她只看雜誌看不了沒圖的書，還動不動喜歡跟別人談論閱讀。是的，她絕不會說「看書」，她喜歡的詞彙是「閱讀」。雷烈覺得她的頭腦總在沒用的事情上高速運轉，而裡邊的牛排、手包、小禮服通通與他無關。她有她強大的人生觀，她說女人就應該雍容華貴，享受浪漫。然而雷烈從沒想過這麼宏大的問題，也隱約明瞭自己給不了她接二連三的雍容和一個接著一個的浪漫。他覺得她像個精裝修的樣板間，看房的時候還挺吸引人的，真住進去了，立馬體會到各種不方便。

雷烈覺得說分手時沙雪婷也在掂量這戀情雞肋得惹人厭，她當時掉了眼淚，只是轉不過被甩掉的彎。她的痛苦不是分手，而是分手由對方提出來，自己沒有華美地站在主動告別的那一邊。如今聽聞她已嫁作商人婦，那些瑣碎而豐盛的人生理想大抵可以游刃有餘地實現。想想也是幾年不見，但雷烈對她全然沒有好奇心，管它多少個此去經年。

「我今兒下午上ＭＳＮ碰到蚊子師姐了。她說聚會讓帶家屬，招呼我一起玩去。」師兄妹的好處就是原本就在一個生活圈，壞處當然也是這個小得可以的圈。

「我們去嗎？」雷烈有些猶豫。

「不是吧？你有沒有人性啊？你哥們兒從國外回來你也不見？你前女友喜遷新居你也不賀一賀去？」

溫小暖知道雷烈和沙雪婷的舊事，她對過去的事情從不刨根問底，只是偶爾忍不住嘲弄沙雪婷絲襪裡的粗腿。雷烈明瞭這不能歸類為粗枝大葉，這其實是小暖的氣度與格局。她從不設什麼假想敵，亦不喜在與自己無關的細節上糾纏。

「你去嗎？」雷烈並不希望小暖一起去。他可以想見小暖和沙雪婷的見面必然成為其他同學的看點，而且以沙雪婷的咄咄逼人和小暖的不甘示弱，場面上必然十分不好看。他不想她去，是出於保護，多一事不如少一事。

「你不想我去嗎？」

「去吧。」雷烈想了想，還是沒有表露他的擔憂。這種時候，真理由聽起來也像假理由，好像有什麼事紙包不住火，自己正在救火一樣。

「那做這個蛋糕怎麼樣？」溫小暖沒理會他的遲疑，注意力還在蛋糕裡。

「行。」

週六的早晨，中午溫小暖像往常一樣靠鬧錶提醒掙扎著在中午前醒來。她把這稱為婦德，說自己克服著本該下午才甦醒的生物鐘提早睜眼完全是為了陪相公。一般說，週末雷烈也會睡個懶覺，享受休息日的放縱。

小暖刷了牙就開始了胡蘿蔔蛋糕的瑣碎工作，一邊打蛋一邊琢磨，其實電動的打蛋器也就貴幾十塊錢。

「你穿什麼出門啊，媳婦？」雷烈見她沒有一點拾掇自己的意思，故作殷勤地詢問。

「就身上這身啊！」溫小暖半睜著眼，攪和著盆裡的麵。

她穿著一條買了好些年的牛仔褲，雷烈甚至懷疑當年她誤食花生醬被送去搶救穿的就是這條。上衣是黑色的T恤，胸前有個褪了色的米奇圖案。

「你再天生麗質，也別總蓬頭垢面啊！你好歹也是師妹，比我們班那些大姐們該更青春靚麗吧！她們今天肯定花枝招展的，你不能太不講究啊！」雷烈的記憶裡，小暖一直挺愛打扮，上學時幾乎全部的生活費都換成了各種穿戴，曾經為了一雙靴子一個月吃食堂裡最便宜的飯。

「你還挺虛榮。得，我換一身，別給咱雷烈師哥丟臉，一會兒換。」

雷烈打開小暖的衣櫃，忽然有點心酸。簡易的拉門裡，幾件可憐兮兮的T恤，幾條皺皺巴巴的褲子，寥寥幾件乏善可陳。他想挑一件好的讓小暖穿，卻真沒什麼選擇空間。

「你就這麼幾件衣服嗎？」他對著廚房喊。

「我又不出門，穿睡衣就行了啊！」

「那你給我看那些亂七八糟的衣服幹嗎？」

「那是看。看又不花錢。」

小暖胳膊上沾了點麵粉，一副自以為是的精明表情，好像看了那些幾十塊錢的奇裝異服是把多大的便宜來占。

「喜歡就買吧。也不貴，咱們也不至於沒有給你添衣服的錢。」

「你甭管，你甭管。」

「那你出門穿什麼？」

「你翻翻，看下邊是不是有件裸色的T恤衫。去年生日我媽給買的，據說挺值錢。」

「什麼叫裸色？」

「就是好像裸體，好像沒穿，肉的顏色。算了，你不懂的，一會兒我自己翻。」

溫小暖洗了手翻出一件看起來可以定義為淺粉色的短衫。原來淺粉不叫淺粉，改叫裸色了。她套上那件裸色，顯得笑容格外燦爛。雷烈連忙說好看，而後兩人相顧無言。當年雷烈也有不少類似「他年我若為青帝，報與桃花一處開」的許諾，說待她好，說給她幸福，說帶她走遍萬水千山。現在他的媳婦，只有一個簡易衣櫃，出門找不出一件沒褶子的衣服穿。

八

沙雪婷住的是別墅。縱使不知道具體有多貴，雷烈也知道這種四環內的連排必然要花大價錢。裝修走得也是浮誇恢宏的歐式古典路線，各種皮質、木質家具都真材實料，裱花、波浪、褶皺……所有麻煩的工序通通別省去。那種精雕細刻的修飾無法讓人自然地產生家的聯想，保護或者破壞才是下意識的念頭——別亂動，儘量維持這精緻的原樣，或者砸個稀巴爛，弄皺整齊的靠墊，把屁股放在沙發上。碩大的吊燈、整齊的壁燈，這裡的確需要很多燈，因為寬闊，一盞燈無法將夜晚照亮。房間裡散發著來路不明的馨香，那氣息強行觸碰著雷烈的肺，味道跟沙雪婷很像，矯情而嚴肅，香得非常多餘。沙雪婷披著披肩端坐主人的位置上，表情威儀，讓人產生一種懷念自己中學教導主任的聯想。雷烈在這種宛若電視劇的場景裡有點彆扭，能聽到自己的呼吸。她看見小暖把蛋糕遞過去，沙雪婷只是掃了掃就使眼色讓阿姨接過去。不過那場面並不讓小暖尷尬，倒顯得沙雪婷僵硬得過分，好像末流的演員在試戲。

男生在客廳扯著各種和生存壓力有關的話題，他們說起上升緩慢的工資和步步走高的通膨率。沙雪婷作為導遊帶女生們參觀她的領地，有女生在衣帽間發出讚嘆的驚叫。「這簡直太過分了！快趕上我們家客廳了！」雷烈有些心不在焉，不知道溫小暖在沙雪婷肯定豐碩得駭人的衣帽間前做何感想，會不會為自己同為女人的命運悄悄發出嘆息。他想起大一時候的一次演講，沙雪婷背得不熟忘了下邊的詞，故作鎮定地重複了兩遍「年年歲歲花相似，歲歲年年人不同」，而後還是沒想起來，窘迫地站在台中央。

年年歲歲，沙雪婷還是沒有變。那種嚴陣以待的莊嚴，那種氣壯山河的矯情，那種永遠像在朗誦的腔調，還是讓人即使剛睡醒也很想打哈欠。幾年不見，她真是沒有面目全非，她順利按照自己的規劃前行，走得很穩健。雖然她從想有很多錢，變成了真有很多錢，可是這沒什麼奇怪，無非腳踏實地人定勝天。雷烈忽然對她生出了一絲佩服，或許她從來不曾裝假，一直是本色演出。他過去分手時對她失望，真是誤會了她，覺得她做作虛偽不真實，而其實有些人生來如此，DNA和細胞註定她過去現在未來都會持續地如此無趣。那種乏味便是她最大的真實。

飯是從五星級飯店叫的，裝在鑲金邊的盤子裡，放在蕾絲台布上。沙雪婷深情款款披著披肩抿著櫻桃小口招呼大家進食。

餐後甜點當然也來自相同的飯店，其中有雷烈喜歡的藍莓芝士。雷烈注意到小暖拿來的胡蘿蔔蛋糕自從阿姨接過去就沒了消息。他瞄了瞄旁邊的小暖，揣測她是否有點生氣。小暖專注地品著蛋糕，忽然轉過頭對他說：「我要學這個，這個真好吃！」

「這個蠻難做，我試了很多家，還是這家做得最棒。」沙雪婷略帶蔑視地接過了話題。

「師姐，我在學做蛋糕呢，就以這個為目標了。」

「做蛋糕好辛苦，我就沒那份力氣！你嚐嚐這個花生酥。」沙雪婷指著蛋糕盤裡的一種小方塊，「這個很好吃，就這家做得最好！」

「我吃飽了，實在吃不下。」

「嚐一口，咬一口扔盤裡就得了。真是入口即化，我很挑剔的，對這個也是一見傾心喔。」沙雪婷堅持推薦。

「我不愛吃花生。」

「花生味道並不濃郁，很醇厚的奶油味，真的。」

「她真不愛吃花生。你這麼喜歡你吃吧！」雷烈不知道小暖為什麼不說自己對花生過敏，她哪裡是不愛吃，她是吃了立馬腫成豬頭，甚至還有不省人事的危險。沙雪婷連性格也和當年一樣，還是那麼喜歡強人所難。

雷烈看著兩人說話的樣子，覺得沙雪婷簡直像溫小暖的小姨。那高聳的盤髮，細緻的妝容，甚至包括嬌羞得很立體的聲音，彷彿和這優質的房子來自相同的工匠。她與這一切已經融為一體，昂貴而俗麗，透著一種不便宜的庸俗氣息。而小暖雖然穿著她最貴的衣服，在這房間裡還是顯得不夠豪氣。可那不是窮，不是寒酸，是一種更高潔、單純的人的氣場。他彷彿看見她額頭上閃著青春的光，她不會屬於這種暮氣沉沉的房子，她不在乎眼前微薄的一點亮，她屬於天空，屬於夢想。

「我聽說你們家住東五環外邊，是嗎？」顯然的明知故問，沙雪婷話一出口，雷烈便感覺到滿桌的蛋糕叉都停了下來，大家都佯裝自然，卻大概都明瞭沙女士的用意。

「是呀。不止是以外，過了五環打車還要三十多呢！」溫小暖的情緒倒是正常。

「你們住那麼遠，怎麼上班啊？」沙雪婷不依不饒，做天真狀。

「我們起早貪黑，披星戴月啊！」溫小暖揚起頭好像在顯擺一種誰都沒經歷過的好生活。

「真不容易。」沙雪婷又是搖頭又是嘆氣，力道足得彷彿在搶戲。

「沒錢，反正年輕，辛苦著唄。不是還有人在香港上班，天天過關回深圳住麼？想想心裡就平衡了。」溫小暖又吃了一口蛋糕。

「對了，我下月去香港shopping，你要不要一起？」沙雪婷熱乎地問。

「啊？我們也不是很熟。我會不自在的。」

沙雪婷不尷不尬地笑笑，雷烈注意到她門牙上沾了巧克力醬。醬汁和笑容混搭，有一種不和諧的喜感。

「師姐，你牙上有醬。」溫小暖的話引領著大家全部的注意力奔向沙雪婷的牙齒，聽起來她的提醒真是一番好意。雷烈忍不住笑了，溫小暖以不卑不亢接住了火力，沒有想像的劍拔弩張，她媳婦以掄圓了的實在頂住了沙雪婷磨碎了的敵意。他不知道關於牙和醬的提醒，是否故意。

讀大學時，沙雪婷就不放過任何一個給食物定性為低檔的機會。即使在食堂那種三塊錢吃兩菜一湯的地方，她也喜歡不合時宜地抱怨多了油少了鹽，而後資深地說起為什麼某個餐廳的牛肉七分熟吃起來像八分熟，不夠專業，還在餐單上重點推薦。哦，她那時候不會說餐單，她說menu。她說好恐怖啊，我叫了七分熟，竟然上來有八分熟了，還在menu上隆重推薦。真叫我難以忍耐！

這頓飯應該算是高檔了吧，從五星級的後廚端到裝修與五星毫無二致的房間。可是雷烈沒有吃飽，雖然食物的品種和數量都絕對足夠，甚至有很多富餘。可是雷烈沒有食欲，他不想吃沙雪婷餐桌上那些配得上稱為佳餚的東西，它們以一種沒有人性的姿態出現，沒法吸引他愉悅地吃下去。菜怎麼會有人性呢？這要求會不會太滑稽。他的形容或許不恰切，他最真切的想法是想念溫小暖的菜，想念那些帶著實驗性質，經常失敗，有時候難看但好吃，有時候好看卻難吃的小暖製造。他期盼著從這頓高檔的晚餐中倖存下來，穿越半個北京，回家享用屬於自家的手藝。

回家的路上，晚風吹起溫小暖發黃的長髮，雷烈有些陶醉地偷偷笑了。他喜歡她這副看起來像營養不良的模樣，清瘦的軀體，不夠黑亮的毛髮。她想起她在花生過敏的病床上，好像很隨便地說「那先當你女朋友慢慢準備著吧」。如今他們已經結婚幾年了……

「親愛的，你說我能做出那麼好的藍莓蛋糕嗎？」溫小暖打斷了雷烈的浮想聯翩。

「廢話。你做的比那好吃多了！」

「你這是盲目崇拜啊！」

「我能問個問題嗎？」雷烈忽然想起了什麼。

「說。」

「你幹嗎不說你吃花生過敏，說不愛吃？」

「我幹嗎要告訴她我花生過敏？她誰啊？我憑什麼把我的破綻告訴她！萬一她拿花生害我呢！」溫小暖揮舞著纖細的手臂，很有力量地比劃。

「你被害妄想症啊？」

「那可說不準，你不覺得她對我很不友善嗎？」

「你感覺出來了？我還以為你遲鈍呢！話說你平時不挺厲害的嗎？今天怎麼還玩上暗戰了？」

「我又不認識她，我跟她厲害啥！再說你看她裝腔作勢的，在屋裡披個破披肩，這什麼季節啊，這麼暖和，又不是篝火晚會。這種顯然不是正常人啊，要麼就是太強大了，強大得都瘋了，我可不沒事找事跑去招惹她；要麼就是太虛弱了，我不向弱者開火，我有同情心！再說，我幹嗎跟你前女友掐，前人種樹，後人乘涼，她不走，我能來嗎？我屬於接班人，不能太欺負人，是吧！」

雷烈被逗樂了，同時，也感覺到自己餓了。「媳婦，咱回家整點吃的吧，我都沒吃飽！」

「啊？不是吧？人不怎麼樣，菜還是真不錯！我做的你挑，人家這可是五星級的，你也挑啊？」

「我沒覺得好吃，沒勁。」

「你這可是心態不健康啊。人噁心歸人噁心，菜好吃歸菜好吃。別心眼那麼小，該吃就吃。」

「早知道不該把你那胡蘿蔔蛋糕帶去了，回家我自己就能都解決了。」雷烈想起了小暖被忽略的蛋糕。

「得，給沙大姐留著吧。你看她就吃那麼一點，肯定等著咱們走了狂吃我胡蘿蔔蛋糕呢！她一定很饞，不然她怎麼長那麼結實，肯定都是背著人偷吃的結果！」

地鐵上人滿為患，這城市人總是這麼多，連不是工作時間的週末車上也是一個挨著一個。人潮洶湧中他握緊她的手，一陣溫暖從掌心流過。

「你覺得他們家怎麼樣？」雷烈問。

「大得令人生畏，不撒點小石子簡直找不到走過的路。而且，裝修那麼土。」

「可是我看到她在那麼大的房子裡，忽然覺得有點對不住你。」

「師哥，你真沒詩意。她有咱們家的綠門嗎？」溫小暖在擁擠中搖晃了一下，接著說：「不過她的衣帽間真好啊！你沒看見，像明星的一樣，簡直是很壯觀。以後我們有錢了，我也整個衣帽間！」

「要是沒錢呢？」雷烈故意掃興地問。

「沒錢就算了唄，連衣帽都沒幾件，還搞什麼衣帽間啊！」

溫小暖的淡定讓雷烈如鯁在喉。沙雪婷也是全職太太，她每天的梗概無非是購物填充衣帽間，監督阿姨整理內務，或者還有打牌，或者還有看戲，雷烈對所謂的貴婦生存方式全無了解。溫小暖也不工作，她厭煩競爭，憎惡壓力，寧肯和幾隻貓組成自己的王國。他前幾天還為她的不成器煩惱，今天卻忽然覺得有些虧欠。雖然小暖和別的女孩不同，對好生活的定義更複雜也更簡單。但是作為丈夫，他至少應該先給她一個裝修過的臥室，再抱怨她浪費了多少個白天。或許過幾天還是會嫌惡她的烘焙班，還是要找機會勸勸她出去找點事幹，還是會冷丁發覺她窩著腰上網的樣子有些討厭，可是今天他彷彿看到了她若隱若現的翅膀，他看到她的靈魂輕盈而自由，他感受到她在飛翔。多年前他追她時她是這樣，如今她還是這樣，只要最本質的東西不變，她就是寶貴的。

出了地鐵，離他們的家還有兩站公車，雷烈提議走一走，小暖輕輕地點頭。那彷彿沒有出口的寬闊筆挺的馬路，一直到延伸到很遠的地方，還有大概兩公里，有一個屬於他們的毛坯房。

牛麗莎白

一

牛麗莎搞不清楚自己哪裡像康泰克，如同她每一次獲得新外號時的心情一樣，懊惱，憋屈，想找個人爆揍一頓，或者實在不行挨一頓揍也可以。人腦容易對某種匪夷所思的胡亂聯繫產生共鳴，那些明明毫無道理的外號卻總是擋也擋不住地一傳十十傳百，像疫病一樣蔓延。康泰克——牛麗莎進入大學獲得的新外號。外號是如何誕生的，牛麗莎不得而知。她只負責承擔結果，一夜間，所有人都親切都喊她康泰克。同學們笑容戲謔地走過她身邊，輕佻地呼喚著「康泰克，早晨好！」「康泰克，忙什麼呢？」好像她真的是一顆治感冒的藥丸，本就沒有其他名字。其實，牛麗莎的的確確有些像康泰克，軀幹腫脹，四肢短小，活脫脫康泰克廣告裡那個長了手腳的速效緩釋膠囊。不知誰想出了這個外號，雖不至於神似，但形似還真是不折不扣。

「我討厭他們叫我康泰克。」牛麗莎把書包摔在床上，氣哼哼地說。

寢室裡只有沈源一人，如若還有旁人在，牛麗莎不會這樣簡單直接面目猙獰。她不願別人看出她的不愉快，她總是面帶微笑，彷彿什麼事都不放在心裡，一心只期望世界和平。沈源是牛麗莎的髮小，兩人家裡有交情，高中同班，大學也是同班。

「康泰克。」沈源故意氣牛麗莎。

「你再叫我跟你急！」牛麗莎漲紅了臉，明明已經急了。

「外號又不是我起的。那麼多人叫了，也不差我這一個。」

牛麗莎瞪著沈源，一層水浮上眼眶。她也沒想到自己會忽然悲從中來，急忙轉了幾圈眼珠，死睜開銅鈴般的大眼睛，生生把眼淚遏制在了萌芽階段。沈源沒看出來，以為牛麗莎在翻白眼呢，她那厚重的眼皮掩蓋了幾近成功的熱淚盈眶。牛麗莎不在家以外的任何地方哭，這一點她訓練有素。

她記得她最後一次在公共場合哭，是在初中的教室裡。那是初二，她正埋頭做題卻被一顆流彈襲擊，尖銳的疼痛在臉上生根。她捂著受傷的臉悲憤地抬起頭，見周圍人個個幸災樂禍地跟進著她的動向，遠處一個調皮的男生略有幾分尷尬地衝她做著鬼臉，手裡拿著ＢＢ彈。無疑，那男生毫無道理地悍然向她射擊，是不人道的恐怖行為。牛麗莎怔忪地半張著嘴，淚雨滂沱。疼痛夾雜著委屈，她急需安慰。然而周圍所有人都無動於衷，彷彿在欣賞一場意料之中的痛哭表演，牛麗莎像為聾子賣唱的弱智，無人應和。老師走進來，第一秒便發現了牛麗莎咧開的大嘴和悲憤的嚎啕。老師厲色訓斥射擊牛麗莎的男生，義正詞嚴盤問他行凶的理由。男生有些無辜地捏著衣角，他說他只是想知道BB彈打人疼不疼。多麼無恥的理由！老師卻噗哧一下樂了。剛剛師範畢業的年輕班任，沒有將裝出來的秉公執法師道尊嚴堅持到底，她綳不住地笑出了聲。好像為了試BB彈疼不疼而打牛麗莎是有趣的。那一刻，牛麗莎的眼淚彷彿忽然被寒流侵襲，凍住了。她像是被老師的笑聲感染，一下子不哭了。她幾乎是目瞪口呆地止住了眼淚，上唇和下唇分離，痴呆地感受到了什麼是欲哭無淚。老師藏起了笑，看了看牛麗莎紅腫的臉，繼續厲色批評了男生，並且架勢很大的推搡了男生幾下，以示正在還牛麗莎以公道。男生向牛麗莎道了歉，教室裡鴉雀無聲，都屏息看著被侵略的牛麗莎接受戰爭賠款。牛麗莎大度地原諒了男生，並儘量給了老師一個感激的笑容，然而她卻在那一刻終於明白了，自己是多麼不惹人心疼。如果自己是個白晰纖弱的女生，老師大概不會笑吧，她會覺得男生天生邪惡缺乏人性吧？或許到不了老師那一步，自己是個白晰纖弱的女生，那男生就不會下手了。那一晚，牛麗莎躺在床上默默流淚了，同時她告誡自己，不可以再在學校掉淚了。因為自己的眼淚是得不到同情的。

「親愛的，不要叫我康泰克了。」牛麗莎瞬間恢復常態，幾乎是輕描淡寫地說。

「那叫你什麼？河馬？肥牛？還是……」沈源忽然止住話頭，故作鎮定地裝作沒想起什麼。

牛麗莎知道，沈源嚥進肚子裡的是「牛皮癬」。這個令人作嘔的外號已經跟了她三年了。她對它深惡痛絕，卻像牛皮癬患者想治癒頑疾一樣，心情焦慮，束手無策。沈源知道牛麗莎對這外號的反感，剛剛雖然下意識地想起，卻力挽狂瀾讓那呼之欲出的三個字原路返回了嗓子裡。

牛皮癬還不如康泰克呢！若不是告別了高中，牛麗莎簡直不知道如何擺脫那骯髒的外號。她每每聽到別人這樣稱呼自己，都恨不得衝過去把那人撕碎。但是她知道，她越抓狂，外號就越響亮。只能裝得麻木遲鈍，對一切寬宏大量。

小學畢業前牛麗莎便開始發育了，對照著其他女生乾癟的胸脯，眼尖的男生發現了她在同年齡女生中出挑的兩座巨乳，毫不客氣贈名「珠穆朗瑪」；初中時她體育課跳山羊失敗，重重跌倒在墊子上，下課就有了動感的綽號「餓虎撲食」；高中趕上卡通電影《怪物史萊克》熱映，竟有兩個男生不約而同認為牛麗莎有明星相，她酷似片中主角史萊克，「史萊克」也便理所應當地覆蓋了她的本名。那些絞盡腦汁答不出考試題的男生，在起外號時倒真是思維活躍。課堂以外，幾乎就沒有人叫過她牛麗莎，取而代之的是各種外號，並且多半帶著些微侮辱的性質。牛麗莎，幾乎成了她的學名，只在少有的正式場合被想起。

假期時，她碰巧聽了幾次《水滸傳》的評書。她最喜歡也最討厭聽到那句「人送外號ＸＸ

X」，及時雨、智多星、活閻王、一丈青、神行太保、浪裡白條……評書裡的英雄好漢都有威風的外號相輔相成，連顯然並不漂亮的李逵都被冠以瀟灑帥氣的「黑旋風」。怎麼到自己這兒就這麼不公平！江湖上人送外號牛皮癬？倒胃口！聽起來都讓人脊背癢癢。

牛麗莎不明白，為什麼像自己這樣不起眼的人，到哪都會獲得嶄新的外號呢。其實她內心最深處也明白，自己不是不起眼的，不好看不難看才是不起眼。自己是扎眼的，因為醜。醜是她人生最大的過失。

「我也覺得想讓人人都叫我名字不可能。」牛麗莎幾乎是認命地喃喃自語。

「牛大姐？小牛？你覺得這兩個怎麼樣？」沈源永遠飽漢不知餓漢飢，雖說是最知近的朋友，難免掌握不了分寸，在傷口上灑鹽。

「麻煩你免開尊口吧。」牛麗莎心裡不悅，卻面容平靜。

「有了！」沈源忽然從上鋪蹦下來，雙眼放光。「你想想，你有沒有什麼喜歡的外號，我公開在人多的時候叫幾次，大家一聽挺新鮮的，就跟著一起叫了。康泰克自然就被擠兌下去，退出歷史舞台了。」

「我哪有什麼喜歡的。」牛麗莎覺得這種明顯是紙上談兵過於文藝的辦法，唯有沈源想得出。她誤以為這種簡單一根筋的拙劣心思是妙招，實在是因為總被男孩捧臭腳，時間久了難免因粉絲眾多覺得自己高明。

「辦法當然是有些簡單。不過，這也實在是不得已而為之啊！而且你要相信我，只要我叫了，自然會有人跟著叫的。」沈源詭祕地笑笑，自信地斜了斜眼睛。

「牛麗莎白。」不知是被勸降，還是猛然被點化。牛麗莎思忖了幾秒，脫口而出。

「挺好聽的！我怎麼沒聽說過？什麼時候的？」

「問那麼多幹嗎？矬子裡扒拉大個，也就這個聽著還湊合。」牛麗莎底氣不足地應付。

牛麗莎白，確實是牛麗莎初中時的外號，只是它存活期不長。剛剛叫了幾天便趕上牛麗莎飯盒丟了不得不周遊各班尋找飯盒，於是日式外號「尋找飯盒子」應運而生，結束了「牛麗莎白」短暫的流行期。牛麗莎白是個沒叫起來的外號，雖說當初起名的同桌也是懷著嘲諷的心，在涉及伊麗莎白女王的課堂上信手拈來借鑑出個牛麗莎白，但終因反諷意味不濃而比較小眾，沒有流傳開去。甚至有些同學覺得牛麗莎白過於好聽，簡直是拔高了牛麗莎，不是外號，而是美化。牛麗莎心知肚明這外號其實包含著刺鼻的瞧不起，但是依然忍不住有些留戀這個短命的名號，它至少像個女孩的外號，尤其是在「牛皮癬」響徹耳際的時候。

二

「誰動我的魚了？」爸爸發出了兩天以來最響亮的聲音。

這是週日傍晚。週末的休息日，一家三口都蝸居在家。兩天了，爸爸幾乎是第一次開口說話。沒有什麼特殊的，多年來一直是這樣，牛麗莎已經習慣了。爸爸，或許該叫父親更合適，他總是面色凝重正襟危坐，讓人不敢親近，咫尺天涯。父親的臉只有一種表情，跟門把手上的金屬旋鈕沒什麼兩樣，帶著冷峻的語焉不詳。從她記事起，父親就書面而深刻，離家庭生活非常遙遠。所謂女兒，對於父親不過是同在屋簷下。父親沒衝她發過脾氣，亦不會與她親暱，像一幅威嚴的畫，凝固著，並無生動的可能。父親的頭腦裡好像將她屏蔽了，她考了一百分，父親的嘴不過是輕微地抽搐一下，像不開竅的演員表演欣喜的笑，效果尷尬而寂寥；她成績落後，父親事不關己地安慰一兩句，像勸解著鄰居家的孩子，無關痛癢，沒有休戚與共的焦慮；她哭，父親不問怎麼了，只應景地說「別哭了」；她笑，父親不跟著一起笑，只有些狐疑地看著她。父親彷彿職業道德一般的臨時演員，對爸爸的角色既無興趣也無能力。他游離在三口之家的邊緣，事不關己高高掛起。

「我沒動。」牛麗莎發電報般地說。她在父親面前也是機械的，彷彿唯有如此他們才配套，才不讓人懷疑是貨真價實的父女。

小時候牛麗莎以為天下的父女都是這樣的，彬彬有禮，井水不犯河水。後來有一次沈源一家三口來家裡做客，她驚詫地發現沈源坐在爸爸腿上，前後晃悠著身軀，偶爾還揪爸爸的頭髮。椅子是夠的，她卻不假思索地坐在爸爸腿上。她爸爸滿臉堆笑地搖晃，自己也享受地配合著女兒的節奏。那時，沈源九歲，牛麗莎八歲。

牛麗莎被那個畫面驚住了，她第一次覺得自己離溫暖那麼遙遠。沈源走後，牛麗莎陷入沉思。她驚恐地懷疑自己不是父親親生的，她被沈源父女那種血濃於水的默契震懾了，她感覺到自己與父親之間彷彿隔著什麼，誰也沒辦法突破。牛麗莎的印象裡，父親大概從沒有抱過她，她不敢完全肯定是出於嚴謹，襁褓中也許是有的。第二天，牛麗莎裝作隨意實則緊張地爬上了父親的雙腿，父親先是一怔，而後僵硬地拍了她幾下。她沒有見過狼外婆，但是覺得父親臉上的微笑是狼外婆特有的，很假。父親若即若離地抱了她一會兒，像摟著一個炸彈，悲壯而緊張。

牛麗莎絕望了，她幾乎可以完全確認自己不是父親親生的。不需要DNA鑑定，不需要其他證據，那種感覺來自生命深處，是不會騙人的。牛麗莎懷揣著這個祕密，謹小慎微地戒備著父親，她生怕不小心做錯了什麼被趕出家門。這是可能的，因為她是撿來的。

終於意識到擔心是多餘的，也不再懷疑自己是親生的，是牛麗莎上了初中以後。她在自己臉上看到了遺傳的力量——她的眼睛活脱脱是父親眼睛的複印件。那種相似，唯有基因可以做到。縱使他對她漠不關心，她卻鐵證如山地成為父親生命的延續。

她們血肉相連的一家三口，沒有一個是美的。父親與母親都不漂亮，牛麗莎便毫無懸念的醜下來了。甚至有愈演愈烈的趨勢，在他們家的接力上，一棒不如一棒。她不僅綜合了父母的缺陷，而且還花樣翻新自創了一些缺點，某幾處醜得與父母毫無關聯。唯有那一雙巨大的眼睛承襲了父親的優點，然而，卻隨著年齡增長畫蛇添足地長出了母親那種肥厚的眼皮，一年比一年厲害。

「你動了嗎，馮金卉？」父親得到牛麗莎否定的答案，把身子轉向母親。結婚二十幾年了，他一直不嫌麻煩地稱呼她的全名——馮金卉。

馮金卉是大學教授，雖説説話有點磕巴，卻在講台上站了二十多年，頻頻包攬各類諸如優秀教師的稱號，榮譽面前當仁不讓。當初雖是走後門頂了別人的留校名額，現在卻著實做出了些花裡胡哨的成績。她矮，胖，身上任何一個角落都不漂亮。但好在她非常白，上上下下乾淨透亮。俗話説一白遮千醜，馮金卉白晰的皮膚挽救了她讓人崩潰的外表，看起來雖不漂亮，但還可以生拉硬拽勉強往氣質上靠靠。況且人到中年，同時期的美女也盡顯頹態，她的醜反倒被稀釋了。而牛麗莎就沒有這種好運了，青春的她承襲了母親的難看，卻自發地長出黝黑的皮。

好似誤食了母系的醜陋祕方，還不小心產生了什麼化學反應，更上一層樓地連皮膚也毀了。馮金卉也嚥不下這口氣，搞不懂通體雪白的自己如何會誕下個黝黑油亮的小崽。曾經嘗試著拿珍珠粉給她抹抹，當然堅持了幾天也就不了了之了。給牛麗莎美白，幾乎相當於取消黑夜，太知其不可為而為之了，搭的全是無用功。

美白的打算告一段落，馮金卉卻從沒在其他方面輕易氣餒。她給牛麗莎報了素描、書法、籃球、英語、提前讀寫等等各種輔導班，未上小學的牛麗莎就開始了風裡來雨裡去的求學生涯。馮金卉馱著牛麗莎，母女倆在自行車上相依為命，一白一黑兩個胖子，嚴寒酷暑地堅持著各種興趣愛好。

牛麗莎不喜歡學那麼多，但是她從沒逆反過。她扁著嘴承受著，媽媽讓她學的她都默默接納，因為她能感覺到那背後殷切的希望。比起父親的不聞不問，媽媽給予她的壓力也是動人的。她甚至不止一次暗暗發誓要拚命學出個樣來，換媽媽欣慰的笑，卻終究沒有做到。不是她不夠努力，而是她不過是個天資尋常的孩子，面對那些既無興趣又無稟賦的事情，常常無從下手雙目無神。馮金卉失望過，卻總是先於牛麗莎重新振作，鼓勵孩子勇往直前，吃得苦中苦方為人上人，永不言敗，一定要出人頭地。到目前為止，她對牛麗莎的教育還是雙目炯炯的鞭策，比非法傳銷的辭彙還瘋狂勵志，縱使牛麗莎自小學開始就顯露出骨子裡的平庸，高中時靠馮金卉的關係才進了重點班，考大學還是占了教師子女的便宜，進了馮金卉所在的學校所在的院系。

「別……別大驚小怪的，誰沒事動你的魚，閒的呀！」馮金卉頭也沒抬，繼續在電腦前工作。一下午了，她長在電腦前，目不轉睛，手和鍵盤接觸不停。

「你沒動，牠怎麼死了？」父親壓低了嗓門，卻掩不住憤怒。

「牠……牠死了跟我有什麼關係？難……難道誰死了都是我動的？」馮金卉結巴著，也憤怒著。

父親緩慢地看了牛麗莎一眼，走進馮金卉勤懇工作的書房，關上了門。接著，壓抑的男聲和結巴的女聲傳來，一陣細碎的小爭執開始了。

牛麗莎眼睛也沒抬一下。這種理由不充分結局不重要的局部戰爭已經上演了二十年了，從記事起，父親關上門和母親理論的情景便時有發生。牛麗莎甚至挺喜歡的，比起父母長久的沉默，爭吵才更像正常的夫妻，柴米油鹽磕磕碰碰，意見不統一是難免的。而且牛麗莎甚至有幾分迷戀父親關門的細節，父親總是看她一眼，關上門，才全力投入戰鬥。那樣劍拔弩張的時刻，父親還是顧及了她的感受，不願將爭吵露置於孩子面前。只有在那樣的時刻，牛麗莎才覺得父親對她是在乎的。

本次爭吵並不盡興，似乎雙方都無心戀戰，短小的幾個回合就草草收兵了。牛麗莎壓根沒關心他們爭吵的內容，她練就了充耳不聞的本領，像戰爭中的瑞士，任硝煙瀰漫，只負責一臉無辜。父親鐵青著臉回到魚缸旁，近乎落淚地哀悼著他的魚，沉痛地遺體告別。火紅的魚不再游動，無力地浮在水面，像跌落的花瓣。憑心而論，牛麗莎也覺得那些魚是漂亮的，牠們妖嬈地招搖在水中，像舞動的楓葉，也像通紅的雲朵。但是，她如何也喜歡不起來。每每看到父親精心地侍弄那些魚，甚至在魚缸前喁喁私語，她就憤怒而迷惑。難不成魚才是他的孩子？或者他前世根本就是一條魚？父親在魚缸前舒展的表情，是平素的家庭生活裡少見的，魚缸以外的地方，他公事公辦，拒人千里之外。

那十隻鮮豔名貴的魚死了。牛麗莎已經數不清那魚缸裡死過多少魚了。父親雖愛養魚，卻顯然沒有摸著門道，總是滿腔熱情地把魚養死。彷彿對付不了生命中不能承受之輕，魚們前仆後繼地死掉。事實證明，父親只能把牛麗莎養活，雖然他似乎對這個活得最久的小生命沒什麼關切之情。

三

「牛麗莎白，你確定要唱歌嗎？」班長眼神複雜地問。沈源的餿主意竟然藥到病除，三兩天就成功地將「牛麗莎白」散布出去，頂替了「康泰克」的位置。

「恐怕是的。」牛麗莎抱歉地朝班長笑笑。她自己也明白唱歌的後果是什麼，但那是媽媽的意思，唱也得唱不唱也得唱。

班長撇撇嘴走了，好像經歷了什麼不可理喻的事，需要平復心情。

「馮阿姨讓你唱歌的？」沈源投來同情的目光。

「被你猜到了。」

「麗莎小寶貝，你就認命吧。君要臣死臣不得不死啊！」

「你呢？參加嗎？」

「不想跳。可是她們非讓我跳。」

牛麗莎怏怏地閉了嘴，為唱歌的事情發愁。媽媽暗示她在新生藝術節上唱歌，她佯裝遲鈍沒有接茬，卻沒想到媽媽雷厲風行找了團委老師，團委老師直接指派，要求牛麗莎在新生藝術節獻唱，就好像她真是什麼藝術骨幹似的。各班的節目名額都有限，被牛麗莎這種蹩腳人物占了指標，同學們都驚得要噴飯了，剛剛班長的憤憤不平幾乎是代表民意的。唱得好倒也罷了，可牛麗莎學聲樂不到三個月，跟門外漢沒什麼本質的區別，竟然就要當著全體大一新生唱美聲。真是趕鴨子上架。

牛麗莎不喜歡美聲，雖說在青春期做過歌星夢，可夢的是流行歌星啊！開演唱會，歌迷見面會，新專輯發布會，走哪都戴個大墨鏡，不敢穿露臂的衣服，生怕被瘋狂的歌迷抓破了。她為那種幻想偷偷笑出過聲，卻打一開始就知道那不過是夢。可是她蠢就蠢在跟馮金卉提起過這個夢。高考結束後，其他孩子都一溜煙衝進了散漫的假期，牛麗莎卻被領進了聲樂班。馮金卉神采飛揚，要利用高中時代最後的假期圓孩子的藝術夢。牛麗莎試探地徵詢能否不學，馮金卉立馬橫眉冷對，擺事實講道理，最後指出不學就是自暴自棄。牛麗莎看不得馮金卉失望，她知道馮金卉把所有工作以外的時間都傾注在自己身上了。她很忙，上課，寫論文，開研討會，經常奔走在各大城市的學術會議上，帶回清明上河圖一般的會議合影。可是她對牛麗莎的每一步的成長都絕不放鬆，在家時陪她一起學習，風雨兼程接送她上興趣愛好班，出差時也儘量遙控著她的生活。吃維生素，喝鱉血，穿黑色豎條的衣裳，甚至還帶著她測字算卦卜問前程。馮金卉幾乎是又當爹又當媽，面對著牛麗莎這麼個殘次品，依然煥發著大煉鋼鐵一般的熱情。牛麗莎心裡有數，知道自己沒有任何絕倫的地方，天生就是廣大人民群眾。想培養她成才，幾乎是精衛填海，硬著頭皮做無米之炊。當然，牛麗莎也不是一開始就清楚自己不行，幼年時她在馮金卉的灌輸下一度以為自己非常了不起，強於同齡的所有孩子。馮金卉常在她出現的公共場合為她鼓掌喝彩，回家為她熬各種滋補保養的湯，誇她聰明漂亮，牛麗莎以為自己是集萬千寵愛於一身的公主呢。可惜指鹿為馬的事，不是那麼容易。一旦進入學校，跟更廣闊的人朝夕相處，馮金卉的保護就顯得紙包不住火了。有領導聽課，老師絕不會叫牛麗莎發言；穿同樣的校服，牛麗莎的總是格外不合體；課間操時，男生都躲瘟神一樣躲著牛麗莎，不願與她搭對；一旦有一陣來路不明的臭味，同學們總是想當然地懷疑屁是牛麗莎放的。各種微小的細節拼湊出生冷的真相，牛麗莎逐漸變得敏感，她愕然地懂得：世上只有媽媽好。

為了媽媽她只能在藝術節上充好漢了，雖然她幾乎能強烈地預感到她將為她的出糗紀錄再添濃重的一筆。媽媽永遠也不明白，亮相未必帶來好的效果，有時不過是自取其辱。她也不清楚牛麗莎真正的斤兩，一遇到自己女兒的問題，就迅速失去判斷力。她第一次聽到牛麗莎唱美聲，就忍不住哭了。從飲泣到一發不可收，一貫克制的馮金卉竟然當著聲樂老師的面吧嗒吧嗒地狂掉眼淚。老師和牛麗莎面面相覷，不知她唱的是哪齣。其實她是太感動了，她聽到絲緞般華美的聲音在女兒胸腔裡流淌，她簡直是個奇蹟，藝術的奇蹟。縱使聲樂老師並沒對此表示贊同，但馮金卉仍然堅信，牛麗莎在經歷了諸多培訓之後才相見恨晚地找到了自己命中註定的愛好——美聲。一切還來得及，她仍然有機會大器晚成。

藝術節如期到來。牛麗莎穿著類似修女的黑袍，很有些哥特效果地登台了。這是她人生履歷中第一次登台，之前她從沒有機會感受台上的燈光，她總是淹沒在台下，配合地提供掌聲。然而，終於登台，她穿著媽媽力薦的衣服，沒有一絲欣喜，滿心絕望。她知道噓聲、怪叫會從台下傳來，她的笑料形象會越加豐滿，或許再添個「黑袍怪」的外號也說不定。她知道媽媽一定站在台下，滿心激動地期待著她嘹亮的歌聲，近乎幻覺地認為自己出類拔萃純潔大方。

媽媽和沈源站在一起，牛麗莎候場時便一眼看到了。之前沈源已經登了台，她在現代舞裡當領舞，一出場便掌聲雷動。口哨、叫喊，台下是男生們發自肺腑的獻媚，沈源像冷漠的女王對台下的熱烈置若罔聞。她早已司空見慣，如若哪天男生都不理她不捧著她了，倒是奇怪的事情。舞蹈結束，至少五個男生上台鮮花，沈源也不過是浮皮潦草沒有笑容地把他們打發了。

牛麗莎先是望見沈源金光閃閃的舞衣，而後捎帶著看到了旁邊的媽媽。沈源還沒來得及換衣服，便匆匆趕到觀眾席看她唱歌了。當然，是故意找藉口不換，穿到台下去出風頭也說不定。牛麗莎喜歡把沈源的行為分析出一些輕浮虛榮的地方，再對照自己絕無這樣的毛病，站在虛擬的高點上。

沈源和媽媽熱絡地聊天，手舞足蹈地比劃著。沈源爸爸和牛麗莎爸爸是大學同學，兩家交情不錯，自然沈源和馮金卉也是老相識了。牛麗莎從側幕凝視著沈源和媽媽的臉。都很白，但是五官的品級差異很大。牛麗莎愛媽媽，所以將面貌的差異理解為各具特色。

牛麗莎開口了，〈乘著歌聲的翅膀〉。聲音顫顫巍巍溜達出口腔，乘著不穩的翅膀，低低地飛，摔倒在地上。她看不清台下人的臉，強光下她像遠離人間的布道者，捕捉不到芸芸眾生的表情。也聽不清聲音，耳邊彷有潮水、蜂鳴，只是辨不出具體的人聲。時間不動，空間可疑，牛麗莎捏緊僅剩的自尊苦熬著台上的辰光。內心悲涼，雙唇開合，她終於發覺明星也不是誰都可以當的，舞台也會變成駭人的絕境，讓人頭皮發硬。

「牛麗莎！唱得好！」熟悉的聲音劃過耳鼓。不是馮金卉的磕巴，是沈源的脆亮。

「唱得好！」接下去，觀眾席也發出了複製的喊叫。

戲謔？讚美？應該都不是吧。牛麗莎懵懂著接受著友善的喊聲，當然或許是反諷也說不定，觀眾的臉她看不清。當然，這中間沈源發揮著巨大的作用，她那一聲大喊像一枚信號彈，引起了規模宏大的模仿，更重要的是遏制了可能產生的惡意轟台。

花，一個男生跑上舞台，遞給牛麗莎一枝花。他身體後仰，姿勢隨意地把花塞在牛麗莎手裡，頭也不回地原路折返。牛麗莎沒來得及說謝謝，男生便飛奔離去，像未容許願就隕落的流星。

這個過於倉促的時刻，其實是歷史性的。台下的馮金卉熱淚長流，她親眼看見自己妙齡的女兒在接受來自異性的鮮花。她知道，那是牛麗莎生平第一次收到花。她甚至感同身受，雙手顫抖，彷彿拿不住那細小的花。掌聲、鮮花，她終於看到了，看到自己精心培養的女兒驕傲地走進一片輝煌。

牛麗莎倉皇地下了台，如果她的皮膚再白些，便會暴露出羞澀的潮紅，黑皮膚此時成了保護色。她未料到一曲終了竟有花朵送上，並且鮮花由男生的手傳遞而來。這個少女時代就暗自期許的時刻竟然不打招呼就突然到來，毫無預兆。牛麗莎已經習慣了生活的柳暗花不明，她對收到鮮花一類與浪漫有關的事情早就斷了念想。她無數次眼見著男生把巧克力、毛絨玩具等等精緻的小玩意塞進沈源一類漂亮女孩的書桌，也在言情小說肥皂劇中領略過溫柔體恤的承諾，同時她也黯然地告訴自己別痴心妄想。人人生而平等，那不過是睜著眼睛說瞎話。愛美之心人皆有之，人人都愛美了，對醜的怎麼可能公平呢！作為一個女孩，長成這樣，又沒什麼特異功能，立足都難，更別說戀愛了！沈源確實比自己聰明點，可她風調雨順健康成長，主要還是沾了漂亮的光。從小就當慣了強者，上幼兒園時經常欺負小朋友，卻依然最得阿姨寵，還不是因為長得順眼嗎！要是她牛麗莎也敢為非作歹，早被阿姨罰站了，碰巧再趕上阿姨有什麼心事，不給吃飯也是可能的。沒有人能體會那種不公 除了和牛麗莎一樣談及外表就啞口無言的女孩。

現實是嚴酷的。牛麗莎在情竇初開的年紀寂寞地品出了這些其實淺顯但少有人說的道理。她知道憑自己一眼看不完的雄壯身材，沒有誰想與她私定終身後花園，沒有誰眾裡尋她千百度，也明白自己不適合站在燈火闌珊處。她長得比較客氣，就理應忍氣吞聲地活，再早熟也不得不潔身自好，即使暗自喜歡上誰也只得一片幽情冷處濃。一個在父親面前都沒撒過嬌的女孩，怎麼敢設想和男生發嗲呢！以一種絕望明智的姿態，牛麗莎外表樂天地度過了淒風苦雨的青春期。當然，偷偷的萌動也是有的，高中時牛麗莎還是忍不住暗戀隔壁班的班長。他總是清高地挺起頭顱，似笑非笑。他們的不可能牛麗莎夢中都懂，她很有自知之明，連夢都沒敢夢到他，不過是默默注視悄悄惦記罷了。後來當牛麗莎發現那男生在送給沈源的練習冊裡夾了小紙條，竟然如釋重負。他終於旗幟鮮明地愛上別人了，她便可以徹底死心了。

四

牛麗莎注視著落地鏡裡的人。皮糙肉厚又黑又胖，滿身拖泥帶水的肥膘，明明穿著輕薄的單衣，卻好似穿著羽絨服，臃腫膨脹。五官星羅棋布毫不團結，自由散漫各自為戰，誰和誰都沒商量，一副不合作的樣子，各醜各的，簡直有幾分光怪陸離。眉毛稀疏，根根分明，顏色淺淡；眼睛大而鼓，一副掙命向外看的樣子，虧了有更大的眼皮包著；鼻子趴，低調的鼻頭，漫不經心地扁在臉上，鼻梁壓根就沒有出現，是一片若有若無的模糊；唇色暗沉，嘴開闊，上方的人中兩側還分布著略顯濃重的小鬍子，高中時語文課代表曾生動陰損地以「出門一笑大江橫」

來描述那倒楣的嘴唇；五官裡最好看的，恐怕是耳朵了，一對耳朵還算中規中矩，沒其他的那麼前衛誇張有特色。如若出現在電影裡，那麼這張臉是極盡挖苦惡搞之能事的虛構，但是它恰恰是現實主義的，是牛麗莎生來就註定要接受的命運。女媧造人的時候真是把心一橫，連這麼醜的也造得出來。怎麼看都覺得鬼斧神工，牛麗莎憑一己之力長成了一個噩夢。

無論從哪個角度，給予怎樣寬容的自我暗示，牛麗莎也無法發現順眼的地方。沒有美麗荒涼著也便罷了，卻繁盛著遍地醜陋。她分明是受害者，卻要為這樣的長相負責。所謂真正的美來自心靈，那真是站著說話不腰疼。外表的醜陋對女人是致命的。醜比癌可怕。癌畢竟不是天生就得了，可醜是從出生時就如影隨形。醜為什麼不是一種病呢？那樣就可以治了。牛麗莎的少女時代，整容的概念尚未流行，頂多也就是割個雙眼皮、紋個眼線，身體力行者也多半是青春不再的半老徐娘。高中快畢業時候，韓劇、韓國明星的流行才帶起了整容的概念。一時間改建面孔主宰命運的新理論，撞擊著牛麗莎的心房。她想變美，即使花些錢忍受些疼痛，她也都能接受。變美了她便可以揚眉吐氣，像沈源一樣頤指氣使對著男生說話。然而，短暫的欣喜後，牛麗莎便發現了整容存在的困難。她不是想改變一星半點，或者說，改變一星半點必然收效甚微。為自己整容，相當於重建圓明園。徹底改頭換面，也許可以。可是整完還是自己嗎？鳥槍換炮的臉不見舊時痕跡，她還有什麼理由頂著牛麗莎的名號活呢。況且她已經醜了快二十年，忽然搖身一變成為美女，別人能不懷疑嗎？到那時，光是周遭的議論也照樣能把她折磨死。

她曾經把試圖整容的想法向馮金卉透露過，未曾想總是支持她鼓勵她的媽媽卻斷然拒絕。馮金卉說身體髮膚受之父母，不能輕易變更。還教育她知識和能力才是最重要的，要把注意力集中到正確的地方，不要在膚淺的事情上胡思亂想。牛麗莎怯怯地辯解，她只是想像沈源那樣人見人愛。馮金卉撇著嘴不解地盯著她，語重心長地提醒漂亮沒有屁用，不能當飯吃。牛麗莎心想，難不成醜能當飯吃嗎？卻低眉順眼沒有做聲。

醜久了便也認了命。藝術節過後，同學們見到她就忍俊不禁的表情將牛麗莎拉回了現實。「我沒聽過狼叫，但我覺得應該就是那樣。」「簡直像砂紙在磨牆。」她偶然聽到了這樣的評價，多年的抗擊打能力倒也使得她沒有五雷轟頂。理智告訴她，沈源的喝彩緩解了她當時的尷尬，卻無法改變她笑料的本質，活著於她就是一次又一次醜態百出。且不說她生澀怯懦的歌聲，單是她中世紀修女的恐怖裝扮和她力拔山兮氣蓋世的身形，也夠大家樂一陣子了。

唯有馮金卉依然沉浸在女兒初露鋒芒的喜悅中，她誤以為自己種豆得瓜真的栽培出一個聲樂天才，考慮著要給牛麗莎換個更知名的聲樂老師，免得現有的老師耽誤了牛麗莎的大好前途。

「你是沒看到，麗莎在台上光彩照人，她的喉嚨裡裝的是天使的聲音。」馮金卉在演出的一週後依然津津樂道地回憶著那華彩的場景。她紅光滿面地和丈夫描述著女兒的奪目，表情像是正經歷著一場單相思，嘴裡竭盡全力咀嚼著藍莓味的口香糖。她太忙了，停下來吃糖都成了一種消遣，為了更充分地感到消遣的樂趣，她總是發狠地嚼，像要咬斷糖的骨頭。

「是嗎？很好。」父親輕描淡寫地應和，嘴唇微微動了動，遏制住了一個輕蔑的微笑。

「你怎麼總是漠不關心的？你知……知道嗎，結束時候有男孩上去獻花……花呢！」馮金卉爆猛料吸引丈夫的注意力，此時她的磕巴也顯得像一種故弄玄虛的手段。

「我該餵魚了。」父親左邊的眉毛挑了挑，左手抓了抓右手腕，彷彿他便是馮金卉嘴裡那塊被牙齒壓榨的糖，渾身不自在。他放下報紙站起來，逃離了馮金卉力捧牛麗莎的現場。

火紅的魚在魚缸裡撒歡，死掉的已被打撈出去，新買的填補了空缺。還是那個品種，紅豔豔的，看不出與上一批有什麼差異，彷彿就是上一批，已然神祕還魂。牠們爭先恐後地張開秀氣的嘴，像急著感受父愛一樣，哄搶著父親的魚食。牛麗莎想不通，到底是魚在糾纏父親，還是父親糾纏著魚。

「魚，就知道魚。我說你就是不……不懂藝術。」馮金卉恨恨地瞄著魚缸的方向，眼皮嘟嚕著，看不清她瞪的是魚還是自己的丈夫。

「魚，就是魚。」父親繼續餵食，像是回答又像是自言自語地說。

「媽媽，別絮叨了！藝術節都過去多久了，你還沒完沒了！再說除了你沒別人說好，同學們都用奇怪的眼神看我。」牛麗莎察覺了父親的索然，制止著母親的陶醉。

「那是他們不懂藝術！要不就是他們嫉妒你！」馮金卉擲地有聲。

「你喝醉了嗎？我自己唱得什麼樣，我自己清楚。」牛麗莎極少頂撞媽媽，可她看到父親麻木的臉，想儘快制止媽媽自賣自誇的可笑讚美。她知道父親壓根對她的歌聲沒興趣，別說她唱得不好，就是她唱得好，父親也不會動容，可能就算她忽然啞巴了，父親也沒什麼情緒波動。四年前，她便確鑿地得知，父親對她的失望由來已久。

那是初中的最後一年。她放學回家未及把鑰匙插入鎖孔，就聽到門裡邊馮金卉尖利的叫喊。「你有種就滾，滾出這個家，滾回你的窮山惡水去！」憤怒暫時修復了她的舌頭，那句話鏗鏘有力沒有一點磕巴，簡直是一句情感飽滿又具爆發力的話劇台詞！

「你以為我多喜歡這兒嗎？你和你下的那個黑蛋！」是父親的聲音。父親慢條斯理，並沒被媽媽的失控引導，他的聲音是低沉的，散發著苦杏仁般清雅理智的味道。

牛麗莎被走廊裡慘白的陽光晃得幾乎掉淚，她遲疑地捏著鑰匙，沒有開門，也沒聽清楚門裡邊後續的話。她隔著門，感受著至親的兩個人誰也不饒誰的較量。不知道過了多久，門砰地打開，馮金卉與牛麗莎撞了個滿懷。馮金卉簡短地猶豫了一下，奔下了樓梯。爭吵是常有的，但牛麗莎還是第一次見媽媽歇斯底里地掩面而去。她叫父親滾，自己卻憤而離去了。

馮金卉衝出去帶起一陣涼風，吹得牛麗莎好冷。滿地狼藉，客廳架子上的工藝品被毀滅了大半，父親站在碎片中央，眼裡還盛放著氣憤的火焰。那真是一幅夫妻激戰後的典型畫面，任何劇組也不會把景布得如此逼真，空氣裡都瀰漫著淒慘又滑稽的味道。牛麗莎看了看父親生鏽的臉，放下書包去拿笤帚了。那個把她叫做黑蛋的男人，興許還沒發洩完，卻不得不停止爭吵，接受另一方中途離場的結局，進入到清理戰場的新階段。

牛麗莎和父親安靜收拾了摔碎的唐三彩和玻璃框，默契地沒有言語。剛剛的爭吵似乎從不存在，聲音飄到無限的遠方。可是牛麗莎的心卻不是清淨的，她反覆回想著父親的話：你和你下的那個黑蛋！

黑蛋！從沒叫過她暱稱的父親原來這樣稱呼她。這比任何外號都更讓牛麗莎心寒，是一發頂著太陽穴射擊的子彈，猝不及防洞穿了她粗黑的皮。她一無是處的長相原來早就傷了父親的自尊，她不是愛情的結晶，更像一枚巨大的恥辱。

媽媽是因為生下了質量不達標的她，才得不到父親的寬恕？

媽媽對自己全方位多層次的培養，是懷著人定勝天的豪情和不蒸饅頭爭口氣的怨恨，證明父親不該過早向命運繳械投降？

牛麗莎用無數黑夜反覆琢磨過這些問題，白天裡她還是一副沒心沒肺熱情洋溢的蠢相。大人的事她不懂，然而傷感彷彿有生命，拳打腳踢折磨著牛麗莎的心。她甚至產生了錯覺，以為自己真是一個黑色的蛋，橢圓形，光滑，沒有眼耳口鼻，孤零零待在牆角，小心翼翼提心吊膽，沒有父親的命令便不敢滾動。

她忘不了那兩個殘酷的字：黑，蛋。兩年後第一次上網，她條件反射般以「小黑蛋」做了自己的網名。小黑蛋，添上個「小」立馬多了些可愛的意味。她用這種隱匿的方式紀念那個一直疼著傷口。這網名被朋友們誇讚，他們在那其實有些嚴酷的名字裡感到她的瀟灑和自嘲。

五

「牛麗莎白，沈源呢？」上公共課的時候鄰座的同學問。

「不知道。」牛麗莎溫良地答。

她與沈源總是形影不離的。小時候一起玩過泥巴，高中大學又緣分極深地都是同學。最初時候，牛麗莎管沈源是叫源源姐的，因為沈源比她大一歲。童年時大一歲也是不容忽視的大，沒主意的牛麗莎崇拜地做著沈源的跟班，心甘情願地扮演著遊戲中次要的角色。雖然她遊戲的時間並不充裕，她首先要完成各種陶冶情操的小班輔導。

沈源上小學那年，牛麗莎也上了，馮金卉認為在幼兒園多耽誤一年是對生命的浪費，託人將年齡未滿的牛麗莎塞進了小學。牛麗莎和沈源同年變成了一年級的小豆包。大概就是那時候吧，她便不叫她源源姐了，學同樣的知識，有同樣的年級，一歲的差異變得模糊了。她們交換積攢的不乾膠，討論愛看的卡通片，並不經常見面，卻算得上惺惺相惜的髮小。

然而縱使是少不更事的小時候，牛麗莎也能隱隱感覺到沈源和自己的不同。受大人的寵溺小朋友的喜愛自不必說，連她上的特長班都與牛麗莎的那麼不同。牛麗莎上的所有課都需要動筆，唯一不用的，是她並不喜歡的籃球。那是馮金卉為她長大個，經過調研決定的。雖說牛麗莎忍辱負重地堅持了，但現在看來，馮金卉的願望卻原因不明地沒有實現。而沈源就不一樣了，沈源可以自由散漫地品嘗童年，唯一報名的是體操班。

她們都在體校學習，牛麗莎拎著籃球去上課時，會經過體操房。她曾經數次央求馮金卉停一停，讓她看一眼體操房裡的情景。音樂從窗口傳出，穿著體操服的小女孩一排排整齊地站好，她們像集結的天鵝，脖頸修長面容閃亮。沈源總是站在隊伍的最後，漫不經心地跟隨著教練的節拍，有時乾脆偷工減料忽略動作。她說她並不想學體操，是爸爸為了她氣質好強制安排的。牛麗莎不知道氣質是什麼意思，但她能感受到沈源爸爸沉甸甸的愛。當她站在窗外，踮起腳尖看著體操房裡的小天鵝時，覺得自己就是賣火柴的小女孩，寒冷的冬夜，赤著腳，在短促的火光中看到別人的幸福。她連醜小鴨都算不上，她沒有混跡其中，她在那個群體之外，眼饞地觀望而已。她與她們那麼近，又那麼遠。她總是懂事地只看一小會兒，適度地透露著對體操的好奇。然而馮金卉會以薑還是老的辣的口吻告訴她，練體操容易不長個的，不如籃球好。

牛麗莎從沈源那兒學了幾個體操動作，一位、二位等等等，她趁沒人的時候對著落地鏡比試過，鏡子裡的她活像小腦萎縮的猩猩，不協調得很耀眼，沒有哪怕丁點的優雅從容。沈源聽説她喜歡體操，慷慨地把自己最大的體操服送給了她。藍色的尼龍連體衣，顏色鮮美面料光滑。牛麗莎如獲至寶，她撫摸著那柔軟的小衣服，觸碰到了夢想的質感。她脱光了自己，鑽進體操服，龐大的她撐起弱小的它。衣服逆來順受地裹著她的身體，從高貴典雅變得捉襟見肘。瞬間把精美的衣服塞得狼狽不堪，幾乎是一種不分青紅皂白的欺淩。牛麗莎自卑地將衣服褪下，暗自制定著減肥的計畫。她常常只吃一點食物，卻一如往昔照舊健碩著。她體會過餓得頭暈目眩，餓得想咬人的感覺，卻依舊守著彪悍的體重，沒有孱弱的跡象。如此這般，只能解釋成她按照上帝的意願在發胖了。牛麗莎鬼祟的減肥還是被馮金卉明察秋毫了，苦口婆心的説服教育之後，馮金卉痛心疾首買了各種營養品，甚至還有一罐氧氣，她怕牛麗莎餓得缺氧了。牛麗莎抱歉地承諾不再減肥，卻還是委屈地透露了對沈源的羨慕。馮金卉不屑一顧地説：你比她強！表面光都沒有用，她媽媽年輕時候也漂亮。可惜不是太檢點。似乎話匣子要打開有展開細節的可能，卻被父親憤怒又不恥的眼神制止了。父親好似沈源家派來的臥底，他和一切外人都比和牛麗莎母女貼心。

「沈源為什麼不來上課？」下課要出教室時，一個不知名的男生走過來，開宗明義。

「對不起，我不知道。」牛麗莎禮貌地答記者問，心裡卻颳起不爽的風。

她知道自己在大家眼裡不過是沈源的時髦陪襯。外形對比鮮明的沈源和牛麗莎，誰是主誰是次，再一目了然不過了。沈源無處不在，而牛麗莎卻隨時被遺忘。就像今天，明明是牛麗莎來上課了，但疑問和關切都是圍繞沈源的。她總是罩在沈源巨大的陰影裡。

牛麗莎抱著書本走在回寢室的路上。一個人走路時，她經常忽然感到無地自容，覺得背後有無數雙眼睛放射著嘲弄的目光。有沈源時就會好一些，她與沈源絮叨著就忘記了和自卑對接。忽然，她在通往女生宿舍的甬道上看見沈源了。剛要叫她一聲，卻噤聲了。她同時看到那張臉了，那張一閃而過卻或許終生難忘的臉。那張臉衝著沈源笑，每一個毛孔都透著快樂，跟禮堂給她獻花時的局促那麼不同！牛麗莎驀地明白了，獻花的男生是衝著討好沈源去的，甚至更大的可能是壓根就是沈源指使的。

牛麗莎知道男生獻花不是因為喜歡她，男生點到為止地把花一塞就匆匆離去，顯然沒有任何被吸引的跡象。她當時覺得，他一定是譁眾取寵，或者是受了馮金卉的指使吧。但她依然是激動的，縱使點染她的只是不可深究的表面風光瞬間風華。可是當她看見男生與沈源嬉戲的時候，她行色匆匆地傷心了。她掉頭離去，以免更進一步地與二人碰面。她聽到劈里啪啦的聲響，覺得自己體內有什麼東西碎掉了。

家就在學校院裡，但是牛麗莎沒有回去。她抱著書，拎著水壺，上了公車。起初她漫無目的，如同受了傷害離家出走的小孩，一屁股委屈地坐著。沈源又一次把自己的東西分給了她，體操服、進口巧克力、米老鼠髮夾……她曾經無數次善解人意地與牛麗莎分享。然而體操服太小，巧克力讓人發胖，髮夾到牛麗莎頭上就化神奇為腐朽地不好看了。沈源的施予，成了變相的譏誚。好東西給了你，你也照樣無福消受。物以類聚，人以群分。沈源與牛麗莎怎麼看也不像一類一群的，她們的好，註定是不合理的。沈源不取笑牛麗莎就不錯了，有什麼理由還要對她好呢？

這一次她把男孩分給了牛麗莎，她竟然慫恿自己的追求者上台鮮花，並且事後隻字不提。什麼意思？做好事不留名嗎？牛麗莎為那接受花朵的剎那悄然興奮過，如今卻加倍屈辱地憤恨著。那不是愛慕欣賞心儀的花，那是遭罪羞辱施捨的花。那不是天上掉餡餅，那是你沈源吃剩的！我牛麗莎已可憐到要美女朋友出面談條件，才可以費盡周折地得到一朵花？我牛麗莎是你沈源拿不出手的附件，要追漂亮的你先得愛屋及烏通過醜陋的我？這種人道主義的關懷，也太拿人不當人了吧！沈源，你用不著這麼偉大！

公車上，牛麗莎翻來覆去追問數落著沈源，彷彿她就在面前。她跨越了半個城，在與學校幾乎是大調角的街區下了車。她沉穩地走進一家網吧，登記的時候，像任何一個逃課打遊戲的中學生，填了虛假的名字和身分證號碼。三個小時後，她神清氣爽地回家了。

廚房裡傳來甲魚湯的味道，外殼堅硬的甲魚不再桀驁，牠被去殼提純，熬成滋補的佳餚。牛麗莎與甲魚湯是老朋友了，她一鼻子聞出它，意識到又是月底了。馮金卉每到月底都會輔以當歸、枸杞、黨參等等材料燉一鍋甲魚，如同不這樣吃一次，全家人的身體就垮了，下個月就無法如期展開了。

「麗莎，快洗手，準備吃飯……飯了。」馮金卉探出頭，笑容慈愛看著剛進門的牛麗莎。

牛麗莎露出乖巧的表情，一路小跑到衛生間執行洗手命令。父親衝她點點頭，繼續抖動那些寶貝魚食，魚還沒吃他是不會自己先吃的。

飯桌上，一家人不言不語，分頭對付著煮熟的甲魚。牛麗莎以為她會食慾不振，卻發現並沒想像得那麼嚴重。一個週末就這樣從甲魚開始了。

星期一的早晨，牛麗莎對著雙眼紅腫的沈源，同情、關懷順著她的手傳遞在沈源肩上。沈源哭喪著臉說：「不知得罪了什麼人，看來只能換號了。」

「你號都用了三四年了吧？」

「別提了。這不是迫不得已嗎！你以為我想換啊？回頭還得挨個發短信告訴大家我換號碼了。」

沈源嘰歪地揮舞著手機。

她的手機號被貼到網上了。在幾大門戶網站的論壇裡，都留著大學生試圖通過特殊服務勤工儉學的帖子，並且附上了她如假包換的手機號碼。整個週末，沈源在來電、短信的鈴聲中如驚弓之鳥，她不知道那麼多淫穢噁心的語言，如何就與自己扯上了關係。她詢問了一個來電者消息的來源，在對方下作的聲音裡得知了網上的內容。她羞憤地打開電腦，在所有能搜到的相關帖子裡都留了言，以號碼真正主人的身分，解釋著被奸人所害的不明就裡，更正著虛假的信息。然而，電話依然時常響起，詢問價錢的，言語騷擾的，一波未平一波又起。沈源無力地關了手機，想不出比哭更適合的事情。兩天，她待在地獄裡。

「那就換吧。換了號就好了。」牛麗莎擠在沈源旁邊，隨朋友的情緒起落。

「你說換了號不會再被貼網上吧？」沈源驚恐地念叨。

「不會的，不會的，興許是誰寫錯了。」

「但願吧。這簡直是一場噩夢。我給一一〇打電話，他們說要去警察局做筆錄，查起來也比較困難。太麻煩了。」

「沒事的，換了號就過去了。」

牛麗莎安慰著沈源，內心混合著多種複雜的滋味。其中一種是：終於輪到我安慰你了。

你讓我難過

一

林翩翩氣急敗壞地把戴安娜拖上電梯，眼淚含眼圈，臉上肌肉抽搐。「你是不是人，那是我家，我搬進來一個月的新房子，牆上的塗料貴著呢！」「你要不要臉，我那白床單得怎麼洗才能洗出來呀！」「給別人添麻煩是你愛好是怎麼的！」她嘟囔著，緊攥著戴安娜，好像捏著幻覺，一撒手她就灰飛煙滅了。

大堂裡，保安看見林翩翩煞白的臉，還沒來得及思索，自己也跟著臉煞白了。他怔忪地看著林翩翩身上的血跡，呆若木雞。「快去攔車，出租！」林翩翩扯著嗓子，一臉驚慌失措。

保安飛奔進來，幫著攙扶一臉邪惡的戴安娜。出租司機面露難色。「師傅，求您幫幫忙吧。時間緊迫。」林翩翩哀求地盯著司機，掏出二百塊錢，遞過去。「姑娘，別這樣，這不是寒磣人麼！」司機把錢扔回後座，堅毅地關上門，一腳油門朝醫院駛去。

「師傅，你是退伍兵嗎？」戴安娜氣若游絲地說。

「你他媽都快死了，還胡扯什麼？」不等司機回答，林翩翩就搶白起來。她覺得戴安娜瘋了，快掛了，還有心思閒扯呢。

「我還真當過兵，姑娘好眼力。」司機在飛速行駛中證實了戴安娜的判斷。

「我看著像嘛！一種感覺。」戴安娜蠟黃的臉浮上一層垂死的得意。

「師傅，甭搭理她，快點開。」林翩翩半張著嘴喘息著，彷彿嘴閉上就阻斷了需要的空氣。她摟著戴安娜，讓她的頭靠在自己肩上。

剎車。醫院到了。林翩翩推開車門，一個跟頭栽倒。她被戴安娜靠麻了半邊身子，下車的瞬間驟然感到呆滯的血液恢復流動，一陣健康的不舒服。再加上緊張，竟然沒站穩。她慌忙站起來，回身攙戴安娜下車，囑她按緊手腕，拽她進了醫院。她攔住看見的第一個穿白大褂的，說：「救命啊！」

林翩翩討厭醫院，已多年未曾踏入任何醫院的大門。她討厭那種有點酸有點腐朽的味道，好像一種終被吞噬的力挽狂瀾，很殘酷。她彷彿能過分敏感地感知到有多少人在那兒嚥下最後一口氣，灰亮的大理石地面上有多少死神爪牙的腳印。那是好運厄運都結束，一切歸零的終點。她曾在這裡送走自己最親愛的人。因為討厭，所以陌生。她不知該如何掛號，怎樣才能讓戴安娜最快得到搶救。

被林翩翩攔住的白大褂，先是習慣性地露出厭惡的表情，然後才職業化地幫起忙來。急診搶救，爭分奪秒井然有序。

「怎麼不打一二〇？」白大褂問。

「忘了，沒反應過來。」林翩翩抱歉地笑笑，被這遲來的提醒刺激，暗罵自己蠢。

急診大夫給戴安娜驗血型。戴安娜唸經般反覆說：「我都說了我是B型。我是B型沒錯的。我從出生就是B型的。」

「醫療程序，為你好。」大夫本來不理她那茬，被她的絮絮不止弄煩了才言簡意賅地說。

「那我也是B型。」戴安娜油鹽不進，到醫院後她迴光返照般更精神了。

「你怎麼那麼多話？閉嘴。」林翩翩沒好氣地說。

「你對病人能溫柔點嗎？」戴安娜反駁。

「對你這種自尋死路的糙人，簡單粗暴就夠了。」

驗完血，配血，輸血，縫合。戴安娜被開源節流，留在了人間。入院觀察三天，以防感染。

戴安娜是在林翩翩家割腕的。之前的幾小時，她在鼻涕一把淚一把地講著馮錚如何冷淡她，如何跟別的女人發曖昧短信。林翩翩坐在對面，喝著芒果汁，心不在焉地聽。戴安娜言語伴著眼淚，卻始終不濁，林翩翩喝完自己的把她那杯也喝了。相類似的情節她聽了一遍又一遍，從十八歲開始，戴安娜就喜歡把心裡垃圾掏給她，並且垃圾品種極單一，總是她被馮錚欺負、踐踏、忽略、背叛和控訴後認命的死心塌地。

「那你就離開那個王八蛋！」林翩翩每次都這樣說。

「你說得簡單，這麼多年感情能說斷就斷麼？」戴安娜惡狠狠地譴責。

「怎麼不能？那還說斷不能斷啊！時間能證明什麼？最近三年，你倆在一起快樂嗎？別老拿時間說事，情感質量那麼低，頂多也就算是又臭又長。我聽著都膩歪了，一千多集苦情戲，逼誰看誰受得了啊，你饒了我吧。」林翩翩臉上每塊肌肉都透著不屑。

「我相信你才跟你說，別人問我，我都不告訴。」

「你當誰願意聽呢！瓊瑤戲都過時了，你這個還不如瓊瑤呢！」林翩翩繼續嘲諷。

「那麼，翩兒，你真認為我的感情很垃圾嗎？」戴安娜忽然正色問。

「要我說多少遍，確實是的，非常。你把它扔掉吧，頭也別回，餘光也別看，轉身就走。」

「我活著是扔不掉了。要不我死了吧！」戴安娜以調侃的語氣商量。

「瞧你那點出息。」

「我不是開玩笑。我是真的想不開也離不開，我打算死。」戴安娜尖厲的聲音如何也配合不了這句子的基調。

「怎麼死，琢磨了嗎？吃藥？太沒創造性了。或者吞金怎麼樣？《紅樓夢》裡尤二姐不也這麼死的麼！夠古典，也夠排場。」林翩翩也不是第一次聽戴安娜說死了，基本不拿她說的死當真的死，那就是一個出現頻率極高的字，沒實際意義。

「你聽聽，你說的是人話嗎？我就一個金戒指，還打算死了留給你呢，吞了可惜了。再說那麼小，估計吃了也死不了，我要有一坨金子，吃了都能死的，我就不死了。愛情沒了，還有點黃金聊以自慰啊！」戴安娜語速減慢，沉浸在沒有黃金的痛苦中。

「那臥軌？那個挺慘烈的，連全屍也不要。準保馮錚一時半會走不出心理陰影，見女的就想起你血肉模糊的樣子，半輩子不敢坐火車。」

「你真是什麼狠招都敢出啊！我應該給你們台長寫封信，說你是個嗜血的心理變態，讓你主持少兒節目是十分危險的。為了祖國的未來，我就大義滅親了，讓你及早下課。」

「我求求你，你快寫吧。我快被那幫孩子折磨瘋了，有比你還能說的呢！但是麻煩寫信前先買個字典。我對你的詞彙量能否順利寫完一封憂國憂民的信，表示懷疑。」

「少來這套。我跟你一個高中畢業的，不就大學比你差點麼！你學那個破播音主持，除了多比我會幾個繞口令，還多什麼呀！狂什麼狂！」戴安娜總是光腳的不怕穿鞋的，認為林翩翩不比她有文化，雖然她倆高考就差了二百多分。

「得。我不跟你爭，爭也是雞同鴨講。你一個決意赴死的情種。我就會幾個繞口令，行了吧？」

「我不會臥軌的。我和馮錚最心心相印的時候，就是在火車上。」戴安娜剛咋呼了幾句，又哭了。

「你和那垃圾私奔的事我也知道，你休想再講一遍。」林翩翩指著戴安娜的鼻子，遏制著繼續聽她絮叨的可能。

「不講了。我沒心力講了。你把我包遞過來。」

林翩翩把戴安娜的包扔過去，順手打開了一袋薯片。

「我覺得還是割腕好一些。」戴安娜從包裡掏出一把小刀，對林翩翩揮舞著。

「你不怕疼麼？」林翩翩心一驚，卻還是想起了去年、前年戴安娜握刀自殺的情景，也就放寬了心。

她回到戴安娜對面的位置上，坐下，吃著薯片，看著戴安娜。

「我真的想割。」

「算了吧。」

「刀都帶來了。」

「拿回去吧。不沉。」

林翩翩遞過去兩片薯片，戴安娜張嘴吃了。吃完，把刀劃向左胳膊。可能是第一次實踐，手也沒個準，割得挺深的，血噴濺出來，濃稠黏膩，卻輕盈地四處飛舞。兩人都有些驚了，那場景跟電視劇裡不一樣，血不像眼淚那般乖巧，不是安靜有序一滴滴掉落的，它們一改在血管裡的和順，張牙舞爪爭先恐後躍躍欲試，彷彿手腕是律動的泉眼。

「啊！」林翩翩張著嘴，發出喉部緊張的聲響。薯片掉了一地，有的和血滴混在一起，像乾燥薄脆的落葉。

戴安娜開始號啕，她看著不斷冒血的傷口，歇斯底里起來，好似要趁著還在人間，把所有委屈逼出體內。林翩翩也哭了，她順手抓起床上的秋褲，按住戴安娜的傷口，毫無章法地纏著，恨自己沒及時阻止。戴安娜一臉邪惡，好像將要被她殺死的是別人，不是自己。

二

晚上醫院不讓陪床，林翩翩第二天一早還有節目，所以不能在第一時間趕去醫院看戴安娜。她們在北京舉目無親，朋友圈子也並無交集，也就是說，林翩翩的朋友都不認識戴安娜，戴安娜的朋友也與林翩翩毫無瓜葛。她們其實是南轅北轍的，但卻視彼此為最親密的姐妹，打十七歲開始。她們像字典裡內涵迥異卻宿命相連的兩個詞語，看到一個，總會不小心也看到另一個。從狹路相逢的童年到各自為戰的成年，她們見證著對方的奔跑和踉蹌，親密無間地活在彼此的邏輯之外。

她們是小學同學。七歲入學時，兩人身高都一米二幾，在那座比鄰異邦的北方城市，屬於發育正常的小女孩。班主任安排她們前後桌，林翩翩在第五排，戴安娜坐第六排，也就是最後一排。林翩翩回頭望了望戴安娜，禮貌地笑了笑就轉過去了。她不喜歡戴安娜。她太胖了，皮膚黑毛孔大，長得粗糙敦實，縱使有雙又大又圓的亮眼睛，也找補不回來，缺乏美感。當聽說她叫戴安娜時，她更是暗暗覺得滑稽，那副強橫跋扈的樣子，哪合適這麼嬌俏動人的名字。戴安娜也看不上林翩翩，她歪著頭看前邊小狐狸臉女孩轉過來，長得細皮嫩肉，頭髮柔軟卷曲，一副自我感覺良好瞧不起人的模樣。兩人迅速捕捉到互相抵觸的磁場，默契地停止了進一步交流。小小年紀，便憑自己的判斷決定著親疏。林翩翩橡皮掉在後邊地上，她就是把椅子推進去，再蹲下來撿，也不會麻煩戴安娜，她認為井水不犯河水是自尊。戴安娜正相反，她就是自己能搆到，也要點點前邊的林翩翩，讓對方幫忙，她覺得不共戴天也得去占點便宜。

兩人開始真正意義的衝突是在二年級一次家長會後。家長會要求家長坐在子女的位置上，以便班主任訓話數落人的時候可以有的放矢。林翩翩的爸爸和戴安娜的爸爸回家都氣哼哼的，不是因為孩子犯了什麼錯，被老師損了個臉紅脖子粗，而是發現自己老對頭的閨女竟然和女兒同班，還坐前後桌。原來林翩翩和戴安娜的敵意是遺傳的。他們的父親，已經互相看不上幾十年了。之前的家長會兩人沒同時出席過，這次真是冤家路窄。

林翩翩父親是交通警，戴安娜父親是個體戶，按說，兩人不該有什麼糾纏。卻怎知兩人童年在一個家屬院裡長大，打小就劍拔弩張。兩人身上有兒時比武留下的傷疤，都曾幼稚卻堅定地想消滅對方。長大後，溫良斯文的林翩翩父親按部就班找了鐵飯碗，穿制服戴大蓋帽，成了光榮的人民警察。粗魯囂張的戴安娜爸爸不出所料當了二流子，騎摩托泡女孩，成了附近幾條街聞名的小地痞。兩人二十幾歲時最常出現的情景就是：小戴齜牙咧嘴騎摩托衝向小林，在即將碰觸的地方急刹車，流裡流氣扔下一句「警察叔叔，對不起」，小林強壓怒火瞪著故意找茬的小戴，偶爾惹急了就開張罰款單。總之是水火不相容，勢不兩立。直到小林結婚搬家調換轄區，才擺脫了那個橫眉立目一閒著沒事就來挑釁的小戴。

林翩翩的戶口一直在奶奶家，是父母出於長遠利益考慮做的英明決定——小學是按戶口所在區域就近入學，奶奶家那片劃分的學校，比她們家附近那所要好得多。入學時，父母興奮地準備了書包本子鉛筆橡皮，為上戶口時的可持續發展戰略得意。可恰恰是這所學校，促成了林父與戴父無巧不成書的再相逢。林父比戴父大幾歲，可偏巧大的結婚晚，小的結婚早，兩人的女兒陰差陽錯在同年降生，為今後的小學相逢埋下了伏筆。

家長會上，兩位父親都不動聲色，表現出成年人的狡詐與心機。回家後卻都沒閒著，一股腦散落多年的耿耿於懷。

「上梁不正下梁歪，那個戴安娜也不能是什麼好東西！」林父給出了自己的判斷。

「就是的，就是的，她可討厭呢。學習不好，也不用功，像頭豬。」林翩翩連忙附和。翩翩爸平素不喜歡她用惡毒的話形容小朋友，那晚卻沒有阻止。」「戴安娜長得好看嗎？」他忍不住問。

「豬怎麼可能好看呢！」林翩翩得意地看著父親。她雖然小，卻明白在大眾美學的範疇，她比戴安娜好看多了。

「那林翩翩長得怎麼樣？」這邊廂戴安娜爸爸也在打探敵軍情報。

「我看她長得挺難看的。但老師總讓她指揮啊，給領導獻花什麼的，運動會還讓她打我們班牌，老師覺得她好看。」戴安娜心裡也清楚，林翩翩的容貌是不錯的。

「跟她那個死爹一樣。自以為是，狗屁不是！你能欺負就使勁欺負她，為爸報仇！」戴父好像還沒嚥下幾十年前那口氣。

「放心吧。」戴安娜覺得自己接受了神聖的使命，深深地點了點頭。

那一晚，林翩翩、戴安娜、林爸爸、戴爸爸都是亢奮的，他們覺得那點私人恩怨被昇華了，變成了祖傳的糾葛，帶上了難得的傳奇色彩。兩邊的父女關係都大大增進，因為同仇敵愾。

第二天，其他同學在家長會後大都蔫頭耷腦，剛經歷過暴風驟雨的批評教育，處於夾起尾巴做人的恢復期。林翩翩和戴安娜卻精神抖擻。兩人從進教室開始，就雄赳赳氣昂昂的，都覺得肩負著家族的仇恨榮辱。不僅是進了教室，還進了戰場！

從此兩人明爭暗鬥互不相讓，恨不得把對方置之死地而後快。林翩翩是文藝委員，戴安娜就喜歡在音樂課上出怪聲；戴安娜運動會拿了壘球第一名，林翩翩就陰陽怪氣說有的人頭腦簡單四肢發達；林翩翩考試得了九十九分，戴安娜說再折騰也是兩位數，不是一百說什麼也沒用；戴安娜生病請假，林翩翩一臉想不通：怎麼那麼胖還會生病啊？六年的小學生活在你一句我一句誰也不饒誰的反覆交火中度過，林翩翩和戴安娜分別進入兩所重點初中，林翩翩是考上的，戴安娜卻花了錢。

三年初中，仇人再無來往，卻料不到又在高中的教室裡打了照面。在那所魚龍混雜的藝術高中，林翩翩和戴安娜再次被分進了同一個班級。那高中好得出名也亂得出名，年年向各所國家著名藝術院校輸送大量的新鮮血液，也年年因打架早戀成風遭到上級教委的批評。那裡有藝術細胞豐富、身懷絕技的尖子，比如林翩翩；也有自知考學無望，看著藝術院校文化分低想鑽空子走關係蹭進大學的混子，比如戴安娜。

開學的前三個月幾乎成了小學的延續，同學們都搞不清楚這兩個明顯風馬牛不相及的人物，為何打了雞血似的械鬥交惡。她倆不理旁人的不解，彷彿要彌補三年沒鬥的遺憾，鬥得物我兩忘天昏地暗。戴安娜甚至指揮班級最猥瑣的男生去戳林翩翩胸罩的扣子，林翩翩羞憤的臉讓她神清氣爽。林翩翩抬起眼眉看著那猥瑣的男生說：「你真讓我失望，竟然像戴安娜一樣下作！」

三個月後，林翩翩忽然一週沒來上課。平時班裡逃課的也不少，但林翩翩屬於乖順的學生，從無不良紀錄，戴安娜曾經嘲弄她一身賤骨頭，就是天上下刀子她也會來上學。

及至再出現時，林翩翩胳膊上多了一塊黑紗，形容枯槁。她安靜地坐在自己的位置上，面容素淡，手卻有些顫抖。同學中有傳說，她的父親去世了。後來，捕風捉影的傳說被證實，林翩翩的父親，死了。那個當了二十多年交通警察的男人，死於一場交通意外。一輛卡車撞向他坐的出租車，他從玻璃裡飛出去，像高空拋出的一袋廢物，完成了生命最後的自由落體。送到醫院時，心電圖已然是一條直線，他滿身血汙地躺在白床單上，沉重地詮釋著無力回天。林翩翩撲過去推搡揉搓他的身體，臉蛋在他鬍子上蹭來蹭去，帶著怨恨和驚恐呼喚他，他卻一直骯髒疲沓地躺著，彷彿自暴自棄地，再也沒有醒來。他答應給她買一件昂貴的新裙子，還說好週末全家一起去看油畫展覽，卻忽然以最無奈決絕的方式破壞了事情的實現。林翩翩得到了一件新衣服——大伯給她買的喪服，之前她沒穿過黑衣。週末他們全家出席了一個冷峻的活動——父親的喪禮。她與媽媽站著，父親躺在棺木裡，一家人，陰陽兩隔，都很肅穆。父親的臉被擦去血汙重新清理乾淨，兩腮凹陷，施了淡妝，人世上最後的亮相，體面而悲涼。然後他被燒掉了，林翩翩和媽媽狼一樣凶狠地撲上去搶救他，卻終究被親屬阻攔。火葬場，那個肉身歸於寂滅的地方，爸爸理所當然地化為灰燼，變成雪白的骨塊和碎末，乾燥純潔，沒有一點多餘。有人抽菸有人交談，一片末世的人聲鼎沸。林翩翩把手插在骨塊和碎末裡，試圖感受父親最後的溫度。

卡車撞上出租車的瞬間，是林翩翩命運的切割點。家，好似被五馬分屍，成了斷壁殘垣。父親消失了，家門之內只剩一種性別，兩個女人。林翩翩開始失眠，徹夜睜著眼。對父親的思念像一口井，幽暗深沉，閃著難以抗拒的波光。她常沉默地站在井邊，看水面上映出自己悲傷的臉，忍不住想跳下去。她什麼也不想做，帶著青黑的眼圈，獨來獨往。考試時，竟然分數比戴安娜還低。其實就算她半年不學，成績也一定比戴安娜好，隨便答幾道題，都會及格的。可是她不答，一臉無辜盯著卷子，直到快交卷時才胡亂寫些ABCD，對付完所有的選擇題。開始老師還是忍耐遷就的，失去父親的少女，怎能不教人憐惜！可面對著那無賴的卷子，老師壓不住怒火。

「林嗣嗣，你到底想怎麼樣？」

林嗣嗣低著頭，沉默不語，卻並無歉疚的表情。

「人生得朝前看，一蹶不振毀的是你自己。」老師語重心長。

還是沉默，林嗣嗣以不變應萬變。

「你抬起頭來。能不能振作起來？」

沒有聲響。林嗣嗣抬起頭，眼神空洞。

「還沒完沒了！你想跟去是怎麼的！」老師火了。

「你是不是人！」一個尖厲的聲音從後邊響起。旋即，戴安娜衝上講台，給了老師一個耳光。

所有人都錯愕地看著戴安娜，包括老師，不包括林嗣嗣。她依舊空洞地待著，滿臉隔閡。

事後戴安娜被處分了，還寫了檢查。她的爸爸卻並沒像每次聽聞她捅婁子那樣暴跳如雷，他看了女兒一眼，兀自嘆了口氣。像戴安娜把林嗣嗣父親去世的消息告訴他時一樣，父女倆都沒有說話。

「對嗣嗣好一些吧。父一輩子一輩的，到底是一塊長大的。其實哪有什麼實在的仇啊！」過了好一會，戴父像是自言自語，又像是囑咐女兒。

那年元旦，戴父要帶林翩翩和戴安娜一起去看彩燈，林翩翩拒絕了。兩個女孩的關係卻逐漸融洽，又逐漸親密，後來乾脆就是形影不離了。

三

林翩翩捧著一束百合進病房的時候，戴安娜正坐在床上吃餅乾。林翩翩看見她床頭一塑料袋的零食，皺著眉頭問：「哪來的？」

「馮錚買的。」戴安娜輕描淡寫。

「你知道什麼叫狗改不了吃屎嗎？」林翩翩其實已經猜到了。

「這話過時了，現在狗都不吃屎。」

「你昨天差點為他與世長辭了！」

「但是我沒辭，今天還活著。我不喜歡白花，你怎麼不買點新鮮的來？」

「你有什麼品味啊！百合多好看。花圈新鮮，可惜你沒死。」林翩翩說著從肩上的大包裡掏出一個花瓶，到走廊找水去了。

她回來時，戴安娜在吃牛肉乾，絲毫不像昨天還要結束自己生命的病人。她曾多次吵嚷自殺卻未予執行，聽戴安娜說死，就像那個咋呼的小孩說狼來了，不必認真。這回，她竟真的果斷了一次，添上了自殺未遂的新紀錄。

「翩兒，你怎麼青面獠牙就來了？」戴安娜看著林翩翩濃妝的臉。

「我剛下節目，還不是惦記你。一想我差點忍看朋輩成新鬼了，妝都沒卸，就來了。怕你餓，怕你再尋死！」

「沒了你林屠戶，我還吃不上豬肉了！」戴安娜又吃了塊餅乾。

「他人呢？」林翩翩問。

「誰？」戴安娜瞪著大眼珠嚼著問。

「你的未亡人，你親愛的馮錚。」

「別這麼惡狠狠的，人家好歹比你先來看我的。知道你快來了，嚇跑了。」

「買一堆逗小孩的東西，他以為開運動會呢！」林翩翩把那袋子零食轉移到地下，好像馮錚在那兜裡似的。

「不吃這個我早餓死了，你帶來什麼了？趕緊慰問慰問差點去了黃泉的我老人家。那罐裡是雞湯嗎？」

「我們台樓下飯店煲的湯，你湊合喝吧，你也知道我什麼都不會做。」林翩翩抱歉地笑笑。

「給姐姐盛上。」戴安娜盤腿坐在床上。

「我扣你臉上！你還有功了是怎麼著？大張旗鼓跑到我家紅顏薄命去了。把我家弄得跟凶案現場似的。我昨天回去就睡在沾滿你鮮血的床上，看牆上星星點點的血跡，血衣也沒來得及洗。今早起來兩胳膊都痠疼。你少吃點吧，那麼胖，拖你拽你快累死我了。」林翩翩一邊盛湯一邊抱怨。

「你真睡在那床上啊？膽夠大的！沒做噩夢？」

「沒有，一覺到天亮。不過總感覺我身上有股血腥味，早晨跟那幫孩子錄節目，心想怪對不住他們的。今天回去真得好好收拾收拾。」

「我還挺心疼我那些血的。」戴安娜看著自己手腕說。

「你還真是肥水不流外人田，全灑我家了。一雙冷眼看世人，滿腔熱血酬知己。強！」

「又裝有文化。唐詩？這誰寫的？」

「差不多吧。古人寫的。」

「我知道是古人不是孫子，問你具體是誰？」

「誰知道誰是狗。」林翩翩還真被問住了。

「看吧，一知半解的，比我強不到哪兒去！不是一般難喝，比刷鍋水強點，有限。」戴安娜端著湯做一言難盡狀。

「您受累，喝了吧。喝了這碗湯，你就算正式起死回生了！」

「行，給你點面子。」

「戴安娜！別告訴我，你跟那孫子和好了。」

「那我只能不告訴你了。」

「不是吧？你都下決心死了，怎麼又重蹈覆轍了！」林翩翩騰地站起來，瞪著戴安娜。

「我知道你是為我好。死不就是為了絕情麼，既然沒死成，絕不了，就只能續上。其實昨天來醫院的時候，我特害怕，怕死。看著車外往後退的風景，我不想離開，不想這麼可憐地死掉。但有種預感，知道自己死不了，知道你會盡力，醫院會盡力，我還會活著。那時候我特後悔，琢磨著折騰一圈，花一堆醫療費，手上還落一疤，太不值了。」

「那你不想想，是誰害你這樣的？誰讓你差點死不瞑目的？」

「你別循循善誘了。我想了，沒誰。不能一出了事就賴別人，是我自己糟踐自己。他也沒讓我死啊，頂多是他看著我死不心疼，但憑什麼要求別人心疼自己。我不想死。我塵緣未了。我以後好好活就是了，不會再死了。」

「他怎麼催你淚下，把你感動的？」林翩翩恨鐵不成鋼地問。

「他沒感動我。他來，把東西放下，打開，遞給我吃。也沒說什麼，我就覺得很自在，七八年了，一直這樣。這就是我的生活，就是這樣。我不是給他機會，是給我自己機會。」

「你就不能洗手不幹了？都什麼份上了，還救亡圖存？」

「我決定循環往復以致無窮。是有點疼，但是忽然不疼，也不適應。什麼叫忍無可忍啊？我還真想試試。」

「那你以前的厲害勁都上哪去了？你能不能依法治國幾次，好好教訓教訓他，別老以德治國了？」

「我儘量吧。」

林翩翩是打心眼裡看不上馮錚，別說他對戴安娜不好，就是好，她也照樣煩他。馮錚也是他們高中的，大一屆，算是學長了。高二時忽然成了風雲人物，是因為他智力低下，差點把學校點著。他和學校裡眾多小流氓一樣，騎摩托上學，彼時摩托車正流行，好像不弄來騎騎就不是男人。某個冬天的午後，他威風地跨上坐騎，打算風馳電掣去赴一個牌局，卻發現，那機器打不著火了。他左瞧瞧右看看，尷尬地踢了車兩腳。其實他踢得很概念，動作狠，力道輕，生怕真弄壞了心愛的摩托。他對機器缺乏了解，它稍一罷工，就束手無策了。一個平素總跟著他，利用一切機會給他溜鬚拍馬的高一男生適時出現了。他說外邊太冷了，車大概是凍了，該搬去走廊裡緩一緩。馮錚大受啟發，覺得有道理，兩人便吃力地把摩托抬進了學校的前廳。在教學樓修車，其實心裡是有些緊張的，雖說喜歡擺出天不怕地不怕的不羈姿態。兩人互相壯膽，臉上表情特仗義豪邁。可惜誰也不是真懂，鼓搗了半天，摩托還是死一般沉寂。於是高一男生說要去鍋爐房取點火，把車烤熱。車又不是白薯，這種愚蠢的提議簡直連小學生都會拒絕，馮錚卻以為是個好點子。後面的事，就是兩個蠢貨不小心弄出了火苗，午休的學校一片慌亂，多年沒派上用場的消防栓大顯身手了，馮錚的摩托在泡沫的衝擊下冒著黑煙。其實火不大，只是校園生活太單調寂寞了，大家喜歡稍微打破點常規，比如在學校前廳修理摩托車，比如修著修著竟然起火了。

林翩翩和戴安娜當時正好從前廳經過，看著馮錚瞪著大眼珠，一副此頭須向國門懸的惡劣表情站在破摩托旁接受教導主任訓斥。林翩翩覺得那男孩長得像一條魚，眼睛大而鼓，嘴常態就向下撇著，臉上疙瘩散亂，身上皮包骨頭，帶著濕漉漉的倒楣氣息。戴安娜卻正相反，她眼裡他桀驁生動，雖說當時正身處逆境，卻掩不住骨子裡玉樹臨風的匪氣。並不是只有張生崔鶯鶯賈寶玉林黛玉才能一見如故，胖乎乎的不良少女戴安娜和慘兮兮的落難流氓馮錚也有資格一見傾心，雖然兩人站在一起，更容易讓人想到的是狼狽為奸。戴安娜彼時正為雞肋初戀糟心，與馮錚的相見恨晚促使她快刀斬亂麻，告別了初戀男友，箭一樣射向馮錚的懷抱。那一年，她未滿十八歲。

她問林翩翩覺得馮錚如何，林翩翩據實相告，說感覺那傢伙長得奇形怪狀，像條傻魚。她咂咂嘴沒說話，還是中意那條傻魚，春心蕩漾得稀裡嘩啦。兩對大眼睛眉來眼去了幾天就公然在校園接吻了，林翩翩每到此時都躲得遠遠的，替戴安娜臉紅。那個整日跟在馮錚屁股後邊的高一男生，見到戴安娜就恭敬地喊大嫂，弄得林翩翩都不好意思和戴安娜一起走了。兩人也沒怎麼花前月下過，都不是什麼安靜人，戀愛也談得呼朋引伴的。馮錚把那摩托修好，帶著戴安娜在地痞圈子裡招搖，整個一戴安娜爸媽的昨日重現。

別看年輕時也荒唐過，戴爸爸現在可是深沉穩重的生意人了，經營一家規模不小的燈具城。整日裡紅光滿面生意興隆，活脱脱的成功人士，早甩掉了當年的二流子背景。當某天他從車窗裡看見自家掌上明珠，在上課時間緊抱著一個細桿男生的腰陶醉地坐在摩托車上，氣得簡直要鼻口躥血。他狠狠地追上去，攔下摩托，在少男的驚愕中把戴安娜拽了下來。他像綁架一樣把她塞進車裡，抬起手，想搧一巴掌，遲疑，而後放下了。戴安娜有點畏懼卻佯裝無所顧忌，底氣不足地愛誰誰。他把她帶回家，一臉凶惡地和戴安娜媽媽複述了之前的情景。戴媽媽先是拍著大腿樂了，說：「我那點不著調，全遺傳給我閨女了。」繼而抽抽搭搭地哭了，哭著還含混地說：「別怪我沒告訴你啊，跟小流氓混，絕沒有好結果呀！我遭的罪還少麼？憑什麼我姑娘也得走這路啊！」平日裡兩口子總是意見相左，一個說東另一個就偏要說西，任何事都要求個分歧。這一次兩人卻保持著高度一致，堅決不許戴安娜和那摩托小流氓來往，否則掃地出門。

戴安娜搞不明白，她和馮錚明明就是翻版的父母啊，怎麼成年人就不懂惺惺相惜呢！爸爸總說要是不和媽媽結婚會有更歡暢的人生，媽媽總念叨碰到爸爸是她最敗興的遭遇，其實兩人還不是不離不棄！十九歲勾搭成奸，二十歲新婚燕爾，婚後六個月戴安娜降生。父親給女兒取名戴安，母親卻堅持叫戴娜，幾番爭執，誰也不讓誰，最後中和雙方意見定下芳名戴安娜。當時那二位並不知這名字竟然漂洋過海重到英格蘭去了，那邊有個美麗短命的王妃，也叫戴安娜。兩個孩子又生了個孩子，一家三口加起來才四十歲，整日裡小的哭大的叫，歡歡喜喜吵吵鬧鬧。戴安娜的記憶裡，家裡的氣氛時常驟然改變，父母上一秒還在甜言蜜語，下一秒就大打出手，媽媽經常回娘家，爸爸總是摔門而去。但其樂融融的時候也很多，比如全家一起去公園野餐，媽媽喝多了就睡在草地上；比如爸爸把兩張火車票藏在地毯下，誘使媽媽掀開，給她一個驚喜；再比如戴安娜被鄰居家狗嚇到，爸媽一起密謀商量如何嚇唬那狗給女兒報仇。

戴安娜九歲時父母離婚了，但當時經濟窘迫，只有一套住房。爸爸離婚不離家，繼續和媽媽對著幹。兩年後爸爸買了大房子，搬進去的卻是他們三人，他們又復婚了。他們就是那樣，每天威脅要殺死對方，什麼狠話都敢往外說，卻越打越瓷實，用最粗俗的方式表達著故劍情深。

戴安娜以為，她和馮錚也會有這樣的人生——緣分天註定，深深的愛裹挾深深的恨。卻沒想到戴爸爸棒打鴛鴦，在那個寒假將戴安娜軟禁。電視隨便看，東西隨便吃，就是不許出門。戴安娜抓耳撓腮軟硬兼施想盡辦法，依然幾天沒法脫身，可她相信有志者事竟成的老話，悄悄籌劃著出走。這句戴爸爸教育她努力學習的話，在不該發揮作用的時候顯威了。一個深夜，她帶著平時積攢的零用錢和幾件衣服，躡手躡腳打開了家門。北方後半夜的冷風中，馮錚大睜雙眼如約等在樓下，那目光如燈盞，照亮了戴安娜興奮的臉。

兩人私奔了，摟著對方，他們決定浪跡天涯，四海為家。

第二天，在戴媽媽的哭泣和戴爸爸的怒吼中，電話響了。戴安娜已乘著火車抵達另外的城市，決意開始嶄新的生活，卻還是忍不住拿起電話報了個平安。

「你讓那畜牲接電話！」戴爸爸低沉的聲音透著不可抗拒。

「你說誰？我男朋友嗎？他叫馮錚。」戴安娜不高興愛人被父親辱罵。

「就算是吧。就是他。」

聽筒轉過去，戴爸爸只是說了一句話。

馮錚忽然決定把戴安娜送回家。他不顧戴安娜的掙扎哭鬧，帶她登上了返程的列車。

後來戴爸爸說，他當時說的是：明天晚上五點前，我看不見戴安娜，就要你胳膊。說到做到！

四

「喂？我在醫院。」林翩翩接起電話奔向走廊。

「今晚可以見面嗎？」鍾澤直奔主題。

「恐怕不行。我要陪住院的朋友。或者不吃飯，我們晚些時候一起喝東西吧？」

「寶貝，我晚了就沒時間了。」

「那……過了這幾天吧。我朋友狀況不太好。」

「好吧，只能這樣了。給我電話。」鍾澤失望地掛了電話。

鍾澤是林翩翩男朋友，林翩翩卻只能被稱做鍾澤的情人，因為他結婚了。但林翩翩覺得自己不算第三者，她從沒要求過和鍾澤結婚，哪怕他曾那樣說過，她也並未當真。她甚至替他記著結婚紀念日，為他備好禮物，祈禱他家庭幸福，願他減輕出軌的內疚。他們相好後，鍾澤的婚姻反而更好了。

「屋裡又不是信號不好，你幹嗎鬼鬼祟祟出去接？」戴安娜一語道破。

「我文明禮貌，不在人前喧嘩。」

「死鴨子嘴硬。是老男人吧？」

「你打探別人隱私，有意思嗎？」林翩翩避而不答。

「我隱私你全知道，我都透明了。瞧那小氣樣，藏著掖著的。」

「那是你自己愛說，誰非知道你那點破事啊！」

「趕緊招了吧，是不是又偷人了？」

「別廢話。」

「那就是承認了，還老說我呢，自己不照樣拎不清。」戴安娜來神了。

「這你就錯了。我想得清清楚楚，絕不會為誰自殺！我和他，壓根就不是以廝守為前提的。他懊惱和我相遇在結婚後，而我壓根不想結婚，我們清醒地在一起，不擾亂對方的生活，也互不相欠。」

「你們都三年了吧？他給你什麼了？初戀就當第三者，不虧嗎？」

「我不是第三者，他離婚我也不嫁他。我比他還疼他媳婦，根本沒破壞他婚姻。我愛他，至少他也表現出了愛我，言語和行為都能滿足我。沒什麼吃虧的。」

「說得跟做買賣似的，真沒勁。」

「你有勁，上天入地哭天搶地的。跟個不是人的主兒，還永遠一片冰心在玉壺的。」

「你知不知好賴？我那是心疼你！」

「我也心疼你呀！你知好賴嗎？」

兩人喋喋不休了一下午。晚飯時，林翩翩到外邊買了紅豆粥和清淡的小菜，說是給戴安娜補補血。馮錚也來了，林翩翩怕影響戴安娜心情，對他友好地笑了笑。加上馮錚買的東西，三人一起在病房裡吃了晚飯，還挺豐盛的。最後，戴安娜竟然舉起飲料，說起了祝酒辭。

「我明天就可以出院了。謝謝我最親愛的兩個人對我的照顧。我願天下有情人終成眷屬。」

說罷，三人碰了杯。

馮錚與戴安娜深情地對望，一飲而盡。林翩翩強咬住嘴唇，怕自己笑出聲來。有情人終成眷屬，這跟她有什麼關係？這種跟世界和平比肩的宏遠，竟然配合著對馮錚的深情凝望，太匪夷所思了！但她分明看見戴安娜的眼睛潮潤地翻了翻，眼球滾動著虔誠和絕望。林翩翩鼻子酸了一下，瞬間空白。病房裡，啼笑皆非的晚餐。

第二天來接戴安娜出院，進門時見馮錚和戴安娜正收拾呢，兩人悶著頭各幹各的，一副殘酷冷漠的中年夫妻景象。馮錚多年長相未變，還是耷拉著嘴角瞪著眼，頑固的魚。戴安娜死過一回似有所悟的神采飛揚。她濃妝豔抹，滿身毫無必要的花裡胡哨，甚是誇張。

「呦，你們動作夠快的。」林翩翩衝兩個忙碌的身影說。

「怕大小姐你有節目，名主持人，官大不由己呀！」戴安娜擠眉弄眼。

「別說沒用的，幹嗎收拾得這麼風情萬種？跟老鴇子似的！」

「都跟你似的呢！制服誘惑。」

多年來兩人在審美上背道而馳，一起逛商場總慨嘆對方病得不輕。戴安娜在北京開服裝店三年了，總叫林翩翩去挑兩件，林翩翩卻一件也沒拿過。不是客氣或者不好意思，而是真看不上，嚴重的各花入各眼。

「你回我那兒嗎？」林翩翩問。

「當然回我自己家了，你那個血宅，我可不去。」戴安娜說的自己家就是他和馮錚租的房。從她隨他來北京起，他們三年換了五處房子，都是租的。

馮錚走到林翩翩面前，拿出一個信封。有點膽怯地小聲說，「搶救和住院的費用，我給你。」他知道林翩翩看不上他，一直有點怵她。

「這是幹什麼！那麼點碎銀子我還掏得起，我和安娜什麼時候分過這些。你收好，給她買些有營養的吃的，雖然胖，割一次也得損失不少。以後別老欺負她，再倩女離魂一回，我可受不了。」林翩翩把錢推回去，示意戴安娜別和她客氣。

馮錚的手僵在那，沒主意地向戴安娜求助。

「拿著吧。反正咱倆又是房租又是吃飯的，也不富裕。回頭她割脈了，咱給她付醫藥費。」戴安娜說。

「你給我滾！」林翩翩笑罵著。

馮錚攙著戴安娜上車的時候，林翩翩忽然覺得看到了命運。那一胖一瘦兩個身影攪和在一起，在她身邊晃蕩了七年，往事最堪傷。她認為他們不幸福，但他們自己不願改變。他們又鑽進那輛破舊局促的夏利車，回到了自己的生活。戴安娜的割脈像一句叫罵，雖有些尖厲，卻終究靜下來，又變回平淡的話語。

烏雲密布，但是沒有下雨。林翩翩在醫院門外陰暗中站了一會，吸嗅著她厭惡的各種藥液消毒水和病毒混合的醫院味道，像是在哀悼什麼。她面無表情，來回看著進出的臉色慘白焦急的陌生人，緩過神來，快速離開，坐地鐵回家。

林翩翩來北京六年了，高中畢業她考進那所著名的廣播學院，拖著沉重的箱子，眨著好奇的眼睛，如願成了播音系的一員。戴安娜不顧父母反對執拗地報考了馮錚念的藝校，她在不諳世事的年紀規劃了自己的人生，隨著那條魚，一起下沉。戴媽媽哭了，戴爸爸打了她，但她還是揚著脖子，烈士般一定要投奔那個男人。戴安娜成績差，亦沒有什麼真正的特長，分數與那藝校倒是般配的，但戴爸爸朋友多交際廣，本可以讓她念個綜合性大學的預科，只多耽誤一年就可成功獲得正牌大學的畢業證。可面對她自甘墮落的志願，父母失望地放棄了活動。她遂心滿意地與藝校雙向選擇成功，撲奔了愛人，摔碎了前途，也疏遠了和父母的關係。週末很少回家，談到馮錚就話不投機，那個男孩，成了三口之家的雷區。

兩年後馮錚畢業，費盡心思也沒找到工作。他們班幾乎全軍覆沒，沒誰找到了中意的去處。大部分無業，小部分進了發不出工資的演出團體，最幸運的一個也不過是靠著父母的關係進了群眾藝術館，得了個閒差。馮錚和幾個朋友打算到南方闖蕩，據說那邊夜生活發達，或許可以在歌廳舞廳走穴混口飯吃。戴安娜捨不得馮錚，也知道他們那三腳貓的兩下子還達不到走穴的水準，軟磨硬泡把他留下，沒讓去。兩人說好了等一年後戴安娜畢業共同進退從長計議。馮錚租了個房子，天天窩在裡邊抱著電腦打遊戲，偶爾回家從父母那拿點錢挨頓罵。戴安娜後來也乾脆搬了進去，尚未畢業就過起了貧賤夫妻百事哀的日子。

北京這邊林翩翩卻是春風得意馬蹄疾，那個培養名人教人說話的專業，帶給她嶄新的世界。她看見中央台最帥的男主播回校打籃球，聽說那個閃電結婚又閃電離婚的女主持上學時很愛放屁，電視裡的名人都退去光環，戳在了生活裡。第一學期沒結束，她就可以靠專業賺錢了，只要說是廣院播音系的本科生，配音、主持都可以拿到不錯的價錢。他們把這個叫做接活。她清楚地記得接的第一個活。配了四個小的專題報告，賺了七百塊。她興沖沖拿著錢回班裡炫耀，卻被常出去配音的同學告知賺少了。他們說她被壓了價，定是有人見她初出茅廬吃柿子揀軟的捏了。儘管如此，她還是相當興奮。給媽媽買了個毛衣，給自己買了瓶指甲油，又挑了個誇張耀眼的顏色，給戴安娜寄去。後來她漸漸習慣了隔三差五出去接活，大二就不向家裡要生活費了。大三，她給一個公司錄宣傳音頻時認識了鍾澤。他是那公司企劃部的主任，沒少在她錄音時挑三揀四。她卻對他印象良好，因他雞蛋裡挑出的都是真骨頭，是個感覺準眼睛亮的人物，不像大多監工的，總插著腰找毛病，外行指導內行。

鍾澤也盯上了那個叫林翩翩的小女孩。她的臉清純中帶幾分哀怨，一派古典的弱柳扶風，說起話卻爽脆俐落得理不饒人，奇異的雜糅顯得宜古宜今。後來，鍾澤打電話約林翩翩看話劇，她沒多想就赴約了，反正不討厭那個男人，還挺喜歡看戲。一來二去便成了有些曖昧的關係，她知道他已經結婚，那種整潔安逸的表情極少屬於未婚的男子。他說他有家。她說她猜到了。他說對不起。她說沒關係。

鍾澤並未說過妻的壞話，也未曾談及過家庭的不和諧，他只是說應該更早遇到她。大概是他其實挺滿意的，只覺得和林翩翩一起能錦上添花吧。她不是他婚姻外一棵暫時的救命稻草，她是他相見恨晚極想呵護的一朵小花。他有一次痛苦地說應該離婚把林翩翩娶了，林翩翩笑意盈盈地拒絕了。她說他的好意她心領了，她對婚姻沒興趣，他也沒必要狠傷了他的妻多欠一筆情債。他感恩又有些失望的看著她，不知她心胸博大是真是假。他追問，為何不想合法地獨自占有他。她說婚姻把愛情變成了規定動作，過於絕對，帶了強制性，本來美的就不美了，讓人毛骨悚然。而且她不會熟飯燒菜，照顧不好他，還是留給別人照顧吧，偶爾借用一下她就滿足了。

也是在那一年，戴安娜跟著馮錚夫唱婦隨來北京了。他們大包小裹鍋碗瓢盆，像一對逃荒的吝嗇夫妻，什麼也不捨得扔下。臉上的表情倒是意氣風發的，彷彿身懷絕技，必將摧枯拉朽飛黃騰達。林翩翩去車站接他們，三人在車站對面的永和豆漿吃早餐，同一個桌上，怎麼看都是一個大學生，一個家庭婦女，一個流氓。

戴安娜和家裡幾乎鬧翻了。戴爸爸想讓她到家裡的燈具城打理生意，抑或憑關係為她安排安穩的工作。她提出順手也將馮錚安排了。戴爸爸怒目圓睜沒有回答。她說那她就去北京發展了。戴爸爸發出一聲輕蔑的鼻息，說啥能耐沒有，還發展呢！戴安娜帶著走著瞧的眼神離開了，卻還是在臨走前從媽媽那搜刮了一筆錢。

戴安娜和馮錚是打算來發大財的。她想爸爸也沒文化，還不是輕易就白手起家了。現在，輪到他們寫新一代的傳奇了。北京的燈紅酒綠中，他們必然會找到屬於自己的顏色。他們先是給朋友打理遊藝廳，每天遊弋在模擬的打打殺殺裡。主要工作都是戴安娜做，馮錚動不動就痴迷地玩上了，夢裡以為身是客，一晌貪歡。後來戴安娜嫌環境太吵，也看不慣馮錚張著大嘴只玩不幹活的作風，就乾脆不去了。她逛了幾天街，盤算著賣服裝是條出路，就自己開起了服裝店。誰知生活竟總是指哪打不到哪，上貨再勤快，服務再周到，累得人仰馬翻，也不過是小有盈餘。本以為不過是相逢開口笑過後不思量，幹了以後才知道，笑臉一陪就是一天，就是交錢買了都不能放鬆，還要拉回頭客呢。一年後遊藝廳倒閉，馮錚經朋友介紹去了一家地下賭場看場子。一天四百塊的報酬，收入比初級小白領高，卻因隨時有被收監的危險而提心吊膽。戴安娜是在賭場被查抄，馮錚僥倖逃脫後才知道他的尖端工作的。她抱著他嗚嗚地哭了，覺得他們那樣年輕就報廢了，被全世界遺忘，打入冷宮，幹什麼都鞭長莫及，迫不得已大隱隱於市，因能力低下而與世無爭。期間，馮錚賦閒了一段，戴安娜還做了一次流產，他們白日做著無米之炊，夜晚做著黃粱夢，一臉晦氣慨嘆舊時夢難圓，像一對飢餓的受詛咒的狗，相依為命等著林翩翩雪中送炭。

五

戴安娜出院的當晚，林翩翩想約鍾澤吃飯，掏出電話又覺得自己太疲憊，該歇歇了。她回家就睡覺了，連晚飯都沒吃。睡得漸入佳境的辰光被門鈴叫醒，她本想裝死不去開門，又怕戴安娜再抽風尋死，就快快地起來了。

門鏡裡是鍾澤鐵青的臉。

「怎麼了，殺人了？」林翩翩見是他，有些憤恨地說。

「你怎麼了，臉色那麼差，病了嗎？」鍾澤仔細盯著林翩翩的臉。

「沒事，這兩天沒睡好。今天好容易睡個覺，又被你給騷擾了。」林翩翩睡眼惺忪，不招呼鍾澤就往臥室走去。

「你也不問問我為什麼這麼晚來。」

「好吧。為什麼？」

「天！那牆上是什麼？」鍾澤本就鐵青的臉幾乎失血了。

「跟你想的一樣。血。我一朋友削蘋果傷了手，她不懂，還一直甩，濺到牆上了。別大驚小怪的。」林翩翩不願提起戴安娜的事，覺得與外人說像是在傷害她。

「嚇死我了，你認識的人也跟你一樣，怪。」

「你不是想告訴我為什麼來嗎？」林翩翩不想討論誰更怪。

「我和她吵架了。」鍾澤聲音低下去。

「被攆出來了？」

「不是，我受不了了。」

「哦，是憤而出走了。」

「那消消氣回去吧，別把小差開大了！冰箱裡有冰淇淋，你愛吃的朗姆的在第二格。」林翩翩趴在床上。

「我不回去。今天我住這兒。」鍾澤一屁股坐在床上。

「誰邀請你了？別拿自己不當外人！我的家，你說住就住啊！難道，難道她知道我了，是為這事跟你吵的？」林翩翩心一驚。

「沒你想得那麼驚心動魄。她非讓我穿粉色的衣服，我不願意穿，也配合了她幾次。今天她又讓我穿，我就忽然一股火，著了。再加上想你，我就不想在那個家待了。」

「那你打算一輩子住我這兒了？」林翩翩表情可愛，等著鍾澤尷尬。

「這……」果然，他被問住了。

「那就回去吧。反正早晚要回去的，我在這裡，跑不了，可以白天來找我。夜不歸宿可不好。」

「我有時候真懷疑，你到底愛不愛我？怎麼總是事不關己高高掛起呢！」

「挺愛的。為你好。」

「那為什麼不糾纏我？」

「合著在您老眼裡，愛就是糾纏！新鮮兩天你就煩了，會甩了我。我是野花，得懂事。」

「別說那麼可憐。你知道我離不開你。」

「明天你回家，她問你，昨晚到哪過夜了？你怎麼說？」

「我說去哥們家了。」鍾澤一副胸有成竹的樣子，看來他還是想了，裝得孤注一擲，不過是因為留了退路。

「不行。她可能不信，要證實，問你要哥們的電話，你不能不給。到時候就殺你個措手不及。除非你事先告訴一個哥們，讓他陪你演戲幫你保守祕密。但這顯然也是危險的，多一個人知道你外邊有人，留隱患，得不償失。」林翩翩香港片看多了，知道越是哥們越容易翻船。

「行啊，腦子夠利索的呀。」

「那是！我為了你婚姻幸福操碎了心。有其他謊可撒嗎？」

「去酒吧咖啡店，枯坐一夜。」

「蠢死了，你十六歲情竇初開嗎？」

「那我說我開了一夜車。思緒難平。」

「不好。萬一你太太心細如髮，記得你車上大概的公里數，這個還是站不住。」

「不管了，她心沒那麼細。」

「不如你就說你在車裡坐了一夜吧。想到婚前婚後的點點滴滴，心潮難平。」

「有你的。」

「鋪床吧。」林翩翩沉浸在各個擊破的得意中，睡意全無。

「你腦袋太好使了，天生當間諜的料。」鍾澤摟著林翩翩，「我以後要是娶了你，出個軌可困難了。」

「放心！我只是塊幫你瞞天過海的料。你娶的是她，已經一勞永逸的娶過了。我不是來討債的，沒打算拆散你們。」

「你沒吃晚飯吧。我給你做點？」鍾澤飯做得一般，但怎麼著也比林翩翩強。

「在那邊挨一頓損，上這兒做飯來了？別自己感動自己，裝悲劇了。睡覺。」林翩翩不領情。

簡短交談後是檢查身體，汗流浹背接二連三，春宵一刻值千金。清晨醒來時兩人都神采飛揚，林翩翩忽然發覺，瞬眼時能感受到另外的呼吸也是好的。在北京一起過夜，他們還真是第一次。通常他們都是在鍾澤下班後草草相聚，入夜前揮手道別，林翩翩解語知心從不多做挽留。整夜的耳鬢廝磨都謹慎地留在異地。她第一次隨他出去，是剛認識不久。他到南方出差，邀她同去。她爽快地答應，其實逃了重要的專業課。他們在標準間裡分床而居，像朝鮮和韓國，默契地互不侵犯，又互相有點惦記。還是她先跨上了他的床，用頭髮蹭他的臂膀。他來了情緒，遊戲般把她脫光。她不抗拒，卻眼神閃爍，帶著掩飾不住的慌張。

處女，她還是個姑娘。林翩翩如是說。鍾澤猶豫了，他心想如若這女子什麼也不想要，自己也不該取走太多吧。她說沒關係，給你吧。他猶豫一番，掙扎著說算了吧。小女孩不計得失，老男人反而不敢魯莽行事。

南方歸來，她依然還是姑娘。鍾澤權衡利弊，決定還是不要貿然沾上少女的鮮血，以免日後插翅難逃雞飛蛋打。她什麼也不索取，帶著讓人脊背發涼的無欲則剛，他甚至懷疑這是高深莫測的奸詐偽裝。相約了半年，他對她竟是秋毫不犯的。

慢慢地，他發現她就是那樣，不索要禮物，漠視金錢，替她保護婚姻，善解人意得讓人眩暈。甚至在她畢業時謝絕他幫忙，縱使那時她有充分的理由要挾她，比如她的第一次終究還是給了他，「餓死是小，失節是大」。他可以通過關係讓她當上綜藝節目主播，他知道她一直渴望那份工作。但是她拒絕了，她說愛情是愛情工作是工作，她想憑自己的努力，拼到哪算哪。不想依賴實力以外的什麼。

其實林翩翩說了大話，她很希望自己可以依賴什麼，比如位高權重的爸爸，或者資金雄厚的準男友。只是她已然沒有了爸爸，也懼怕和男人過於親密穩定的關係，只能故作清高自己打天下。林翩翩相信愛情是短命的，因朝生夕死才越顯珍貴純粹。像莫文蔚唱得那樣，「開始總是分分鐘都妙不可言」，後來就沒人忍心再提了。最讓人灰心的是如願以償之後。童話裡說，公主和王子過著幸福的生活，全劇終。其實後邊日子還長著呢，極大的可能是公主發福，王子出軌，他們偶爾還皮膚過敏消化不良，不是永遠乾淨漂亮。金碧輝煌的皇宮裡，沒誰相看兩不厭。他們不憑弔也不懊惱，過去的就過去了，有時候覺得挺噁心的，噁心了就吐一吐。誓言的反義詞是時間，許諾時都是真誠的，可是歲月讓愛情來不及兌現就消散了。如若以婚姻來固定愛，那必是一片千瘡百孔的虛假繁榮，搞不好挖地三尺也找不到愛的影蹤了。愛情走家串戶，很少在哪長久駐紮。婚姻太容易半途而廢了，她不想忍辱負重，也怕不小心傷了那同床共枕的人。婚姻的賭局，她的賭注不敢輕易下。怕撲向海市蜃樓，撞個頭破血流。如若不結，便不怕看走眼。在局外，才可永不遭受出局的苦澀。待到有一天愛到死心塌地一往無前，同時亦做好了肝腦塗地粉身碎骨的最壞打算，再去染指婚姻吧。那時，怎麼也得三十以後了吧。

所以她不想依賴鍾澤，她不想多吃多占，她覺得誘惑他出了婚姻已經害了她。不是夫妻，不該要求人家同舟共濟。事業不靠他，經濟不沾他，沒有非分要求，甚至連合理要求也不提，安分守己斷不會騷擾他的家人，她本就不是什麼擇木而棲的勢力鳥，只想安安靜靜地愛他，一旦不愛了，也好乾乾淨淨地走開。她簡直被自己感動了，這看似輕飄的愛，已經有些飛蛾撲火了。

少兒節目就少兒節目吧，林翩翩浪費了鍾澤的好意，為那張略顯稚嫩的臉拖累，成了少兒節目主持人。每天紮著小辮穿著蓬蓬裙，和一群小大人比比劃劃。一張巧嘴用不上，被要求斷著句說話。一腦袋思想也廢了，被勒令咧嘴微笑就行了。初次錄像後，她對鍾澤苦笑，說競爭太激烈了，正適應如何做職場菜鳥，麻煩他千萬別看她的節目呀。他愛憐地摸著她的下巴，揣測她過於自尊要強的原因。彼時他們已經甚是親密了，她大四幾乎沒課程，經常追隨他去異地約會，成了他出北京時最想帶的行李。他們放鬆地出行，在飛機、火車上，像一對新婚的夫妻，帶著共同的展望逃離原有的生活。某一個過於振作的夜晚，身體和心，水到渠成的重疊交會了。鍾澤望著那光滑的身體平靜的面孔，好似摟著捨棄肉體的聖女。鮮血和眼淚中，他信誓旦旦說會一生愛她，爭取日日陪伴她。她擦了眼淚在疼痛中笑笑，說：沒必要如泣如訴的，別把事情弄複雜了。關鍵是心能不能在一起，不是人。乍一聽還以為她是有夫之婦，他是單身少年呢！

鍾澤曾經試圖摸透她，不過後來放棄了。她似乎義無反顧地愛著他，卻又好像對一切都無動於衷，伶牙俐齒嬉笑怒罵，卻搞不清她真正在想些什麼。

六

台裡發了兩張戲票，林翩翩邀戴安娜一起看話劇。其實組裡有多餘的票，林翩翩可以多要一張，叫馮錚也去的。她猶豫了一下，沒有張口。

傍晚她們先到桃花島吃了晚飯，酒足飯飽，朝劇場走去。是小劇場的票，不對號，去晚了位置不好。

「你媽挺想讓你結婚的。」戴安娜走在左側。

「你怎麼知道的？再說中老年不都那樣麼！你媽還想你結呢！」

「錯。我媽可不想我結，我媽求爺爺告奶奶希望我和馮錚結束呢。我上次回老家去你家時候，你媽說的，說你一天就顧著事業，心總長不大。一和你提結婚的事，你就不哼不哈的。」

「我不想結婚。也沒人想娶我。」林翩翩聳聳肩。

「別鬧了。你現在大喊一聲：我想結婚！有興趣的排隊！後邊準兒站一排。」

「會有排隊的，可是，有幾個是人呢？」

「那倒是。可是不能要求太高。幹嗎非嫁給人啊？有個禽獸先湊合著得了。天天寂寞深閨的，青春都死掉了。」戴安娜有些無奈地說。

「我有時候是想找一個，安慰安慰我媽，我爸去世這些年，她一個人怪不容易的。按說就這麼一個小要求，真該滿足她。」

「你那個鍾澤呢？把他們家挑黃了，你嫁他不就得了。」

「他是口口聲聲說可以娶我。可那是他知道我沒一門心思想嫁他，我要真箭在弦上了，他可能就改口了。你當婚姻是那麼容易拆開的呢！吐故納新總是困難重重的，一日夫妻百日恩。你跟馮錚還沒結婚呢，他在外邊扯，不是也沒打算和你再見麼！而且，我還真沒打算嫁他！我從跟他好那天就沒動過那個心思。我是真喜歡他，他對我也算挺真誠的，有時候還千方百計想討我高興，但我總覺得我們還缺點什麼，太嚴謹了，沒激情。真的，哪怕有點你跟馮錚那些要死要活的，也行啊！」林翩翩左手搓著右手食指的戒指。

「你現在說得瀟灑，好像你們互惠互利似的。到時候分手，照樣血淋淋地疼。吃虧的是你，他拍屁股走了，回家老婆一摟。你呢？你就是賣火柴的小女孩，凍得你點燃所有火柴，看見他和妻兒其樂融融。火柴熄了，青春沒了，就剩黯然失色的你了。」

「你這話夠文藝的，有那麼點意思！但請別把我說那麼可憐。我要到那份兒上了，我也拿把刀，去你們家自殺，弄你們家一牆血，不是B型，O型的。」

「你這是飲鷲止渴。」

「同學，您說的是飲鴆止渴嗎？那字念鴆。要不然，您說的是引咎辭職？」

「哎呀，不就說錯一個字嘛！你明白就行了，跟我這文盲較什麼勁。」

「得，我也是多餘。我錯了。咱到了。」林翩翩指著熱鬧的大門示意。

兩人晃蕩進了劇場，並不算昏暗的燈光中，林翩翩一眼看見坐在第二排的鍾澤。他穿著粉色襯衫，正與旁邊的女人交談，沒有看見她。直覺告訴林翩翩旁邊的女人是他的妻。那女人漆目朱唇面色白晰，穿著咖啡色真絲小禮服裙，歪著頭聽鍾澤說話。這便是冤家路窄吧，那個昨夜與她相擁而眠的男人，攥正牌娘子和美亮相，竟亮在她眼前。這是林翩翩第一次見到他妻子，那個和她享用一個男人的女子。她們是那麼相似，白，瘦，過於黑的瞳仁，齊耳的中髮，熱衷小禮服裙。她的小手也是涼涼的吧，末梢循環也不大好吧？林翩翩好似那女人的青春版，那女人宛如林翩翩的未來。她們互為參照，像有著同樣血統的姊妹，填滿了一個男人的兩性生活。

演員上場了，戴安娜盯著迫近的舞台，說媽的媽的，真近呀。這是她第一次看小劇場。林翩翩配合地衝她笑笑，忍不住望向鍾澤的方向。他們的背影也是和諧的，那寬窄、長短，放在一起那麼合適，好像是為搭配對方而設計的。他們偶爾竊竊私語，林翩翩感覺每一句都是宣告相愛的誓言，耳朵也一定沉浸在甜蜜的歌謠裡。他笑了，林翩翩看見他對她笑了。他側過頭，刻意地對她笑了。她彷彿聽到搭配那笑容的聲音：滴答滴答，像時鐘帶走年華。

「你們台再發票，還叫我啊！太搞了！」戴安娜邊看邊笑，抓緊不笑的縫隙說。

「好。下次兩張都給你，你和馮錚來。」

「哎呀，看把你仁義的，這話我可記下了！」

林翩翩斜視一樣望著固定的方向，偶爾跟著劇情笑一笑，好似被綁架來看戲的智障。她遠遠地望著他們，覺得自己像一隻老鼠，寂寞又無話可說。這一切都是她知道的，甚至期望的。她知道他有家，期望他婚姻幸福。而當那份幸福劈頭蓋臉逼視著她，她又淒淒慘慘戚戚了。整個一齣戲，她偵探一樣盯著那伉儷情深的一對，甚至眼睛都不想眨。那兩人水乳交融的默契，讓她說不出滋味。她演了好多年的超脫和大氣，忽然就有點演不下去了。

散場了，戴安娜意猶未盡地站起來，林翩翩悵然若失，好似想一直在暗處監視著那對夫妻。

「你怎麼了？失魂落魄的？」戴安娜問。

「隱約看見一個女的，覺得她就是未來的我。你知道，別人很容易發現誰像誰，發現一個人像自己，不容易。」

「哪呢？哪呢？讓我也開開眼。」戴安娜猴急地四處瞅著。

林翩翩剛想指向鍾澤夫婦座椅的方向，卻發現他們已然離開。那被她注視了兩個小時的座位人去椅空，一片寂寥。她回身說了兩句話，他們卻在那時心滿意足地離開了。甚至她唯一親密過的男子——鍾澤，在這並不寬敞的劇場裡，沒有感知到她的存在。這其實是正常的，他又沒有特異功能，只是太不浪漫了。

「我找不到了，我的未來混進散場的人流了。」林翩翩有氣無力地說。

「把我好奇心撩撥起來了，她還跑了。」戴安娜好像受了多大委屈似的。

「走吧，她跑她的，過幾年你就看見了。」

「那廢話。到時候你是老了，可惜我也不是現在的我了。」

一勾新月幾點疏星，劇場前人頭竄動，人像移動的病菌，陡然擴散。林翩翩和戴安娜打不著車，於是沿街走著。

「你真的沒什麼？」戴安娜問。

「什麼沒什麼？」

「我是說你看戲時心不在焉。」

「看的戲多了，有點麻木了。」林翩翩沒有如實回答。

「別騙我了，你有心事。」

「說不清楚的，多小的故事，也是說來話長。總結一下：我忽然對鍾澤有些愛恨交加。」林翩翩深呼了一口氣。

「我對馮錚也是的。」戴安娜最擅長把與情感有關的話題轉移到自己身上，然後自說自話。「回我那兒得了，一天不給馮錚暖被窩，你不負疚吧？」

「你等會兒，我打個電話，提醒馮錚把洗衣機裡衣服撈出來晾了。我出來時候沒洗完呢。」

「麻煩您了，馮嫂。」

「你怎麼就那麼看不上我們家馮錚？」

「我恨他！他把一個新鮮的女土匪變成了一個懦弱的怨婦。我恨他！」

「也未必都是他吧。人都是越來越老，越來越老實！」

「哎，我們怎麼就風雨兼程地老了！我想不通啊！」林翩翩若有所思。

戴安娜睡在裡邊，林翩翩大睜著雙眼。她聽著戴安娜均勻的呼吸，覺得馮錚應該挺幸福的，有個內心安穩的胖媳婦全心全意守著自己。那麼，鍾澤也是幸福的吧，昨天還夫妻不睦徹夜未歸出來會情人，今天就和首席家眷言歸於好舉案齊眉雙雙看話劇。雖然可能忙了點，但好歹算兼顧得不錯，游刃有餘穿梭在東西兩房之間。

很出乎意料的是，鍾澤的妻竟是與自己相似的。她一直以為，她們定然背道而馳，像牡丹和雛菊，或者更甚是草本和木本的大差異。她以為鍾澤是厭倦了妻子的類型，才到婚外尋找刺激，卻未料到，他是愛極了那一口，要的是補充。那麼，他愛她嗎？他把她林翩翩當獨立的個體，還是當妻子的影子，青春版，替補隊員？他說愛她的時候，是不是像一句雙關語，愛林翩翩，愛這一類型，愛他的妻子。他的妻，以自己絕對的形象左右著他全部情感。軌出得這麼保守，真是多此一舉。他喜歡上她，簡直都不能稱做移情別戀。這更像是種變異的忠誠，即使出軌，也不敢或者說不捨得擺脫固有模式，都煞費苦心地尋找妻子的類型！這聽起來有些滑稽，彷彿一個守著自己果園的農人，冒著被抓的風險到村外偷吃了別家品種相同的果子。林翩翩忽然想起多年前電視廣告上大力宣傳的一種洗衣機，叫做愛妻號，這名字給鍾澤，挺合適。

盯著窗簾上細碎的花朵，林翩翩覺得自己彷彿其中一朵，挺好看，也挺可憐。三年來自得其樂的戀愛，一下子變味了，她發現自己不過是個無足輕重的配角，在鍾澤靈魂出竅的時候短促地站在舞台中央，像個省略號，六小點，可以不提。他在用她的血，染著妻子的旗，讓那旗更紅更飄揚。越想越覺著對不住自己，沒法向自己交代，吃了虧受了氣，眼前一片漆黑，過去不堪回首，彷彿被連根拔起。

七

林翩翩穿著球鞋花短褲粗線毛衣去台裡，反正錄像要穿的衣服都借好了掛在櫃子裡，她穿什麼上班無所謂。可是還是騷動了，攝像、燈光、編導、化妝都驚了，覺得她穿得這麼輕鬆隨意是吃錯了藥。他們眼裡，林翩翩基本天天都穿著簡潔修身的小禮服裙，顏色以白、灰、黑居多。忽然花裡胡哨地隨意起來，讓人頗有些意外。

「我說，你是林翩翩嗎？」化妝故作將信將疑狀。

「如假包換。沒脫胎換骨，只是改換個路線，咱也街頭一把，運動一把。」林翩翩俏皮地笑笑。

「不錯。比原來有活力。但是原來更精緻。」

「謝謝啊！我這是天生麗質難自棄，什麼路線都精彩。」林翩翩忽覺苦澀，竟為了將自己與鍾澤的正房區分開，脫去了鍾愛的衣服。

錄完節目已是下午。她打電話約鍾澤吃晚飯，很有些不甘，想證明自己不是板凳隊員。

兩人約在烤肉店見面。鍾澤先到，林翩翩大毛衣小短褲大墨鏡的進來，鍾澤眼前一亮。

「寶貝，今天怎麼跟明星似的。」

「我本來就是明星，天天上電視還不是明星！」

「說你胖你還喘上了。」鍾澤溫柔地笑。

「好看，顯得腿特長！」

「不是顯得。是我腿本來就長。以前不愛這麼露，是裝低調呢！」

「平時也好看。收拾得像個小胸花似的，又美又精緻！這樣也好，襯你漫不經心的氣質。」

「你喜歡小胸花那類型的吧？」

「喜歡。你怎麼樣我都喜歡。」

「你媳婦是小胸花嗎？」

「你怎麼想起問她了？」

「我問問怎麼了！在她陰影下這麼多年，你得允許我有點好奇心，打聽打聽。」

「她還真是那路子。喜歡收拾得一絲不亂的。」

「她長什麼樣啊？漂亮嗎？」

「挺漂亮的。我媳婦差得了麼！」

「長得跟我像嗎？」林翩翩忍不住問。

「你今天怎麼了？十萬個為什麼，還都是關於她的。」

「我開始糾纏你了，你應該得意啊！快說，她和我像嗎？」

「別說，你們還真有些相像。看著都精巧文靜，愛打扮，但是不出格，很得體。」林翩翩心想，鍾澤倒是誠實，對她倆的相似直言不諱。

「那你有什麼意思啊！非整得無獨有偶的。家裡家外，一株是棗樹，另一株也是棗樹。」

「你這麼一說我才發現，我可能就喜歡你們這種外型的。乾淨整潔，看著舒服又有距離感。但是你倆性格不一樣啊，她缺少你那種古靈精怪。你一生氣了吧，還大喊大叫喊幾聲，她就會胡攪蠻纏地悶著不說話。她當年是個好姑娘，現在也是，但是有點乏味，處久了有點像隔夜茶。她只會淺笑，認識這麼多年，沒見她使勁笑過。你就不一樣了，人前淺笑，人後有大笑的時候啊！」

「你這是誇我呢？意思，我是一外表達到了你老婆水準，還比你老婆好玩兒的人。雛鳳清於老鳳聲？」林翩翩聽了鍾澤的話，心裡怪高興的。

「差不多就是這意思。你比她小，但比她豐富。怎麼接觸都覺得有沒開發的內容。」

「整半天你這是探險呢！由來只有新人笑，有誰聽到舊人哭啊。家裡開發得差不多了，開發到我這兒來了。我作為新太陽，正在你心中冉冉升起呢？」

「你今天不對勁兒啊，帶著氣來的吧？」

「沒有。昨天去看話劇了，心一驚吧？不小心看到你老人家了。」林翩翩乾脆說了，省得繞彎子。

「你也會吃醋啊！我太有成就感了，三年終於看到你為我動一回怒！」鍾澤說得輕鬆，身子卻還是抖了一下。

「思君令人老啊，我難免歲數越大越心理不平衡。」

「那我娶你吧。」

「你歇著吧！我還真是光腳的心疼穿鞋的，沒想逼你就範。而且也沒有傷害我大姐的意思。」

「誰？」

「你屋裡頭的。」

「其實我也真下不了那個狠心。那你？」

「你倒真是喜新不厭舊！我也不知道，隨便那麼一說，反正回頭也不是岸了。覺得以前把愛情想得太散漫了，可能以後得改改。咱倆要是朝夕相處了，天天一塊，沒幾天我也成隔夜茶了。開發到最後照樣沒什麼可開發。愛情就是新鮮水果，好吃，卻容易腐爛。現在這樣挺好，相見時難別亦難的。」

「不會的。我見識的女孩多了，像你這麼看著天真爛漫，卻把自己藏得那麼深的，還真是頭一個。你很率真，不虛偽，但又拒人千里之外，有很深的戒備。」

「我深刻吧？」

「你看，又開始太極了。」

「那你讓我說什麼？難道解釋解釋我為什麼如此深？」

「你要有這個興趣我不拒絕。」

「辦不到的事情，我辦不到。」

「昨天你是不是真嫉妒了？」

「說不清楚。有點酸楚。一直看著你們的方向，還真般配。覺得我對不起她，還覺得你對不起我。」

「我終於發現你也是普通人了。」鍾澤倒露出了滿意的笑容。

「原來你以為我特不凡？」

「搞不清楚，原來感覺你有禮儀沒情誼，太獨立。」

林翩翩沉默，把快烤糊的肉搶救下來，分到兩人盤裡。

「是不是有點恨嫁了？」鍾澤倒像抓住什麼把柄一樣，不依不饒了。

「難道跟您老行到水窮處，最後落個孤家寡人？我昨天是有點一箭穿心了。但目前還不太捨得離開你，雖然知道最後是竹籃打水的事。」

「說得我有些傷感了。」

「別，戀愛三人行，很難皆大歡喜，道路曲折，前途也不光明。早晚是此情可待成追憶，你傷感的日子在後頭呢。但也別未雨綢繆，現在左擁右抱的，多美，提前愁也沒用。備不住我一直想不明白，就糊塗地陪著你呢。面壁十年圖破壁，也是說不準的事，暫時你還可以偷著樂。」

「行吧，怪姑娘。」

「有些時候，你讓我難過。」

「我也是。想到你，忽然就有點……」

「知道你也不容易，屬於多勞多得，賺個辛苦錢。兩頭立正，我和你媳婦好歹還經常稍息呢。」林翩翩有些嘲弄地看著鍾澤。

「你這算體恤還是羞辱？」

林翩翩把身子向左傾，朝門口方向看去，面色狐疑。「你別動，擋著我點。我好像看見個熟人。」

好像是馮錚。林翩翩看見一男一女牽手進店，男人貌似馮錚，女人與戴安娜相去甚遠。她目送他們進門、左轉、落坐，見兩人有說有笑。這兩天是怎麼了，怎麼上哪都碰見不想碰的熟人呢！是馮錚嗎？但願不是吧。

「認識的？」鍾澤問。

「好像我朋友的男朋友。但又似乎不是。」

「你可以過去看看。何必左搖右晃地看。」

「真相有什麼好玩的！有時候我不想知道的太多。」

「我有時覺得，你看起來很清醒很勇敢深思熟慮，是因為你什麼都怕，帶著脆弱的凶猛。」

「被你說對了。我怕做錯，怕承擔沮喪，所以不作為。心裡知道利害得失是很難比較出來的，不實踐，再權衡也是傻。但還是下不了坑自己的決心，我什麼後果都直面不了，隨時可能崩潰。我很難把想法說給誰聽。跟再親近的人，我也覺得分享是可怕的。」

「我也不可以嗎？」

「不可以。你甚至是一個背叛妻子的人。」林翩翩斬釘截鐵。「不過，我還是很有些愛你的。」見鍾澤沉默，林翩翩補充聲明。

「掩耳盜鈴好玩嗎？」鍾澤問。

「至少比直接堵槍眼好。我不想果敢，果敢都特悲壯。」

「可是人都是這麼活的，無論是美國總統，還是街上要飯的，都要參與過程，面對結果。」

「十七歲以前，我以為只要瘋狂禮讚真善美，就逃得開假惡醜，後來我發現這些都是配套的，哲學課說這叫相輔相成。你說的我都懂，但儘量走邊上，不想參與太多。開始我跟你好，就是自我放逐。」

「你以為跟有婦之夫，又儘量保持道德，就把時間都消磨了？」鍾澤有些洩氣。

「當然還是先怦然了幾下的，然後告訴自己別想太多。反正也不想結婚，就找個不能結婚的愛吧。」

「現在後悔了？」

「沒。結婚可怕呀，朝朝暮暮，跟另外一個人統一思想統一行動，利益共同體，簡直像兩人一起被關進了籠子。但是我昨天看到你們倆，覺得不結婚就像一個人在游泳池中間站著，不著邊際。」

「我太有負罪感了。從我對你一見鍾情到現在，我總覺得應該替你的未來想，但是又很上癮很自私，不想你離開。你真的不想和我結婚嗎？」鍾澤皺著眉。

「不是不想跟你結。是不想結，與和誰無關，至少現階段。」

「你知道現在多少年輕姑娘天天琢磨結婚的事，指望結婚改變命運！」

「我知道。我和她們想得差不多，沒她們那麼樂觀而已，我也怕改變命運，我怕結婚壞了我的好命。我覺得結婚是把愛情小題大做了，又要有感而發，又要嚴守制度，難度比較大，時間長了容易精神分裂。本來滾燙的東西，慢慢就涼了，冷了。最後不是不了了之，就是同歸於盡。跟著誰一起穿山越嶺，未必有我自己原地不動安全。」

「我想說服你。但自私告訴我，你想通了，會離開我，所以我選擇沉默。」

「與子相悦不難，與子偕老不簡單，我暫時想不通。」

一輪輪關於愛情的談話直至酒飽飯足，鍾澤對林翩翩採訪結束，依然覺得這個女孩是神祕的。有些人，無論相處多久，卻總戴著揭不開的面紗。

「寶貝，走嗎?」話語綿密至相顧無言一會兒後，鍾澤提議。

「回家撒謊別改地點，身上有烤肉味。不管說跟誰在一起，說吃烤肉了。」

「這樣的心思，以前讓我感動，現在有幾分寒冷。」

「愛冷自己冷去，反正別改地點。」

兩人出門，林翩翩忽然一怔。那輛屬於馮錚的夏利低眉順眼又確鑿地停在門前。戴安娜喜歡的加菲貓靠墊，破損程度，牌號，那無疑是馮錚的破車。當年他看賭場時不顧戴安娜反對從朋友手裡接收了這輛灰頭土臉的小車，快兩年了。林翩翩想著剛才飯店裡他與那陌生女子的親密，一股火，從丹田燒到喉嚨。她歇斯底里衝向那車，一腳腳地踢，好像球鞋短褲的打扮，特意為踢車而來。鍾澤先是痴了般看著，眨了幾下眼才上去拉。

「你別拽我。我踢死這個畜牲！我踢死他！」林翩翩不解氣地停下來，左右看著。忽然，撿起一塊磚頭，朝前風擋砸去。說時遲那時快，玻璃在磚頭的照顧下，呼啦啦裂開，從一個碎點，蔓延出蛛網狀的裂紋。「我砸死你！王八蛋！」林翩翩踢也踢了砸也砸了，卻依然鬼上身般氣哼哼地。

鍾澤看著她忽然發飆，只能莫名其妙地拉著攔著抱著，不知如何稀釋她的瘋狂。周圍稀稀拉拉圍了幾個人，以為在欣賞一場家庭鬧劇。

「翩翩！」馮錚吃驚地吐出兩個字，大而鼓的眼睛越發突出，塞滿有苦說不出的驚駭。

「車是我砸的。你跟別的女的拉手，我看見了。我認為你不是人。走了，回去好好吃吧。」林翩翩瞪著那張無言以對的死魚臉，一瞬間，不想再多言，平靜地轉身走了。

鍾澤惶惑地跟在身後，不知這演的是哪齣。他取了車，載上林翩翩，餘光看了她怒氣剛消的臉，寬慰地拍了拍她的肩。她真是爆發力極強，發起狂來疾風勁草，擋也擋不住。

「我最好朋友的男朋友。」一路，林翩翩目視前方，氣沉丹田，只說了這麼一句。她眼前浮現出高一時的戴安娜，彼時她染了金頭髮，歪著脖子，對她惡語相向，像一隻營養過剩的暴脾氣鸚鵡。那隻鸚鵡飛走了，飛向狹窄的隧道，羽毛掉在黑暗裡，留下散亂的蹤跡。

下車，她習慣地和鍾澤吻別，勉強笑了笑才轉身離去。

「翩兒，你把馮錚車砸了？」三個小時後，戴安娜出現在林翩翩門前。

「你來算帳的？馮嫂。」林翩翩撇撇嘴，看著戴安娜。

「下次別那麼衝動了。或者別砸那麼狠。我們沒什麼錢。」說完，戴安娜抱著林翩翩哭了。

「你何必對那禽獸那麼好。再與人相愛，我們也還是一個人。」

「我不想一個人，也不想承認以前選錯了。」

「活著挺苦的，別總惦記著對別人負責。」

「也沒必要對自己太負責，反正就一輩子，哪說哪了，沒什麼了不起的。」戴安娜嗚咽著。

「我爸爸車禍的時候，車裡還有一個女人。她沒死，也沒來參加葬禮。媽媽大概知道，我不知道她是誰。」輕輕地說，林翩翩也哭了。

夜色淒迷，林翩翩沒有拉窗簾，月光射進來，混在燈光裡。兩個女孩都站著，誰也沒有再說什麼。

兩次別離

一

是春天，傍晚下了一點雨。把這一天放在北京春天天氣排行榜裡，毫無疑問是個靠前的好天。比起毫無章法的大風，這規矩妥帖的微雨，簡直沁人心脾。對謝點點來說，這一天無論如何算不得平凡，嚴格意義上說，是十足的詭異。下班之前，她沒有任何異樣的感受，無非「時間永是流逝，街市依舊太平」。她渾渾噩噩走出單位大門，臉上全部肌肉都是鬆弛的，因為堅持晚睡的緣故，每到傍晚她都是睏的。不聚焦的目光驟然定睛，彷彿被襲擊，謝點點雙目圓睜愣在了原地。如果她是一隻貓，這一時刻的形象會更直觀，她的毛一定會根根分明地聳起來，一根不差全部乍著。

一個人打著那把黃雨傘站在那兒，傘柄是那個小鴨子。人和傘謝點點都認識，是朱洋。

他怎麼就突然回來了？

她站在那兒，感覺像站在一場語焉不詳看不出好壞的夢裡。那感覺飄忽、詭祕，不敢肯定鞋底是否還貼著人行道的軌跡。

「點點。」一年沒聽，朱洋的聲音竟然還挺熟悉。他沒胖也沒瘦，僅僅一年，雖然恍若隔世，卻看不出什麼時光的痕跡。

「啊？」謝點點頓時語痴。發出了一個表示震驚、錯愕、甚至夾雜著恐懼的驚嘆，她喪失了發出主謂賓的能力。有些時刻詞語是貧乏的，雖然這樣的時刻不多，多半稍縱即逝。

「我……」

「你……」謝點點以單音節打斷了朱洋，彷彿已經丟失了以長句子傳情達意的能力。

二

謝點點和朱洋是在金燕婚禮上認識的。謝點點是伴娘，陪著金燕和新郎手持兑了不少果汁的紅酒穿梭在酒席間。其實她對朱洋沒什麼印象，他坐在新郎同學的那一桌，其貌不揚。所以，準確地說，朱洋是在金燕婚禮上認識謝點點的，而謝點點是在後來有些冷場的相親約會中認識朱洋的。

朱洋和金燕的老公是大學同學，同學而已，並非朋友，收到婚禮請帖礙於情面去捧個場，卻未料到婚禮上有個光彩照人的伴娘。說光彩照人是含著些誇張成分的，男人到了那個年紀，碰到個看著順眼的姑娘，後來又成功上位成為其男朋友，都喜歡把相遇時候自己的一見鍾情說得添油加醋，女朋友聽著高興，也能強化戀情的傳奇色彩。

朱洋把心思告訴了金燕老公，金燕老公據實匯報了對朱洋的印象和分析，金燕覺得靠譜，就向謝點點轉達了有人想約她吃飯的消息。謝點點開始有些猶豫，翻過來倒過去也沒想起金燕老公同學那桌有什麼儀表堂堂的傢伙，那一水的男生彷彿都一個模樣，誰也沒給她留下任何記憶。不過自己確實在感情空窗期，歲數跟排山倒海的九〇後相比也算得上一把年紀了。外加金燕慫恿摘不著月亮，弄顆星星抓手裡也是好的，出去吃個飯頂多耽誤點時間，算不上什麼大損失。

第一次正式見面，金燕和老公點到為止地出現了一下下，像電視劇裡一樣，閃人的理由非常沒有創造力：我們還有點事，就先不陪你們了。兩人表情鬼祟而興奮地告辭，丟下一對各懷鬼胎的男女。謝點點看著朱洋中規中矩的面容和裝扮，竟然離題萬里地想到一句歌詞「豬啊，羊啊，送到哪裡去？送給那親人解放軍。」她小學時候還在聯歡會上表演過這個節目，老師給她紮了紅頭巾抹了紅臉蛋，讓她拎著一個豬頭一個羊頭在台上歇斯底里地微笑。朱洋一次次端起面前的茶杯，喝一小口，放下，再端起。顯然，茶杯成了他緩解緊張的出口，我不是什麼都沒有做，我在喝茶。他大膽地發出了邀約，卻未料想女方竟然同意，來之前，他簡直生出了臨陣脫逃的念頭。他的膽量在主動約請之後又回復到了平均值，不知如何駕馭這種目的明確的約會。

事後回想起來，兩人對第一次見面的印象都是籠統的，他們都記得對方說了很少的話，氣氛算不上不融洽，但確實是緊張的。誰也想不起僅有的幾句交談內容是什麼了，他們被那種捉襟見肘籠罩，記憶力減退了。謝點點並沒通過單獨吃飯增進對朱洋的了解，她捕捉到的無非木訥、規矩、不苟言笑。她沒拒絕與他來往，雖然那天的朱洋著實沒給她帶來任何驚喜，但沒驚嚇也算可以了，就像一張七十分的考卷，就算你脾氣暴，也不至於羞憤交加把它撕掉吧。

一來二去，兩人的關係就步入正軌了。一來二去這個詞真是足夠可怕，它所引導的常常不是一次兩次能說得清的事，簡單的數字背後跟著的往往是水滴石穿的事情。謝點點和朱洋大概吃了五六次飯，喝了四五次茶，看了三四次電影後，才基本穩定了關係。穩定之後就是按套路出牌了，男的接女的下班，女的對男的噓寒問暖，逢生日紀念日贈送禮物，睡前短信互道晚安，兩人興致勃勃地進行著並無新意的互動。謝點點偶爾有些不甘，心想自己千挑萬選怎麼就選了個毫無特點的面瓜。他不吸菸、不喝酒、日出而起日落而息，對女朋友如春天般溫暖……不需太多接觸，你便可以斷定他從不作弊，有些教條，總是以最穩妥憨厚的方式完成問題。可是這未免太索然了吧，一副人到中年的溫吞景象，一點年輕的毛躁和慌亂都沒有。不對，說他沒特點太忽視細節了。他還是有怪癖的——隨身攜帶花生醬。他的花生醬癮非常大，一天三餐，至少要吃一次花生醬才感覺這一天沒有白活，不然就渾身不自在覺得日子荒蕪了。謝點點剛開始看他往麵包上抹花生醬還不覺得奇怪，後來看他花生醬蘸西蘭花，花生醬浸帶魚，花生醬抹牛肉，就有些崩潰了。所有食物的味道都被花生醬篡改、取締了，朱洋日復一日只愛一種味道。吃什麼對他並不重要，只要有花生醬，那麼什麼食物都是好的。她戲謔地叫他花生男，說他早晚要變成一顆花生，渾身冒著濃烈的花生味道。

謝點點是做好了準備要嫁給花生男的。並不是愛情熾熱非你不可，而是既然都到了這把年紀，總不好挑三揀四無止境地拖下去。白馬王子太高端，暫且不提，就是牽著白狗的帥哥也連個影兒都沒有。周圍的人前仆後繼進了圍城，絕大多數都是速戰速決，從認識到熱戀進而結婚，一年半載而已。反正也不打算眼裡常含淚水，乾脆也別堅持愛得深沉了。謝點點在朝著三十歲疾馳而去的人生裡，早已明白了得過且過的道理。小時候的理想已經被踩扁了，上學、上班、初戀，一切都是不好不壞不香不臭，差不多就得了。愛情也沒什麼了不起，太較真換來的無非一身疲憊。何況活著總是疲於奔命，縱使沒什麼野心，無意飛黃騰達，每天還是要起早貪黑討生活，哪有心思琢磨什麼山無稜天地合的大手筆。那都是有閒階級幹的，傷筋動骨上天入地，勞心勞力破壞免疫力。

朱洋也鑾有些默契地暗示過謝點點，兩人按照這樣可持續發展的方式走下去，大概齊就是白紗西裝，一場沒有懸念的婚禮。他不直接說，總是三步併作兩步拋出一些板上釘釘的句子。比如，以後咱們的房子如何如何；比如，以後咱兒子上學該怎樣怎樣。好像他們之間早沒了縫隙，壓根就是老夫老妻。

三

「你的意思是咱們算是已經分手了？」朱洋慢條斯理，他好像從不會氣急敗壞，即使在追問也是一臉好脾氣。

「難不成你覺得分手是我搞出來的？」謝點點火冒三丈。意念裡，她早已抓起台布上的小花瓶朝朱洋腦門砸去，一下下不停息，直到鮮血汩汩流出，直到確定他流的也是人血，他的血也是熱的，才扔下髒兮兮被染紅的花瓶揚長而去。

兩人坐在謝點點單位附近的小西餐廳，以前他們戀愛的時候經常來這裡。謝點點對這種假模假式裝神弄鬼的小作坊並不感冒，一牆拿腔拿調的塗鴉，另附一層窮極無聊的留言，無論白天黑夜一律以不變應萬變地點著蠟燭，菜單上土洋結合既有意大利麵又有炒飯，還動不動新增個波蘭沙拉或者巴伐利亞豬扒。他們來這裡無非是圖方便，抬腿兩步就走到，而且價錢也還可以。與一場經濟適用型戀愛相匹配，這是一個經濟實用型餐廳。

桌子上放了一條魚。這大概是店主別出心裁的新創意，每個小桌子上放一個小魚缸，裡邊一條孤零零的小魚。

「原來沒有這條魚。」朱洋不知是沒話湊話還是不知從何說起。

「別扯這些沒用的，別跟我整什麼昨是今非物是人非的陳詞濫調。你知道我這一年是怎麼過來的？我想掐死你也沒用，你已經消失了。所以我一次次在心裡掐死你，你不是自己跑掉的，你是被我掐死的！我從來就平凡，根本不想經歷什麼跟別人不一樣的事情。我沒體會過在風口浪尖的滋味，我也沒興趣。從小學我上課就不舉手發言，雖然老師點我我也能答上。我沒當過班幹部，老師覺得我成績還行，讓我當我也不當。談戀愛也是這樣，我是想過要嫁給王子，但那只是一閃而過的念頭。我從沒預備跟誰殉情，不化蝶，不喝藥，我要的就是家長裡短的日子，一地雞毛。再說我要是想談一次驚天地泣鬼神的也沒必要跟你，你開始偽裝得多好，一副老實巴交居家男的模樣。我是為了腳踏實地才跟你好的，誰知道你還真是個過山車，我都沒反應過來就被甩到天上轉暈了。下邊還全是看客。」謝點點越說越快，如同照稿朗誦，中間沒打一個磕巴。「你知道我過的什麼日子嗎？我一輩子第一次成了焦點，都因為你，還是在你消失以後。你已經跟我沒有關係了，我還藉著你紅了一把。我都快成焦慮症了。大街上別人看我一眼，我就懷疑他知道咱倆的事，立馬不自在，眼睛不知道該往哪看好。」

「你就不問問我這一年是怎麼過的嗎？」

「我現在是有冤報冤有仇報仇。你怎麼樣跟我有什麼關係呢？又不是我造成的。我最希望的是你已經死了，很不幸你沒死，我真沒興趣知道你是怎麼活的。」謝點點惡狠狠地盯著朱洋。

四

謝點點是北京土著，雖說是待字閨中卻已搬出了父母家，自己住一套兩居室，是家裡拆遷後得的新房，房產證上父母寫了她的名字。她不願與父母住在父親單位分的老房子裡，官方理由是離單位遠，實際是煩透了那種雞犬相聞。每天出門回來都能遭遇「點點出去啊？」「點點回來了？」一類明知故問的寒暄，那都是父親單位的老同事，她要笑靨如花才叫不給爹丟人。賠笑臉也就算了，更煩的是她總要面對隔壁張伯伯比她小兩歲的閨女嫁了個外交官，四樓吳阿姨家比她大一歲的女兒結束愛情長跑領證等等的消息，外加各種「男朋友做什麼的呀？」「什麼時候喝點點喜酒啊？」一類的問詢。她知道他們都是好意，沒誰是想敲打她，但她聽著就是不舒服。你管我男朋友幹嗎的呢？你怎麼知道我婚禮會請你呢？她面上哼哈應答，心裡湧起各種擰巴的嘀咕。

確立戀愛關係半年之後，朱洋偶爾會留宿。謝點點只去過一次他的住處便再也不去了，不是朱洋不邀請，而是那地方除了簡陋找不到其他形容詞，她覺得沒必要去。他老家在東北，攢首付的赤誠一直趕不上房價增長的加速度，於是他一直租著房持壁觀望，觀望來觀望去，他那點微薄的積蓄越來越杯水車薪，就是攢成冥幣，大概也解決不了問題。雖說租的房不是大學剛畢業時的合租了，是寬敞的大開間，但是家具電器都是房東提供的，一切以實用為主，談不上什麼品味不品味的。外加租房總是擺脫不了客居的心態，也沒心思發揮主觀能動性，無非就是依照生活習慣保持整潔而已。反正有太陽的時間大部分奉獻給工作了，回家也不過是洗個澡睡個覺而已。

謝點點家完全是另一種路子，鞋子擺了一地，襪子一隻和另一隻遙遙相望隔著莫名其妙的距離，飯桌上堆滿報刊雜誌，沙發上扔著各色衣服……但是，有一種撲面而來的生活氣息，能感受到謝點點強大的氣場，我的地盤聽我的。自己的房子，有胡亂折騰的底氣。

朱洋第一次還幫著收拾收拾，後來發覺謝點點不僅不領情，還抱怨找不到東西，好像她多麼井井有條被攪亂了秩序。於是乾脆視而不見，在她邋遢凌亂的房子裡，潔身自好保持自己的規規矩矩。只是偶爾想到自己住在女朋友的房子裡，有一種微妙的心理。

辦日本簽證的時候，朱洋更體會到了有一套房子的好處。

話說和謝點點認識之前，朱洋就計畫好了要利用年假去日本旅行。他做事總是如此，按部就班，依規劃行事。甚至在他預備請年假定行程的時候，也沒意識到生活裡已經多了一個伴侶，對於剛剛告別單身的人，這種出遊有點匪夷所思。謝點點聽說他要去日本，壓根沒以為他計畫自己去，直接認定了那是男朋友送出的驚喜。

當時的場景是這樣的——

「我們為什麼一定去日本呢？為什麼不是其他國家？之前你怎麼沒跟我提起過？」謝點點臉蛋紅撲撲的，沉浸在對旅行的憧憬裡。

「那個，點點，你真的也要去？」朱洋有些震驚謝點點的反客為主。在他的人生裡，旅行如同搬家，不可能興之所至就定了主意，它像很多看似簡單的事一樣，需要繁瑣的準備工作。

「什麼話？我不去你想帶誰去？」

「沒誰！」

「那你神經病啊？自己去啊？」

「嗯。」

「那你的意思是不帶我去？」

「帶。」朱洋有種被逼到死角的窒悶感，他扯了扯衣角以儘量確鑿的口氣給出了答覆。這個時候他能有別的答案嗎？

「那我們什麼時候去？」

「二十天之後吧。要在四月初趕到，不然櫻花都謝了，只能等明年了。」

「夠浪漫的，只為看櫻花。」

「沒櫻花的季節去太虧了，而櫻花開得太短了，過了四月初就謝。對了，你能請下來假嗎？」朱洋看到謝點點對日本之行的熱情其實挺高興的，但是他還是慣性地保持了對變化的不適應，一時間反應不過來怎麼就變成了兩人共同的旅行，彷彿期待著什麼阻力將謝點點耽擱在北京。

「幾天而已，我又不日理萬機。」

諮詢了幾家代辦自由行的旅行社和日本大使館，朱洋很有些惱怒地放棄了自己簽證自己玩的想法。赴日個人旅遊剛開放不久，竟然比去歐洲還麻煩，拋卻各國簽證差不多的申請表、擔保函、單位營業執照副本，還要房產證複印件、私有汽車行駛證、存款證明、存摺複印件，最好還要適當提交股票、理財產品證明、納稅證明，總之不管動產不動產，你必須證明你有穩定的工作，並且這份工作給你不錯的收入。還有，掙的錢你沒揮霍，攢下了。謝點點倒是沒問題，她那房就是她還算富裕的鐵證，外加護照上歐洲旅遊的簽證紀錄，通過應該是十拿九穩。朱洋就不一樣了，他沒房沒車沒股票，加起來有二十萬存款，卻被這指向四面八方的財產證明搞得興致索然。而時間不等人，要是再不下手，連四月初去日本的旅行團都報不上了。

「旅行團得了。反正都是第一次去，走馬觀花也沒什麼不好的。不用操心吃飯操心車，拉到哪看哪唄。以後有機會再深度。」謝點點倒是隨遇而安，對是不是自由行沒那麼較真。

於是兩人在朱洋充分的準備和謝點點歡愉的雀躍後開始了日本之旅。

五

時光不能倒流，記憶卻無法自由刪除，可以回溯卻無力篡改，這事，殘酷。

謝點點盯著對面的朱洋，她無法相信這個人還會再出現，還敢正視她的眼睛。一年以來，她無數次被迫回想著他離去的情景，彷彿被某種神祕力量主使，那種想枯燥而寡淡，她卻又不自主千萬次地陷入——

那時她正在洗澡，朱洋沖著衛生間喊了一聲：「我去買ＸＸＸ。」

事後謝點點反覆還原推敲，覺得他喊到似乎是——我去買花生醬。是三個字，並且最後一個字的聲調是去聲。她開始覺得，前兩個字都是陰平，後來通過反覆試驗，推翻了自己之前有些武斷的揣測。他說的也許是擀麵杖，也許是驗孕棒，只有最後一個字的去聲調確鑿無疑。漢字無盡的排列組合指出層出不窮的可能性，謝點點依據邏輯和越想越模糊的記憶把最後的三個字判定為花生醬。那是個和花生醬最親的男人，如果不是花生醬，又會是什麼呢？難道他半夜三更出去買狼牙棒？

淋浴噴頭嘩嘩的水聲和她的漫不經心淹沒了那三個字。她絲毫沒有意識到，那輕描淡寫的三個字引出的是怎樣一個夜晚。

她洗完澡，擦著髮梢的水滴，坐在床上胡亂按電視遙控器。語言一竅不通，偶爾屏幕上出現幾個漢字，她也完全摸不著頭緒，雖然長得一樣，可那是日語。大抵是富士電視台，屏幕裡是上戶彩的臉，應該是春季檔的《絕對零度》。謝點點百無聊賴地看了幾分鐘，開始用朱洋的筆記本上網。一個小時過去，屏幕上九點檔的上戶彩已被廣告代替。朱洋怎麼還不回來？這傢伙買什麼買了一個小時？

十一點，謝點點撥通了領隊房間的電話。領隊是個北京小妞，新婚，假公濟私帶了老公和兩個朋友，任何一個景點四個人都玩得比誰都盡興，竟然還遲到過一次，到了集合時間依然在遠處搔首弄姿地對著相機做陶醉狀。最意料之外是她竟然不會一句日語，是學英語出身，歐美東南亞通吃，到了日本韓國之類的地方，一律依靠地陪導遊。

顯然是攪了她的蜜月，領隊在電話那端不耐煩地應付著謝點點。

「走了多長時間了？」

「一個多小時快兩小時吧。」

「不是這邊有朋友，出去見朋友了吧？」領隊的想像力倒是夠豐富。

「不知道。應該沒有吧，我隱約聽他說是買東西去了。」謝點點底氣不足，彷彿自己多事，攪和了領隊休息。

「再等等吧，再過一小時，他不回來你給我電話。」

那是他們赴日行程的第四天。他們最後報了旅行團，常規的阪東線，就是一路大阪東京沿線，京都箱根等地都是蜻蜓點水的短暫停留。依照不同的發團日期，他們趕上了阪進東出，即在大阪落地，從東京返程。

頭一晚他們在旅行社的安排下泡了簡陋的溫泉，一個好覺過後又是趕路、遊覽。早餐後他們被拉到橫濱，急三火四看了所謂亞洲最大的唐人街。謝點點一路翻著白眼，不明白祖國條條大路都是唐人街，跑這兒來看中國餐館有什麼意思。而後又是一路大巴趕到了東京，第一個項目是參觀豐田會館。下午一團二十幾人都參加迪斯尼的自費項目了，只有謝點點、朱洋和另外一對男女決定脫團自由活動。其實謝點點原本挺想到迪斯尼裝嫩的，帶著米奇耳朵拍拍照片，在各種幼稚項目中吵鬧歡叫，這樣的時光一定是越往後越少，當然以後帶著孩子去玩是另一回事了，那時候還不夠操心的。只是金燕告訴她千萬別去，她說日本的迪斯尼園子無比大，人無比多，要好好玩最基本也要一兩天，提前一年半年訂好園裡的酒店，心情放鬆做好排隊的準備。跟團遊迪斯尼根本不是玩項目，是練腿力，區區一下午時間，精明合理地排隊，玩上四個項目頂了天。而且，天還下著雨，打傘排隊，又拍不出好照片，謝點點乾脆斷了念想。

兩人在表參道、新宿轉了一下午，行程裡對購物的安排除了那些可疑的免稅店只有銀座的兩小時時間，正好自由地逛逛，省得懸著緊迫的弦，琢磨集合時間。

表參道其實不過一公里，卻囊括了幾乎全部世界一流品牌。那些旗艦店與北京的不同，張揚而扎眼，爭奇鬥豔風格獨具，打扮入時的年輕人川流不息。謝點點和六本木品牌店櫥窗裡的大熊貓合了影，她知道這其實挺傻，卻還是興致勃勃地拍了，大熊貓是村上隆設計的。

來到這裡，大概總是會被物質的豐盛吸引生出好好奮鬥的念頭吧。謝點點記得當時朱洋發了感慨，說其實自己挺喜歡這種驕奢淫逸。

謝點點清楚地記得這些細節，他們走過的路，他們吃的拉麵，他們發的感慨。可是面對眼前的朱洋，她卻覺得一切都很虛。這個人是穿越了嗎？他怎麼就毫髮無損地回來了？
這太可怕了，一瞬間她覺得自己面對的是這一生最不共戴天的仇人。

六

那是截至目前為止謝點點生命中最恐怖荒誕的夜晚。已經到了十二點，朱洋消失了三小時。她再次撥通了領隊的電話，有些膽怯。

「啊？真的沒有回來嗎？」領隊一反上一輪電話的輕鬆，聲音凝重，語速緊湊。彷彿飛毛腿，只過了幾秒鐘她便出現在了謝點點的房間。睡衣、拖鞋，顯然緊張促使她忘記了儀容之類的顧忌。

「打他電話了嗎？」

「這是日本，制式不一樣。他手機在箱子裡呢，在這邊沒信號。」

「就是說，聯繫不上？」

「嗯。」

「他走的時候說什麼了嗎？」

「我在洗澡，他好像說出去買東西。」

「他的東西都在？」

「似乎都在，衣服、電腦、錢包……」謝點點一邊說一邊環顧著房間，與朱洋有關的一切秩序井然。「等等」，她忽然想到花生醬，她翻開箱子，沒有章法地搜羅，找尋著那個塑料瓶的蹤跡，「好像，他把花生醬帶走了。」

「什麼？」領隊的臉混合著各種表情元素：厭惡、震驚、不耐煩……

「他拿走了花生醬。」

「說點有用的吧。護照他帶走了嗎？你檢查一下。」

「護照不是在你手裡嗎？今天回賓館的大巴上你收上去的。」

「哦，對。」

兩人快速的談話沒有揪出朱洋下落的線頭。領隊果斷地找來了日本地陪導遊許先生。許導四十歲左右，是生在日本的台灣人，普通話講得斯文軟糯沒有任何溝通障礙。他聽聞團友失蹤的消息，露出了一個黏糊糊的吃驚表情，接著便是問了一堆和領隊大同小異的問題。黏糊糊的表情繼續，他說他帶團幾年，還真沒遇到過這麼特殊的事情。

報警。警察嚴肅地做了筆錄，許導嘰哩咕嚕介紹著情況。警察說調查了附近區域的接警紀錄，這一晚沒有車禍報案，沒有身分不明者的紀錄。並且他們認為朱洋在日本的居留目前是合法的，雖然他的護照沒帶在身上，但是他還在有效簽證期，有權在日本活動，只要沒犯法，沒有理由通緝他。最後，警察記下了許導的電話，說一有消息會及時通知他便禮貌地告辭了。

而後，領隊說第二天要報大使館備案，恨恨地看了謝點點一眼。

謝點點都要哭出來了，她知道那兩人的急和她是不一樣的，他們的急主要是嫌惡，而她的急如同滾在釘板上，沒有一秒鐘是舒服的。

兩個小時，她心亂如麻。設想了朱洋暴死街頭的場景，也隱隱懷疑他是不是發瘋出走誓將一切拋棄。

等待讓她抓狂。她想起小時候的一個雨天，媽媽沒有按時到學校接自己。小朋友漸漸散去，她踩著下過雨泥濘的路，邊哭邊往家走，懷疑自己已經被遺棄。迎面碰到媽媽，先是想委屈地撲進懷裡，卻哭叫著推了媽媽一把。朱洋要是突然回來，她大抵也是要推他的吧。

「要不，我們到樓下附近再找找吧。」許導提議。

領隊耷拉著眼皮沒有說話，謝點點頭點得跟撥浪鼓一般。

「那，我也去吧。」領隊露出被陷害的表情回去換了外衣。

出門的時候謝點點發現，花生醬之外，朱洋還拿走了雨傘。外邊下雨，他倆只有一把傘，那把小鴨子的可愛黃傘。

謝點點擠在領隊傘下，三人在品川區的街道上轉了半個小時。據說，在東京二十三個區裡，品川區是大公司的聚居地，屬於白領區。這裡離市中心不遠不近，賓館的價格也適中，所以很多日本地接旅行社會安排旅行團住在這裡。

謝點點注意到賓館的樓下就是一家二十四小時的便利店，而不遠處有個加油站，加油站也附帶著便利店。如果朱洋真的是買什麼，三個小時可以跑十幾個來回了。她心中湧起不祥的預感，但是她不容自己深想。也許他真是迷路了，也許他正站在房間門口琢磨著她的去向呢！

「他可能是跑了。」領隊在三人默默走了二十分鐘後忽然開口。

「怎麼可能呢？他什麼都沒拿。護照、錢包、衣服、電腦，我倆的大箱子也是他的呀！」謝點點半信半疑，或者說她不想聽到有經驗有發言權的人給出這種判斷。

「謝小姐，一般說跑了的都不在乎這些。護照反正很快就沒用了，但凡是打算黑下的，也不指著這本真護照。我當導遊五年了，前三年一個沒跑過。第四年，二十個人去北歐。第一站赫爾辛基，抵達當天晚上跑了五個。第二天一早，集合時間到了，這五個沒動靜。我找服務員把門打開，茶葉在茶杯裡，行李都在，床鋪沒動過。不用想了，昨晚就跑了。這五個人是一個商會的，護照上英簽美簽都有，你想怨旅行社受理材料的都怨不著。」

「為什麼不拿行李?」

「早都謀劃好了,有人接應的。這點東西算什麼,還不如製造個失蹤的假象。」領隊不屑謝點點對行李的糾纏,聲音冷冷的。「當時芬蘭的警察也是這麼解決的,人家說他們的簽證在一個月之內是合法的,沒理由對人家怎麼樣。報了大使館,不過大使館是沒工夫找這些人的,反正中國少一個兩個處心積慮要走的,也不是什麼大問題。他就是想跑,你看也看不住。」

「不過,朱先生的情況確實比較特殊。一般說,要跑都是落地就會跑掉,一出機場,你就找不到他的情況發生比較多見。大多數肯定有周密的安排的。而且,要跑掉也通常是全跑掉啊,把同行的人扔在半路,這……」許導的用詞都比較規範,在這個有點不尋常的時刻,他略作停頓,選擇合適的詞語繼續。

「這很詭異。」謝點點既是填補了許導的話語空缺,又是自言自語。

「先玩了四天,行程快結束的時候才突然走掉,去了哪裡連女朋友也不知道。這確實蠻有些——詭異。」許導沉吟片刻,「也許,他真的是迷路了也說不定呢。」

「別逗了。日本警察也不是吃素的,人家都說了今晚上這邊沒這類情況。雖說他這情況挺特別,但依我看已經跑沒影了,大概是有人到賓館接應。現在早睡下了,也就咱們三個還這兒找呢!」領隊憤憤地表達著自己的不滿,「這朱洋也夠損的!都定了要跑了,還心眼挺細,先玩幾天再走。」

「損?」許導琢磨著這個字的意思。

他怎麼不再損點，玩到結束再跑啊。剩下的路扔下我一人，別人要怎麼看我啊?謝點點順著領隊的思路。

「不過也許他的目的地是東京，前幾天在大阪，他跑還要多搭新幹線的錢。」領隊倒是會替朱洋算計。

回到房間，朱洋當然不在門口。謝點點的潛意識裡也接受了此人已潛逃的事實。屋子裡留著他的痕跡，他打印的日本遊攻略，他準備的袋裝茶葉，他的換洗衣服整齊地疊在一起，少了花生醬而已。是的，他帶著花生醬溜掉了，所謂女朋友被果斷拋棄，那瓶醬和他共著命運同著呼吸。你想跑掉為什麼還要談戀愛呢?你想跑掉幹嗎還帶我來?

床上放著那個昂貴的腰鏈，是下午在表參道的旗艦店裡朱洋執意買下的。謝點點只是拿起來看了看，她對奢侈品並無多大的欲望，只是覺得試試又不用買單，反正這是國外，沒人認識，比在國內自在。朱洋卻一定要買下來，他說那腰鏈很適合她，可以配毛衣、配裙子等等等等會有很高的使用率。謝點點說日本的東西並不比國內便宜，沒必要花華而不實的錢太務虛。朱洋還是刷了信用卡，在日本服務員各種精細的包裝後把那個購物袋塞到了謝點點手裡。女人嘛，縱使再不虛榮，這個時刻還是滿心歡喜。

據說腰鏈的意識是拴住，卻沒料到朱洋劍走偏鋒徑直取了反義，我無意拴住你，今晚就將你拋棄。

作為最後的禮物，這也算不得闊氣。反正刷的是國內的信用卡，反正你在日本黑下也不會還款了，還不如把卡刷爆，看見什麼買什麼呢。謝點點瞪著那腰鏈負氣地想。越想越覺得有不少對應的先兆，比如這幾天他對她體貼而溫存，超出了平均水準；比如下午他堅持要與她合影用磕磕絆絆的英語攔下了一個路人，鏡頭前緊緊摟她在懷裡；比如來時的飛機上，他說要是永遠在別處不用回去上班，日子就清爽多了；比如腰鏈，比如很多。從結局分析原因總讓人寒毛直豎，什麼都彷彿含著深意。

前半夜已經被找朱洋耗盡，後半夜作為主角親歷匪夷所思的事，當然是睡意全無。她甚至有一種恐怖感。她怕朱洋忽然回來，她怕他拎著狼牙棒突然出現，直接把她結果了。這個人可以帶她出來旅行自己弔詭地消失，為什麼不能把她殺害在異國他鄉。反正已經確定，他是個冷血的帶著花生醬行走江湖的怪胎，保不齊他還會幹出什麼變態的勾當。

謝點點越想越想不開，眼淚就湧出來了。原本有些欲哭無淚，第一滴一出來，後邊的就都擋不住了。她委屈。

要走你就一個人走得了，把我扯出來陪綁算怎麼回事？她想起當初自己熱切地響應著他原本不包含她的出行計畫，為自己的草率把腸子都悔青了。要是多麼多麼愛他，跟他經歷這仿若歷險的一切也就算了。問題是，她壓根沒多愛他，只不過是保險起見，安全第一，奔著細水長流來的，怎麼一下子就被推下瀑布了呢！

知人知面不知心。怎麼就沒看出有詐呢！再回想朱洋的臉，果真讀出好些狡詐。那張臉堆疊了太多可靠元素，反而有種物極必反的可疑。原本的一切踏實、穩重都可以用城府、詭祕來替換。他哪裡是個普通人，說不定他壓根就是個鬼也是可能的。

七

「人與人總是見光死。不是今天就是明天，就算是後天，多過兩天好日子又能怎麼樣呢？」謝點點捏著發白的手指，「從你這兒我領教了很多。比如人間的關係實在太脆弱。你的房子是租的，我找你房東沒意義，你是外地的，我和你父母素無瓜葛，我沒法端你老窩，你的手機在我手裡，我打通了頂多是自己接起來雙簧。我能找到你的方式是什麼呢？漂流瓶嗎？ＭＳＮ、ＱＱ、微博、電話、短信、微信，這一切聽起來這麼方便，可是只要你單方面不想搭理我，我沒轍。我發了信你沒回，我MSN、QQ都留了言，你也沒回。你的博客一直沒有更新。一切停頓在你消失的時刻。難道要我報警去查你父母的住址嗎？你跑路他們能不知道嗎？我找他們幹嗎？我還不至於去要青春損失費吧。而且你明明已經杳無音訊，我幹嗎還死皮賴臉糾纏著你！」說得氣勢洶洶，卻其實是對狼狽的總結。謝點點回國後曾苦苦探尋著與朱洋有關的訊息。彼時她才發現，所謂談婚論嫁的親密關係，竟然是手機一關電腦一閉就人海茫茫的遠。這個快馬加鞭的時代，那麼容易掌握一個人的各路條件，甚至那麼輕易得到一個人的身體，他們甚至打算一輩子睡在一起，卻誰也沒打算走進誰心裡。

「你覺得我有必要逃到日本嗎？我又沒犯罪，那邊物價那麼高，生存壓力一點不比北京小。你怎麼不想想我可能遇到什麼意外了！」朱洋的理由總是非常實際，像任何一個大媽的邏輯。在這個時候談物價和生存壓力，還真是喜感頗具。

「我哪知道你怎麼想的呀？怎麼著？一年之後不堪生活壓力又悄然回國了？來無影去無蹤啊！」謝點點竟然笑著抬起槓，每當她感到和對方的隔閡，都條件反射地抬槓，以防冷場。

「你怎麼變得這麼咄咄逼人！」

「你不知道嗎？我不是原來的我了。拜你所賜，你把我的人生搞得如此悲涼而別致，我已不好意思再裝天真要鮮嫩，我歷經滄桑，必須凶猛。像我這種遭遇的人，多半都有乖戾的性格。你把我賣了，我不得不裝淡定地幫你數完錢了，你還指望我吃一百個豆不嫌腥，很傻很天真嗎？」

「我被搶劫了。」

「一年後才回來？五臟六腑都搶沒了，現在一肚子假的吧？」

「失憶了。」

「等等，外星人呢？時光隧道呢？換心？你沒換心嗎？怎麼不順道整容？」

「你知道我不撒謊的。」

「我不知道。我知道沒有人是不撒謊的。而且你這麼完完整整能說會道地回來了，非說自己曾經失憶，你要是缺胳膊少腿倒也算有鐵證，這腦子的問題，來去無痕，還不是你隨意。」

朱洋在謝點點高聲調的反駁中堅持講了事情的來龍去脈——因為語言不通，他拿著花生醬樣品去便利店，附近的店沒有，越走越遠。而後有人搶劫，他身上只有幾張紙幣，對方憤怒地將他打昏。醒來時他在醫院，而對過去的記憶卻一片模糊。由於身上沒有任何證件，前幾天沒有人以為他不是日本人……他歷盡艱辛地被父親接回東北老家時，腦子依然像一塊被反覆擦洗過的黑板。好在老天有眼，他竟然在整理書櫃看到高中課本時逐漸找到了過去的蛛絲馬跡，好不容易喚起了沉睡的過去……

作為一家之言，朱洋的講述雖然過於坎坷離奇卻算得上滴水不漏，奇峰突起的故事裡埋著清晰的邏輯。比如昏迷，所以沒人知道他是中國人，所以沒人報告使館。比如失憶，當終於通過翻譯確認他是中國人，他的腦海裡已經清空了與謝點點的回憶。

「好吧，我信了。還有什麼要說嗎？」

「你就只發發郵件，上上MSN就確定我叛逃了？」

「你這是在倒打一耙嗎？我能怎麼樣？大晚上的你拎著一瓶醬變子虛烏有了。所有人都說你跑了。我該幹嗎，也黑在日本，刷盤子，打黑工，起五更爬半夜散發尋人啟事，上演千里尋夫的把戲？我問了金燕他老公，人家說跟你也不是多麼熟悉，你們單位說你就是請了年假沒回來，也在找你。而且咱倆也不是多麼公開的未婚夫妻，你周圍誰知道我的存在啊？我打電話，你們單位對我都愛答不理的。再說我一回國，發現你在富士山給我寄的那張空白卡片。當時看你興沖沖去蓋郵戳，哪知道那訣別的卡片壓根就是寄給我的呀！再明顯不過了，前因加上後果，這不明擺著嗎？」

「我寄給你空白卡片，是為了我們一起回來時，一起看一切盡在不言中的表白。」

「你現在也可以一切盡在不言中。我說不過你，也不想聽了。你可以說日語，我不介意。」

「你不信我嗎？」

「信不信能怎樣？這跟我沒關係。」

「你有男朋友了？」

「沒，一朝被蛇咬。」

「那我們……」

「停」，謝謝點打斷了朱洋，「沒有我們了，我已經十年怕井繩了，何況你壓根還是那條蛇，我還哪敢被你再咬一次。」

其實謝點點的心沒說得那麼硬。她一邊牙尖嘴利，一邊高速消化著朱洋的言語，以最快的速度進行著分析。

此刻其實無所謂信與不信，不管他是黑到日本待不下去回來了，還是真像他所說被搶劫失憶而後費盡周章撿拾記憶，他都已然是個太奇怪的人了。謝點點已經被這種奇怪所累，無力再趟渾水了。如果他是從日本回來的，我謝點點豈不是召之即來揮之即去，就那麼被棄之如敝屣，如今又這麼容易被撿起。如果他確實是失憶，誰保證沒留下什麼後遺症，以後說不定哪天再短路，對我發出來者何人的怪問題。

總之，朱洋絕不是凡人，人生裡有過那種三流肥皂劇的狗血橋段，怎麼可能平靜地又見炊煙升起。最最關鍵的是，我原本就沒激烈地愛過他，還眼見著他一手把愛情劇變成懸疑劇，被動當了女主角，並且是帶著苦情成分的，太考驗演技。

本來就不是天造地設非你不可，何必刀山也上火海也下，赴湯蹈火踩進他的命運裡。為他吃的苦還不夠多嗎？還是惹不起躲得起吧，省得不管是他還是他多舛的命運哪天再露出獠牙，再被撕咬個措手不及。

八

第二天，當謝點點腫著眼泡出現在旅行車上時，大家的眼像一束束追光向她撲去。顯然，他們都已經知道了，領隊不說，她的老公和兩位親密戰友也必定扮演了爆料急先鋒的角色。

愛誰誰。謝點點一屁股坐在原本兩個人的位置上，自己給自己彪悍的暗示。但是，她做不到。

那是最準確不過的如坐針氈，她頭皮發麻地感應著大家的揣測。有人的男朋友跑了，這消息太勁爆太給力，如果她是旁觀者，也會覺得花幾千團費能看到這麼怪力亂神的故事算是賺到了。那兩個人的座位現在一個人坐了，姑娘的眼睛腫了，她不是整晚沒睡就是哭了一夜。她會怎麼樣呢？拎著兩個人的行李回國，還是也會在接下去的兩天消失？或許他們壓根就是一對特務。她甚至假設自己也是旁觀者，生發出既沒同情心也沒想像力的八卦好奇。

上野公園似乎完整的名字叫做上野恩賜公園。旅行車到達的時候，不過上午九點，小雨若有若無，櫻花散落一地。許導絮絮叨叨地講解了一番，順帶還介紹旁邊的上野動物園。終於解散，謝點點在門口的便利店買了一把傘。該死，跑就跑，還順手牽羊偷了我的傘。

她撐起綠色的新傘，獨自走進水粉色的花海。人很多，有遊客，也有本地人，濕漉漉的地面沒有腳印，粉嫩嫩的樹枝下是攢動的人頭。團友們速度不一地向前走去，謝點點能感覺到他們的餘光掃著她。他們賞櫻的同時還要分出點精力看一看，這個被拋棄的姑娘如何是好接下去。她只是慢慢走著，內心止不住顫抖，裝作旁若無人。

這便是櫻花呀，靜悄悄繁盛無比，清雅的顏色透著桀驁的脾氣。一些正在開，一些已然死。枝頭一簇簇超脫出凡塵煙火，一派淺淡的少女氣息。濕潤的地面上一些細小的花瓣，彷彿碩大的雨滴。樹下整粒的花朵如同開錯了地方，透著一股不管不顧的勇氣。

「要照相嗎？」許導的聲音從背後傳來。

謝點點一個激靈，還是下意識地回以笑容。

「來一張。雖然在大阪已經拍了。」

她整理了一下圍巾，收起傘，把相機遞給許導，並自動站在樹下，準備了一個看起來有幾分快樂的笑容。

許導照了兩張，兩張的效果都出奇地好。紅腫的眼被墨鏡遮擋，照片中的謝點點笑容溫煦，看不出正被喧嘩與騷動侵襲。那笑容彷彿有的放矢，可以對應進歡愉的日子裡。

有些事用語言形容並不佶屈聱牙，但是經歷起來難以言說。後兩天的行程，謝點點都是在煎熬中度過的。她已經成了這個團的一個符號，她的旅伴提前退場，她的一舉一動都得到格外的注意。有個帶著女兒的大姐給了她一塊巧克力，從她悲憫的眼神裡，謝點點讀出自己的可憐兮兮。有兩個結伴出遊的女大學生總是鬼鬼祟祟向她望去，從她們唯恐天下不亂的表情裡，她知道自己正演著一場被拋棄的大戲。她討厭以這種方式被關注，默默無聞的人生裡，被聚焦竟然是這麼狼狽的境地。被憐憫、被諷刺、被注意，她像一個笑話最提氣的幾句，一次行為藝術後續的尾聲，在餘下的旅程中被反覆想起。

她難過，不是喪失愛情的悲傷，而是被欺騙被愚弄的震怒。與愛無關，她恨的是自己的尷尬。她甚至更希望朱洋死了，死在眾目睽睽之下，鮮血腦漿灑一地。那種死多磊落，她的配合雖然需要爆發力，卻沒有如此這般的內心戲，她撲過去抱著屍體哭一通就得了。沒有人敢於嘲弄那種慘烈，她會被同情，卻絕不會被議論被笑話。

坐車從一個景點轉戰另一個時，謝點點總是把頭朝向窗外。山德士上校、麥當勞叔叔、吉野家橙底黑字的招牌，她忽然喜歡這些招牌，相敬如賓的旅伴朱洋活不見人死不見屍，異國他鄉，一切那麼陌生，唯有這些伴她成長的洋快餐尚且溫暖，提供著一些熟悉的氣息。她忽然覺得，她和任何人都不熟悉，那些微信、微博、郵件裡熱絡的各種關係，其實都浮皮潦草，是先隔閡掉內心再假裝熱情的社交把戲。

謝點點有些進退維谷，陷入下一步如何扮演自己的困境裡。她不知此時該以淚洗面，還是兩手一攤無所畏懼。哭泣顯得自己太可憐，不在乎又彷彿自己玩世不恭。她找不到合適的姿勢，合適的眼神。有些恍然，她甚至搞不清自己真正的感受，彷彿程序出了問題，她不過是誤入了一場錯亂的遊戲，其實一切與她沒什麼關係。

九

「如果之前不算，那麼今天我們正式分手吧。」謝點點微笑。

「沒有迴旋的餘地了嗎？」

「必須坦誠地告訴你，我沒那麼愛你，被你的消失折磨得死去活來，跟愛也沒多大關係，更多的是面子問題。」

「這都是天意弄人。我已經夠倒楣的了。」

「所以，別把我拉進你倒楣的人生吧！不管怎麼樣，讓一切過去吧。朱先生，忘了大明湖畔的謝雨荷吧。沒人在等你。」

謝點點哭了。那一刻像傳說中迴光返照的瞬間，大腦會在極短的時間裡彙聚極大的信息量。她想起他消失的那晚，她一個人哭了一整晚，她想起她獨自耐住剩餘的旅程的焦躁，她想起她獨自回國的倉皇。一切顯得那麼不真實，這段她曾經以為漸入佳境的感情，細想來竟是這麼無事生非，彷如父母死去在遺囑裡忽然抖落出她其實並非親生的事實，太晴天霹靂。她不管他到日本到底幹什麼去了，是整容，是倒賣軍火，是精神分裂發作，還是真如他所言是倒楣催的車禍失憶，她不願再和朱洋有任何瓜葛。她的好奇曾經蓬勃了一年，如今終於黯然平息，他的驚濤駭浪，她無意再分享。沒必要細嚼慢嚥把一切都打聽個底朝天了，她需要一個正常的人生，他是不是負了她，已不重要。這一切必須為她正常的人生讓路，必須囫圇吞棗地過去。對於擦肩而過的人和事，是不是真相其實沒關係。

兩人沉默了一陣子，謝點點起身離去。

她像一個艱苦抗癌成功的病人，小心翼翼怕再沾染了什麼致病的壞東西。朱洋，這個她曾以為牢牢掌握，後來發現遙不可及的傢伙，她想就此忘記。她邊走邊擦著淚，心頭湧起一股古怪的欣喜，她終於得到了一個解釋，有了一個歸於平靜的徹底的告別。

春夕

一

江小諾洗過臉，發覺鏡子裡的面孔暗淡蠟黃。這一晚，什麼都不想，睡個清靜的好覺，明早不想再見這可惡的蠟黃。她塗上眼霜、爽膚水、精華素、晚霜、睫毛增長液，對著鏡中人笑了笑，朝臥室走去。可這幾步的路，她就已然開始胡思亂想了。我塗的是晚霜還是感傷？怎麼每每洗完臉擦完面霜，就又開始琢磨心事了，自己都勸不住自己。

懊惱地躺在床上，江小諾又開始了近兩個月來的睡前必修思考題：那個人到底姓什麼？是怎樣一個人？她簡直是個不按軌道奔跑的瘋狂競技者，你可以不給她冠軍，卻抓不住她。

白日裡風風火火，生動愉悅得不由分説，想難過一下都逃不出那種忙碌。一到臨睡時，電視關了，電腦關了，手機關了，燈也關了，活潑的內心陡然安靜，開出傷感的花。戀愛是危險的，愛上一個人總是試圖占據他的所有，現在未來自不必說，連不曾遭遇的過去都成了掠奪的陣地。那時我沒有出現。那時是怎樣的？沒有愛我的時候你愛著誰？江小諾無法自拔地掙扎在這種反覆的無趣的思考裡。一貫沾枕頭就睡著的她，竟然養成了睡前煩心一到兩小時的惡習，快兩個月了。她每晚都是把自己累睡著的，因為實在想不明白，重複的腦力勞動折磨得她頭昏腦脹快快睡去。如果睡眠可以被稱做短暫的死亡，江小諾每晚都是死不瞑目的。

午夜的窗外以黑為主，月亮被屏蔽在高樓後邊，路燈和沒睡的人家像閃亮的夢。一輛白色轎車倏地開過，像莫名的念頭一閃而過。江小諾氣急敗壞，空洞地看著窗外。只有一截線頭，後邊全無頭緒，怎麼想也不過是愚蠢的循環論證。江小諾決心擺脫孤軍奮戰的困境，尋求外援。她像個終於說服自己放下高傲的學生，怯怯地詢問同學，那道死活弄不明白的題目。她打算問問徐子清，也許他可以幫她解開全部的迷惑。

徐子清是江小諾的初戀情人，兩人十七歲讀高中時有過一段被定義為早戀的朦朧情感，偷偷開始又草草結束，基本誰也沒受傷。他倆都愛趕時髦，一看老師家長都視早戀如洪水猛獸，反倒來了頂風作案的興致，於是誇大了淡淡的好感，眼急手快魚找魚蝦找蝦地接上了頭，極具表演性質的敢愛敢恨了一陣子。新鮮過後，又覺得不過如此，商量商量好合好散地退回了朋友的位置。光陰似箭十年過去，兩人倒成了兩肋未必一肋插刀沒問題的密友。到底曾經頂著男女朋友的名號出雙入對過，默契還是有一點的，愛情沒可能，友情大大的。徐子清結婚時還故作沉痛地向江小諾道歉，說今生有緣無分，叫江小諾別等他了，免得苦了自己。江小諾也配合地血淚控訴，說徐子清耽誤了她一生，耗盡了她全部的愛情。十年如一日的打情罵俏充斥著他們的交往，越是調情就越清白，再桃色的話從他倆嘴裡說出也帶著惡搞氣息，反而沒了一點曖昧。兩人成了兄弟、姐妹，超越了性別，親、清白，比愛情更寬容，更不計較。徐子清總是大大方方把江小諾介紹給他歷任女友和後來的老婆，每次都痛心疾首地說：江小諾，我當年一失足成千古恨的初戀。江小諾也把後來交往的兩個男朋友帶給徐子清過目，還總指著他說：就是他，褻瀆了我神聖的初戀，給我往死裡打！好像誰也看不上誰，其實還真不是一般瓷實。

徐子清馬不停蹄談了四五次戀愛，終於急三火四地娶妻生子，只爭朝夕地進入了穩定階段。江小諾卻不緊不慢，眼看奔三了，還編著倆小辮偽裝純情少女。十八到二十七，她只談了兩次戀愛，一次四年，一次也是四年，前一次被甩，後一次甩人，做了兩次無用功，沉寂兩年，臉上總是帶著一種不慌不忙的潔身自好。徐子清美滋滋過起了小日子，但還算致富不忘眾鄉親，態度嚴肅地給江小諾介紹了個對象。對方是徐子清老婆的大學同學鍾澤，碩士畢業留校當老師，熱衷學術鑽研，為人誠懇踏實，前途一片光明。還真是馬到成功，江小諾和鍾澤相見恨晚一拍即合，初次見面後就再不用介紹人操心，積極主動地開展不間斷的約會活動。據江小諾說，乍一看覺得長得有點木，但一聽聲音就被電昏了，整個一傳說中已經絕跡的金嗓子啊！

江小諾是錄音師，聽過的好聲音多了去了，被一個非專業的嗓子迷倒還真有點匪夷所思。但也可以這麼理解，一個對聲音極敏感的優秀錄音師，終於與幻境中最動人的聲音狹路相逢，那場面自然電光石火。那是一種芳香指數升到最大，彷彿即將發霉，溫潤飽滿無與倫比的聲音。成熟，卻無煙火氣息。江小諾本來堅信介紹對象是非常低俗愚蠢的欺侮消遣單身青年的行為，並以尚未走出失戀陰影為由推諉多次，卻在見到鍾澤或者更準確地說是聽到鍾澤聲音的瞬間後悔了，後悔自己要大牌裝清高，拖延了跟金嗓子的碰面。兩人你情我願互動良好，一年光景已互見家長，每週末江小諾去鍾澤家過夜，漸入甜蜜穩定的佳境。雖說誰也沒提過結婚的事，但依著這樣穩健的發展狀況，拜堂幾乎毫無懸念指日可待。該琢磨的簡直是兩人結完會不會離，壓根不用懷疑結不結。江小諾依舊編著兩根小細辮，臉上卻添了幾分少婦的風情。障礙是出在最近兩個月的，江小諾不動聲色卻異常糟心，她對著鍾澤依舊笑得齜牙咧嘴，晚上卻經常眼瞪天棚獨思忖。

二

「今天午休和我一起吃飯啊！」江小諾起床就撥通了徐子清的電話。

「我中午……」

「少廢話。我要死了！」

「哪天出殯？我去就是了。」

「你再廢話我先掐死你再說。中午見。」江小諾不等徐子清回答就掛了電話。她急於求助，卻一點求人的態度也沒有。

「親愛的，咱吃什麼？」徐子清又把電話打回來了。

「泰國菜不行，自助不行，火鍋不行……你隨便吧。」江小諾琢磨著說。

「這也不行，那也不行，我隨什麼便啊！我隨地大小便啊！痛快點，什麼行？」徐子清也急了。

「我哪知道什麼行！你一男的能不能有點主意，你定。我上午要錄一重要的廣告，不跟你廢話了，你選個安靜點的地方短信我。」說完江小諾又掛了電話。她對別人都特有禮貌，一到徐子清這兒就自動變生猛了。

結果兩人又毫無創意地在江小諾公司西邊的家常菜碰面。沒走幾步路，吃什麼也不重要，江小諾象徵性抱怨了幾句就點菜了。一品富貴肘，他倆吃飯的保留菜。江小諾愛吃肉皮，徐子清愛吃肉，兩人多年來分工明確合作愉快，總是三下五除二就消滅一隻豬腿。這個菜，江小諾跟別人吃飯不好意思點，而徐子清媳婦蕊妮基本就是素食。

「我跟你真是沒話說，沒一句好聽的。你瞧你電話裡那態度，消防車也沒你那麼牛啊！」徐子清不拿好眼神看江小諾。

「沒話就不說。看不慣啊？看不慣以後你不用理我了！」

「大姐，我沒說看不慣。我愛看，愛看行了吧？」

「誰管你看不看。我跟你說，我有任務交給你完成。幫打聽個人，女的，叫春夕。」江小諾雖是一貫的刺頭語調，卻還是透露出些許不好意思。

「春天的小溪啊！長什麼樣？小家碧玉吧？」

「夕陽的夕。你哪來那麼多廢話！我沒見過，估計錯不了。」

「上哪兒打聽去？給個接頭地點呀！我又不是中央情報局。」徐子清憤然道。

「我被你噁心暈了，忘說了。跟你媳婦蕊妮打聽，儘量別暴露出是我要打聽的。我懷疑是鍾澤的前女友。」江小諾壓低了聲音，瞇了瞇眼睛。

「嘿，瞧你們女的關心的那點破事！想知道你自己審啊，你們倆在一起那麼長時間，你連個前女友的案子都沒查出來啊！」

「之前那個我知道，這個不知道是前幾個，老皇曆了。是我最近不小心發現的線索。你也知道我愛裝瀟灑，不好意思婆婆媽媽的，沒拉下臉打聽。」

「合著你還裝心胸開闊，沒露出小肚雞腸的狐狸尾巴呢！」徐子清樂不可支。

「我還真不怕告訴你，本來沒什麼，但是架不住天天想，越想越嚴重，每天升級，我現在動不動就睡不著，甚至懷疑是他前世的戀人穿越輪迴來認領他了。我這個危機感哪！」江小諾作一言難盡狀。

「你也有今天啊！當年我和哪個女生一起在操場坐會兒，你連推帶搡，大耳貼子也不是沒上來過，現在怎麼這麼黛玉了，還半夜獨憔悴！」

「你也不看看你跟那女的，那餅臉妹，腳上還有灰趾甲。你說她倒藏起來呀，還老趿拉一破涼鞋。顯擺灰趾甲呀，一個傳染倆呀！你當時名義上不是在我手下嘛，跟那麼一女的發賤好像審美有問題似的，多丟我臉啊！我不管能行嗎？我那是為你好，也是為我的面子。你腳踩兩隻船也得差不多啊，別一個五星郵輪，一個小破木頭板，也不怕把你腿劈折！」江小諾邊吃肉皮邊嚷嚷。

「就你還五星郵輪啊？撐死算個小汽艇吧！再說你別老造謠行不行？我跟她根本就沒怎麼樣，就你們這群無知婦孺瞎編派。」徐子清一臉無辜，急於洗刷十年前的不白之冤。不過這基本是枉然，都洗刷十年了還沒洗淨。

「你說那女的，除了質樸，壓根沒優點啊！腦袋還笨，你看上她哪點了？我至今很好奇。」

「少來！我連質樸也沒看上。就是你們這些亂七八糟人傳出來的。我挺帥一小夥，憑什麼跟她呀！我太虧了我！」徐子清都快哭了。

「我怎麼造謠了？咱們全班都知道，你爸媽也知道，鐵證如山！」江小諾非常嚴肅。

「廢話。大家都造謠，我爸媽能不知道嗎！」

「你這是要無賴，我那時候熱愛學習，沒空造謠，尤其是造你這種人的謠。」

「我冤死了，我一輩子洗不清了。」

「洗什麼洗！跟那妞有過一段回憶，這事已經定性了。」

「我跟你那段比她長！」徐子清擠眉弄眼。

「我可真給她面子，還跟她爭，我可沒那閒心。」

「多少年過去了，還在意！不要為了我傷了女同學之間的感情嘛！」徐子清有點得意。

「我煩她。」

「我說，你煩得著人家麼？又不是一個班的，你壓根不認識人家，沒有調查沒有發言權，不要為了男同學爭風吃醋！」

「還用得著調查嗎？長那樣，跟少年閏土似的，還裝嬌羞，以為自己是洛麗塔呢！明顯是道路跑偏啊！我就煩她，怎麼著吧？」

「您煩，我嚴重同意！」

「你同意，你吃屁！」

「打我認識你，你就沒文明過。」徐子清差點噎著，邊喝水邊抱怨。

「那也不耽誤我是宇宙超級美少女。」

「還美少女，都快成老薑了！」

「也是，真是老了，竟然大中午的無聊到跟你算十幾年的老帳。」

「還算帳，你當年不分青紅皂白揍了我一頓，根本什麼都不知道。過程複雜著呢！」

「啊？還有過程呢？快講講，我最愛聽別人的陳年往事了！」江小諾基本完全忘了此行的目的，眉飛色舞地來了情緒。

「瞧你那張著嘴要偷窺的小人樣！我告訴你，我還真就懶得回憶，沒空滿足你的小人心理。」

「你是歲數大了記憶力減退吧你！難道是你們酒後亂性，你不得不對她負責？」

「滾，我有那麼沒品嗎！」

「還算說句明白話。老帳算完，你被基本原諒！你買單！」江小諾很少跟徐子清客氣。

「姐姐，你今兒說要死了，卻原來找我就是為了算舊帳。難不成你打算把之前的誤會都解釋清楚，跟我鴛夢重溫重新開始？」徐子清估摸著江小諾又遺失了早晨重要的主題。

「我毀容了我，找你這麼差的濫竽充數！還不是你打岔打的。就是那事，春夕——鍾澤記憶裡魂牽夢繞的神祕女。」

「你就拿出對付我這能耐，想法讓他自己招了，掌握第一手資料，今後也好要挾他呀！」

「你當他是你呢，狗肚子裡裝不了二兩油。不打自招不可能，打了傷感情，招的也未必是真的。就是興師問罪，也得先掌握點情報。咱還是曲線救國吧。交給你了，辦不好就提頭來見！」江小諾做了個向下砍的手勢。

「把興許人家自己都忘了的過去挖出來，你覺得有意思嗎？」

「非常有意思，十分有意思，太有意思了！」

「閒的你。」

「沒用的少說。這件有意思的事交給你具體操辦，去挖吧，挖得越多越好！」

「你真是條漢子！」徐子清撇了撇嘴，無奈。

三

本是想找徐子清訴苦，但最後都變成了油腔滑調的發洩。上一秒還是憂傷的羊，一見著徐子清立馬變成咋呼的鳥，這都成習慣了，想改也難。不過這樣也挺好，每次見完徐子清心情都多少有些改善。徐子清結婚後兩人見面的次數減少了許多，多數都是兩對情侶四人吃飯，單獨見面少之又少。雖說他倆比小葱拌豆腐都清白，但江小諾還是懂得避嫌的。整天有這麼一認識自己老公比自己早好多年，還大言不慚頂著初戀女朋友名號的女的在眼前晃，擱誰也得琢磨琢磨呀。怕招惹不必要的麻煩，江小諾對徐子清老婆特熱乎，生怕被當成假想敵天天遭咒怨。而且跟鍾澤好上後，閒暇時光基本都用來約會了，也沒精神和體力多搭理徐子清，倒是偶爾上街約上他老婆，兩個女的喝喝東西逛逛商場議論議論男人。人家倆人日子過得風生水起，江小諾和鍾澤也溫暖纏綿，情節就像最溫吞的肥皂劇，你好我好大家好，池魚歸故淵。江小諾忽然覺得不太好，是因為那個多此一舉的驚喜。

前陣子鍾澤隨學校的代表團去加拿大交流，半個月。不知是出於想念還是應景，鍾澤頻頻打來越洋電話，關懷著江小諾的飲食起居。平時在一個城市窩著，也沒這麼一日不見如隔三秋，這一跨出國門，思念也水土不服地狂躁起來。那份隔山隔水的體貼通過話筒傳來，江小諾簡直幸福得想發瘋。她迷戀他的聲音，毫不猶豫地決定交往主要來自對金嗓子的神往。鍾澤中等身材，勉強算是濃眉大眼，相貌上並無過人之處，雖透著幾分飽讀詩書的斯文，但誰一時興起把他扔人堆裡還真是給自己添麻煩——找起來費勁。可是一張嘴就不一樣了，他的聲帶簡直是一座宮殿，聲束從裡邊走出帶著極拔俗的高貴。據說有一次他喉嚨疼，去醫院看病，耳鼻喉科的大夫讚嘆地說那是他見過最漂亮的聲帶，天生唱歌劇的料。哎，最打人的地方長在身體內部，真是不折不扣的內秀。不過還真是有一貨有一客，偏偏鍾澤的聲音被江小諾逮著了。江小諾認為那嗓子神了，落葉聽完狂飛舞，河蚌聽了乖乖吐珍珠，玉兔聽完不搗蒜，熊貓聽了想染黃毛，牛魔王聽著撕了芭蕉扇，關雲長聽完丟了赤兔馬，她江小諾聽著聽著就聽上癮了，恨不得幻聽裡都是那聲音。

「小諾，是我。」就這四個字，江小諾一聽一激靈，一年了還沒免疫呢。

「還好嗎？」

「不錯，就是想你。」這嗓子配上這內容，誠心勾搭人啊！

「我也想你。想得我內分泌失調都要重新長個了！」小諾個不高，潛意識裡總惦記再長點。

「那你可控制住，回頭再比我高，我可不習慣仰視。我想你想得都想不起來你什麼樣了！」

「你能想像的最美的樣子，不用說，那就是我。」

「我真不是開玩笑。我特想特想你，想閉上眼睛想像你的樣子，結果雖然感覺很美好，但是一片模糊。」

「這個好解決。錢包裡放張咱倆的合影不就得了。」

「俗。」

「你不俗，那你談什麼戀愛呀！」江小諾忽然下定決心，要占領鍾澤的錢包，讓他一掏錢就看見兩人在裡邊凝固的恩愛。並且她認為這將是一個驚喜，她要偷偷把照片塞進去。老大不小還保留著懷春少女的幼稚，也不知是不是吃了什麼藥延長了青春期。

還沒等鍾澤從加拿大回來，江小諾就選好了照片，經過層層篩選，兩人夏天在動物園的自拍合影脫穎而出入了江小諾的法眼。怎麼把照片巧妙地塞進錢包占據了整個頭腦，代替了她對鍾澤的想念。後幾天，她心急火燎地盼他回來，壓根就不是想念人，是卯足了勁兒要偷放照片。她摟著他脖子一頓敷衍，像老電影裡女特務一樣賊眉鼠眼，目標過於明確經驗過於單薄。她催著鍾澤趕緊去洗澡，用熱水沖走灰塵和疲憊。聽著衛生間嘩啦啦水聲穩定住，小諾賊一樣躡手躡腳地靠近了鍾澤的錢包，好像要把準備多時的砒霜倒進他的酒杯，心跳加速，緊張忙亂。她掏出褲兜裡的照片，想說時遲那時快地塞進錢包，卻還是犯了容易被沿途風光吸引耽誤到達終點的毛病。她被透明層裡鍾澤的身分證拽住了，新版彩色的身分證上他目光遲滯臉色灰暗，像中國版的阿甘，比阿甘營養不良。真難看，證件照片裡的人總是像犯了小案子的倒楣蛋。要是取消身分證就好了，一切靠聲音識別，一張嘴就知道是誰，那時鍾澤會顯得多出類拔萃，那個嗓音最玄妙動人的男人，就是他。快打住，江小諾算是及時拉回了自己亂竄的思路，抓緊製造驚喜。她把合影往裡塞，卻不小心碰出了裡邊的東西，身分證和一張卡片掉出了鍾澤的錢包。拾起散落的證和卡，江小諾敏感地怔住了。那隱藏在身分證後的小小紙卡片，是一張暗黃、有毛邊的鋼筆畫。沒有折痕沒有汙染，看得出卡片一直被小心謹慎地保存，但它還是舊了，從紙自身滲透出的舊暗示著時光帶來的衰老——它被精心完好地保留並且年代久遠。畫面上長頭髮小鼻子的女孩微微側著臉，右下角寫著「春夕」二字。江小諾猜測並且馬上確認，那兩個字是女孩的名字。她冷靜地將卡片和身分證塞進去，保持了錢包原有的姿態，迅速遠離那錢包坐在沙發上，打開了電視。她把剪裁好的兩人的合影攥在手心，下意識地用力捏。動物園裡兩張燦爛的笑臉重疊、碰撞被揉搓成一團垃圾。驚喜被扔掉了，圈地運動中途失敗，羞恥感籠罩著江小諾。她想進駐鍾澤空白的錢包，卻發現那早就有人駐紮。她以為他不放照片是太木訥清高，卻原來是另有緣由。

「加拿大真沒什麼好帶的，自由活動的時間也不多。我估計這個你能喜歡。」鍾澤洗澡出來就直奔行李箱，掏出大大小小瓶瓶罐罐，全是化妝品。

「MAC！你怎麼想起買這個了？」江小諾組織起一臉笑容。

「那些女老師都買，說這個是加拿大產的，很划算。」

「聰明。」江小諾擺弄著眼線液、睫毛膏、卸妝油、隔離液、粉底，心想果然是個心細的人，做事讓人挑不出毛病。

「領導滿意嗎？」

「下次繼續努力。」

那晚江小諾盯著睡著的鍾澤看了又看，她想在他臉上找到蛛絲馬跡，破解有關春夕的密碼。沒有線索，她又偷拿出他的錢包，反覆看著卡片上女孩的臉。鋼筆畫，看不出年齡，相貌也很難形容，幾乎和任何一部日本漫畫裡的少女都很相似，但是筆觸確實動人，彷彿有濃稠的愛堵塞在筆尖，至少江小諾嗅到那種氣息。這個叫春夕的女子，她是誰？姓什麼？是他的初戀情人嗎？潛伏在他生命裡多久了？為什麼事過境遷他還久久難以釋懷？當初他們為什麼要分開？是誰離開了誰？難道他這座佛，終究屬於她的寺？她恨恨地覺得，自己中了埋伏，進了那個叫春夕的女子布下的包圍圈。此後這一連串的問題夜夜來訪，如影隨形成了江小諾睜著眼的夢魘。

四

「搞定了沒有？」江小諾嚷嚷。她一般都在上班時間給徐子清打電話，省得他老婆亂琢磨。

「什麼搞定沒有？」
「什麼什麼？你又沒把我的事放在心上吧，這都一個禮拜了，連個屁都不放。」
「不就是那什麼春夕嘛，為了這事，我差點沒累死。」
「別說沒用的，革命沒成功你死了也不算烈士，到底打聽出來沒有？」江小諾是真著急。
「沒。」
「你想交白卷啊？」
「求人辦事就給我謙恭點，別好像我求你似的。中午請我吃飯，拿肘子換情報。」徐子清得意地笑。
「就你這點出息，拿肘子就能換的情報，也叫情報啊！」
「不想聽就算了，我這人挺矜持的。」
「人家開玩笑呢，子清哥哥，告訴人家嘛！」
「打住，我早警告過你了，平胸最好別發嗲。中午我接你，發現個新地方，刨冰不錯。」
「你早點啊，我今天沒什麼活兒。上午主要就是在網上鬥地主。」
「夠頹，等我吧。」
徐子清領的地方竟然是江小諾去過的，一個月前那所謂的台灣料理開張，他們公司被請去策劃，一起吃的開業飯。記憶猶新的是味道寡淡的海南雞和肥厚油膩的黃瓜。

「就這兒啊？你誇他們飯好吃，他們沒給你寫感謝信啊？」江小諾一臉鄙夷。

「怎麼個意思？本來就挺好吃的呀。你哪那麼多不滿意！」徐子清又無辜又憤怒。

「我剛開張時候來蹭過次飯，純屬瞎糊弄。」

「那依您的意思，咱們改戲？」

「是的。你必須同意。」

徐子清一臉寒霜地開著車，旁邊坐著趾高氣揚的江小諾。

「真是一著走錯滿盤皆輸，我當初怎麼能看上你呢！看上就看上了，一錘子買賣，完了也就完了。我又為什麼要裝文明裝豁達，跟你做了好朋友呢！你這一天非打即罵的，我欠你的呀！」徐子清說的還真是實話。

「收起那一套！別跟家庭婦女似的，讓我更看不上你對你沒好處。」江小諾在徐子清這兒就從來沒動過惻隱之心，任你說什麼，她都死豬不怕開水燙。

兩人在徐子清中意的台灣餐廳附近轉悠了一圈，最後無奈地進了家麵館。

「大老遠就吃這個，這店我們家樓下就有。」

「那怎麼了，誰讓你挑那家海南雞那麼難吃的！」江小諾永遠振振有辭。

「咱可以不吃海南雞，吃別的呀！」徐子清邊說邊看著畫著各種麵條的菜單。

「你動動腦子行不行！台灣海南雞飯做得難吃，別的還用嘗試麼？一女的沒嘴，你還用討論她是不是美女麼？除非是hello kitty！」

「我上輩子可能把你殺了，不然不可能現在老得挨你收拾。我忍。」

「就你還把我殺了？你瞇著吧你。搞不好我上輩子是你姥姥，你這叫盡孝道。」

「我，我真想踢死你！」

例行的相互貶損階段過去，兩人開始悶頭吃麵，直到麵被殺光只剩兩碗湯，江小諾才開始要情報。

「說吧，我怕你先說了我吃不下去，再浪費了麵。」江小諾異常嚴肅。

「挺住啊，小諾。那個春夕是個有錢人的遺孀，和你一樣，喜歡鍾澤的嗓子，就出錢把他包了……」

「滾。少扯。」江小諾翻著白眼。

「其實就是一女網友，兩人在網上聊得情投意合，終於忍不住一探究竟。見面了，長得飛沙走石的。鍾澤受不了這落差，自己畫了一個，安撫受傷的波動春心。」

「你能不能說人話，頭半句我都差點信了。」江小諾隔著桌子打徐子清，拿她嚴肅的焦慮開涮，是很不人道的。

「哪裡有壓迫哪裡就有反抗。你沒事就侮辱打擊我，不許我也刺激刺激你呀！」

「那我走了，以後老死不相往來。」江小諾站起來，裝作要離開。

「別學這個，咱不學這個。跟一沒文化小丫頭似的，動不動憤然離席。沒人慣著，還裝得脾氣挺大，丟人！你身上也沒這些不入流的毛病啊，怎麼還歲數越大越不著調了！」徐子清也沒攔著，很來氣地說。

「少廢話。沒情報別想白吃我飯。有情報就快呈上來。」江小諾真不耐煩了。

「情況很簡單，您老多慮了。那個春夕是鍾澤小時候的鄰居。兩人家住一棟樓。小時候不怎麼熟，後來初中分到一個班，兩人天天一起上學一起放學，也算青梅竹馬兩小無猜吧，就跟咱倆差不多……」

「麻煩您別把自己往裡扯，繼續。」

「我壓根沒想停啊，是你打岔，提一下我怎麼了？我就那麼不值一提啊！說到哪兒了？」

「一起上學放學，青梅竹馬。」

「對，就是這麼個關係。兩人誰也沒表白，但估計互有好感吧，挺互相幫助的。後來高中時候女孩搬家了，也轉了學。開始兩人還通通電話寫寫信，後來學習忙家長也干涉，慢慢就淡了。等再想起來聯繫，女孩家電話已經打不通了。」徐子清說著，兩手一攤，配合著兩人失散的慘淡結局。

「這就完了？我怎麼覺得像你編的呢，也太沒創意了。」

「平淡的才是真的，那些有創意的才是編的呢。我沒事編這些幹什麼，打聽著我都嫌丟人。」

「這也算初戀吧，還挺美好的。」

「那是，你當都跟咱倆似的，初戀與愛情沒關，還糾纏了這麼多年，孽緣啊！」

「你說，他是不是一直惦記著那女的呀？萬一哪天那女的也把他想起來了，再來個破鏡重圓，那我上哪兒說理去呀！」江小諾有點擔憂。

「不可能。你想啊，鍾澤家電話又沒換，她要是想聯繫，當時應該告訴鍾澤啊。是她已經拿鍾澤不當回事了，無所謂了，才斷了聯繫的。再說都這麼多年了，誰還放不下誰啊，你當是古代啊！」

「難說，萬一她感情受挫，想起鍾澤的好了，再想吃回頭草呢？」

「哪那麼多萬一啊！沒影的事，瞎琢磨這些，真是把你閒的！不信你現在再回頭找我試試，我根本不會接招的。」

「少臭美！得不到的才是最好的。」江小諾喃喃地說。

「陳芝麻爛穀子的，誰沒點初戀小祕密呀，珍藏的不過是那點情緒，跟人沒什麼關係。別庸人自擾。而且你絕對應該感謝這個人，蕊妮說鍾澤大學時特安靜，不近女色，這個春夕幫你困住了他。他一直沉浸在挫敗裡，避免了更多感情啊，正好保留著清白跟了你。現在對你熱情如火的，證明他已經完全走出了那檔子事。」

「她姓什麼呀？」江小諾不理話茬。

「我媳婦說有點記不清了，好像姓遲。」

「遲春夕。」江小諾若有所思地念叨著。

「喂，妮子。」徐子清接起鈴鈴作響的手機，表情諂媚，「我跟客戶吃飯呢……是啊……對……拜拜。」是他媳婦，他想表現平靜，卻還是帶著支支吾吾的意思。

「你家蕊妮？」這屬於明知故問。

「Yes。」

「跟客戶吃飯呢？我是客戶啊？」江小諾看出了徐子清的尷尬，卻還想擠兑他。看來蕊妮到底是計較的，江小諾還是被算做了子清的前科。

「怎麼不是客戶啊！你不是雇我調查你男朋友的情史麼？我是私人偵探啊。」徐子清腦子還挺快。

「對了，你沒讓蕊妮知道是我打聽的吧？」
「沒有。我裝作有一搭無一搭分幾天問的，沒提你。」
「辛苦你了，以你的智力，做到這樣已經不容易了。」

五

遲春夕。這名字真好聽啊。她應該梳著濃黑的齊肩髮穿著雪白的連衣裙吧。江小諾靠在床上想。她還是睡不著，索性坐起來，靠著枕頭慢慢想。李普曼說「要像愛自己一樣愛自己的鄰居」。鍾澤倒真是不遺餘力地做到了，甚至在鄰居搬走以後還堅持著。他竟然有這麼一段青蘋果般的初戀，真是讓人肅然起敬，他那平凡的外貌看起來不像青春言情戲的男主角啊。江小諾簡直有幾分得意，她的男朋友從一條乾淨的大路走來，身後是曲折卻動人的過去。然後，她又黯然了，自己與鍾澤相識已經是庸俗實際的年齡，那些真摯潔淨的時光他與別人一同度過。最初的心動，最乍暖還寒的愛戀，他都給了那個女孩，那個叫遲春夕的女鄰居。越是沒發生什麼，越是讓人遺憾。本來挺稀鬆的女人，一旦進了回憶的殿堂就會被鑲金戴銀，發出比聖母還聖的光。就連自己這個沒見過她的人，都不敢把她想得難看，而實際上，初中高中的校園裡哪有那麼多漂亮姑娘啊！哪能誰的初戀都趕上仙女下凡啊！哪有那麼多董永啊！要真把那遲春夕叫到跟前，或許比都不用比江小諾就贏了。可現在她在回憶裡，永遠年輕，永遠熱淚盈眶，永遠走在上學放學的路上，是雨過天晴清新空氣裡那道永不褪色的彩虹。他把卡片藏在證件後面，以最隱匿忠誠的方式暗示著他的難以忘卻。那遲春夕占了先來後到的便宜，縱然武功盡失，還霸占著武林盟主的位置。解鈴還須繫鈴人，難道這繫鈴的遲春夕一失蹤，傷痛往事之鈴就得永遠響叮噹嗎？

唉，思緒快馬加鞭，江小諾竟然產生了莫名其妙的屈辱感，覺得自己抓在手裡的寶貝，是遲春夕多年前的棄物。她與鍾澤能夠勝利會師，追本溯源與遲春夕少女時的決絕了斷有關。然後她又替鍾澤抱不平，想質問遲春夕有什麼理由就那麼消失，換了電話也不通知一聲，好像鍾澤和春夕一路歡聲笑語走進婚禮的教堂她才能滿意。

終於掌握了一些信息，好奇心非但沒得到滿足，反而因吃了點開胃菜更加飢餓起來。江小諾按捺不住探究的欲望，總想知道更多。遲春夕這個名字吞不下又吐不出，駐紮在她嗓子裡，看到鍾澤就呼之欲出。她像個敬業的娛樂記者，以揭密愛恨情仇為終極目標，知道得越多越好。

週末她去鍾澤家過夜時，幾次吞嚥掉那個名字，險些把它扯出嗓子。兩人平時各住各的，偶爾吃飯看電影，週末則晝夜相聚，以閒散的居家生活提前感受著婚姻模式。每到週末，江小諾都會欣喜地扎進「你挑水來我澆園」的幸福生活。他做飯，她洗碗，又新鮮又適應地黏糊在一起。可這次她心不在焉，表情遲鈍又機警，一直思忖著要如何探探鍾澤的口風。

「你小時候想找的女孩什麼樣？」江小諾覺得怎麼說都差不多，類似的問法也一樣愚蠢。

「沒什麼特別，就那樣。所有電視劇動畫片裡女一號那樣。學習好品德好，五講四美三熱愛，活潑大方高姿態。」鍾澤搖頭晃腦的。

「真無聊。就沒個什麼具體形象，比如同桌、女鄰居什麼的？」江小諾都覺得自己不會繞彎子，兩句就說到鄰居上了。

「你是電視劇看多了吧？我們院女孩都義正辭嚴的，雄性荷爾蒙分泌過剩，倒胃口。你當都跟《陽光燦爛的日子》似的呢，有一米蘭那樣的尤物！」

「嘿，那你少年時代過得夠苦的，跟一堆女政委一起茁壯成長啊！」江小諾誘供失敗。

「你以為呢。哪像你和徐子清那麼幸運！小小年紀就愛得驚天動地的，分手後還捨不得反目。」鍾澤的嗓子配上這種話，效果很怪異。王子不該酸溜溜啊。

「初戀這麼溫軟的話題，把徐子清那種豬頭扯進來幹嗎！」江小諾偷雞不成反蝕把米，她知道她和子清其實沒什麼過去，鍾澤裝作麻木，內心還是有些在意。

幾分鐘的沉默，兩人都盯著電視，好像本就是隨機的談話，誰也沒經心。江小諾可以確定鍾澤在想徐子清，就如同她在想遲春夕。至少徐子清是活靈活現的，他長什麼樣，住在哪兒，他的手機號，都非常具體。甚至他老婆，他兩歲的兒子，他父母，他最親密的人都是暴露的，在江小諾和鍾澤的視線裡。如果鍾澤容不下徐子清，心理變態地想加害於他，他可以打電話把他約出來，殺掉他，可以綁架他老婆他兒子他父母，可以到他單位去大吵大鬧，總之如果鍾澤拉得下臉，可以使用一切低級的卑劣的丟人現眼的手段去糟蹋徐子清的生活。但是江小諾不行，她每天猜測著春夕的樣子，不能確定她是不是真的姓遲，任她在頭腦裡模糊卻鋒利地閃爍，卻無法把她揪出來對峙。她知道那不過是尋常的初戀故事，卻想不清楚鍾澤為何耿耿於懷——她還在他錢包裡，她還沒有徹底離去。說不定鍾澤是個沒病死的梁山伯，心灰意冷，用殘生懷念著祝英台。她江小諾不過是以茶代酒的替身，無足輕重，可以是她，也可以是別的什麼人，遲春夕才是他情感裡藕斷絲連的永遠的鄉愁。

「初戀情人呢？初戀情人漂亮嗎？」江小諾不甘被他的過去制服。

「做我的初戀情人吧。過去的一切我都不想回憶不想承認了。除了你。」

鍾澤用最漂亮的聲音載著最漂亮的句子結束了江小諾刨根問底的間諜話題。四目相對，嘴唇輕觸，江小諾為自己敗下陣來暗自嘆息，也為那切斷回憶的發願悄悄滿意。不知他是太真誠還是太老到，這漂亮的聲音的肉身，相處一年多了，卻還是一個謎。真有趣，她深情地摟著一個謎。

六

「你點吧。我一點就又點出葷的了。」江小諾把菜單推給蕊妮。

「我不愛點菜，你來你來。」蕊妮又推回來。

「你點吧，我補充。」江小諾就不明白，跟蕊妮幹點什麼怎麼就從來沒痛快過，總要幾個回合拉鋸她才滿意。明明挺熟了吧，她還總那麼客氣，明明一直挺客氣，她還總裝推心置腹說些其實很官方的話題。和這類人交往，總覺得一回不生，二回不熟。

「那我當仁不讓，點些素淡的了。」蕊妮纖細的手翻動著菜單，端坐桌旁。

「好，好，正好排排毒素，我這一肚子油膩也該清理清理了。」江小諾應和著。她們倆每次吃飯點菜時都這樣推讓，她為了配合蕊妮的素食，幾乎次次都這樣說。子清第一次和蕊妮吃飯時，對她印象並不好。他跟江小諾說那女人名字和人都矯揉造作，飯量鳥一樣小，雖然不複雜但是很乏味。江小諾也不以為然，覺得子清那種無肉不歡的人如何也不會發神經跟一個素食者喜結連理。飲食是一生極重要的問題，與口味不同者朝夕相伴，那無疑是自殘的表現。卻不承想，一個月後子清再談起那女子，語氣就顛倒了，溫柔、體恤、透明、潔淨，這些乍看褒義其實虛空的詞頻頻被安排在蕊妮頭上。未見蕊妮前，江小諾就知道她一定是個以水包火，用無知裹挾精明，花活少不了卻沒什麼確鑿優點的能人。初次見面，印象與判斷完全吻合。蕊妮友好親暱低姿態的微笑，徐子清朦朧恍惚不聚焦的雙眼，江小諾馬上就知道自己要攢錢隨份子了，徐子清中了迷魂散，疾在骨髓，只能以毒攻毒舉行婚禮，多說無益。

蕊妮點的菜上來了，一個賽一個的綠油油，基本是本草綱目的不完全展示。江小諾每次與她吃飯都忍不住同情徐子清，這就是他每天的生活啊，像兔子一樣，吃草。

「這個不錯，不吸油，維生素多。」蕊妮淺嘗輒止地吃了半口菜，推薦給江小諾。

江小諾順從地跟著夾，心裡很抬槓地想，沒有維生素她照樣能維持生命。

「鍾澤還好吧？再過三四年副教授沒問題的。」前半句是問話，後半句又像是回答。

「他挺好。我們還不就那樣，哪像你們倆年輕有為的，孩子都有了。」

「哎呀，我們多傻呀。現在想想也不知當初幹嗎那麼急，還是你們這樣好，還甜蜜，還自由。我們現在天天雞毛蒜皮的，日復一日，沒新意。」蕊妮一副過來人的明白。

「都一樣，早晚都是雞毛蒜皮，一輩子風花雪月的那才叫恐怖呢！」江小諾心想，當初不是你哭著喊著沒有安全感，通牒徐子清要麼結婚要麼分手的麼！現在又說什麼沒新意，得了便宜還要賣乖。

「你跟子清說的一樣。我倒想一輩子風花雪月呢，哪有人配合呀！你們倆還真是一個路子。」蕊妮從不避諱江小諾和子清的默契，至少表面如此。

「我們是肉食者鄙。」說完江小諾後悔了，雖是自嘲，卻把人家老公劃到自己陣營了。

「你們都是想開了的高人。我還是無聊的小女子。」

「鍾澤也嫌我無聊，男的都那樣，總覺得自己挺了不起，女人都無聊。」江小諾應付著。

「鍾澤才不會呢，有名的柔情似水，恨不得給你摘星星摘月亮吧？」

「我要那玩意幹嗎！又大又亮的，他要敢摘我可跟他翻臉！太沒有集體觀念了，把星星月亮摘了，全世界人民的夜晚不就更漆黑了！」

「我估摸他特喜歡聽你說話吧！他喜歡快人快語的女孩。」蕊妮微笑著說。

「真有品味。我這是說話不經大腦。」

「他就好這口。大學時候那女朋友也是這樣的，思維活躍，說話智慧。」

「啊？他還真從來沒跟我說過大學時的女朋友。交代得不夠啊，只浮皮潦草地坦白了上一個，之前的人家都隱藏著呢。你這可是爆料啊！」江小諾隱約記得子清說鍾澤大學時一直沉浸在遲春夕帶來的感傷裡，沒戀愛。

「哎呀，我嘴欠了。以為他已經向組織交心了呢。」蕊妮擦了擦本就挺乾淨的嘴。

「都起了頭了，就乾脆都抖摟出來得了，實話跟你說，我現在特好奇。你不說我可逼供了啊！」江小諾說的是實話，她被那卡片搞得極好奇，恨不得連鍾澤幼兒園女同學的名單都掌握了，凡是她所不知道的關於他的信息，她都極有興趣。

「我們還是繼續吃飯吧，不胡說了。」

「謹慎過頭了啊，鍾澤可是你們介紹的，連個情史也不透露，太不夠意思了！」

「別我一說了再給你添堵。」

「沒事，我心比身還強健的。你說，他就是有個十八歲的女兒，我也受得了。」

「其實也沒什麼可說的，上大學時候的戀愛還不都是那樣。那女孩不是我們系的，外語系的，也不知道他們是怎麼認識的，好了兩三年，分手後鍾澤消沉了好一陣子呢！女孩也跟你這樣，腦子快，說話趕馬車似的，心直口快。對了，也愛編兩個小辮，特可愛。」蕊妮罩著橙紅色唇彩的嘴唇快速開合，讓江小諾無厘頭地想起唇亡齒寒這個詞語。

「那幹嗎分手？」

「大四實習時候，女的在實習單位變節了，跟一個台灣人好上了。」

「她把鍾澤甩了？」

「可以這麼說吧。據說那台灣人特有錢，鍾澤一直覺得是那女孩年輕，經不起誘惑。分手時候還苦苦挽留來著，要死要活了一段時間。」

「敢情也是個被侮辱被損害的。」江小諾嘴上依舊調侃，心情已經有些不好受了。

「當初是子清攛掇著要把鍾澤介紹給你的，我一開始還真沒打這譜。你們倆好上了，我一琢磨，還真不是一般合適！你呀，跟他原來那女朋友就是一類型的。」蕊妮又叼了兩口菜，表情快樂地說。

「那女的長什麼樣啊？」江小諾芒刺在背，卻還是忍不住問。

「個子不高，古靈精怪的，跟你一樣，小鼻子小嘴。」

「整半天我就是一盜版。」

「也不能這麼說，那到底是過去的事了。我看鍾澤對你是真心的。」

「我可真是絕望到家了。他是真心的，還得你看。對了，那女孩叫什麼名？有印象嗎？」江小諾不屈不撓，想證明這個新曝光出來的女朋友跟春夕是否有關。

「哎呀，時間那麼久了，還真有點想不起來。好像叫什麼夕，我記得鍾澤總叫她小夕。」蕊妮輕輕撓了兩下頭，好像為了表示自己在用力回憶，必須要用姿態配合一下。

「姓呢？」江小諾被蕊妮丟出來的「小夕」擊中了軟肋，連聲音都變得軟起來。

「也想不大起來了。是姓柳還是姓傅來著?是個挺文雅的姓反正。」

柳春夕,傅春夕,江小諾在心裡念叨著。都好聽,無論姓柳還是姓傅,這名字這姓是夠文雅的。

午飯後兩人逛街時,江小諾有點悶悶不樂。柳春夕,傅春夕,飛鳥一樣盤旋在她頭腦裡。剛剛從徐子清那兒得知一個遲春夕,這下又來了柳春夕,傅春夕。哪一個是真的?蕊妮和子清的說法怎麼有這麼大的出入。子清撒謊了?他打探不出來又怕她煩心,就胡亂編了一個來湊數?應該不會吧。可如果子清說的是真的,那今天蕊妮又為何扔出一顆炸彈?難道是她察覺了子清問話的真正目的,故意告訴子清一個假象,又親自跑來噁心她?又或者蕊妮告訴完子清才覺得事實太雲淡風輕,不足以傷害她,今天專程來刺激她?

江小諾想不清楚,卻越想越覺得蕊妮黃鼠狼給雞拜年,沒安好心。平素她一派淑女的溫婉,連談及明星的花邊新聞都口下留情,今天怎麼就津津樂道起鍾澤的大學戀情了!大概是動機不純,顯然是蓄意的,約自己出來,又故作欲言又止,必是她洞悉了自己的春夕情結特意尋釁鬧事的。就算說的都是事實,也不該這麼和盤托出啊!哪個女人都不願做B角,說女人與男朋友的前女友像,簡直是最刻毒的罵人話。好像A角不在了,就找個最相似的B角,演得再出色,也不過是踏著前人的足跡前進。好像江小諾當上鍾澤的女朋友是山中無老虎猴子稱大王。

蕊妮真是微言大義，三言兩語就把江小諾歸類到替補隊員的陣營裡了，一樣的伶牙俐齒，一樣的兩條小辮，一樣的小鼻小嘴，用心之險惡真是不用多想。當初對她的判斷一點沒錯，心狠手辣殺人於無形，詭計多端不是省油的燈。裝得掏心掏肺的，其實卻是來下腳絆的。表面要義結金蘭的，背後備不住做個小布人兒寫上生辰八字天天往上扎針呢！江小諾也來了猛勁，心想還吃素的呢，下手這麼狠。敵進我也不能退，想引火燒我身，姐姐我跟你同歸於盡！想讓我牙打掉往肚子裡嚥，我含一會兒，噴你一臉！想看我受傷吐血，沒門！跟我擺一副治病救人的關切面孔，姐姐還偏偏健康著，沒病！想算計我，做夢！

一把哀傷變成仇恨，人就精神多了。江小諾一口唾沫嚥下臉上的陰霾，雙頰浮上明媚的光。她要繼續活躍歡快，讓蕊妮覺得自己壓根沒接招。她講了些和鍾澤一起的趣事，其中大部分脫離了事實。人在憎恨中想像力就異常豐富，為了打壓蕊妮的氣焰，她自然地捏造出很多有趣的瞬間，一臉陶醉地講給蕊妮。蕊妮給子清挑選內褲的時候，她還裝作不經意地說，子清喜歡淺色的。她偷偷看到蕊妮抿了抿嘴唇，樣子有幾分像吃了黃蓮的啞巴。我也想與你和平共處的，誰讓你偏偏跑來招惹我！你以為你殺我個猝不及防，哪知我有金鐘罩，你運功，也麻煩你自己接招！

七

當晚江小諾給蕊妮的事情定了性。她分析一定是徐子清打聽得太拙劣，被蕊妮猜了個八九不離十，於是敷衍了個破故事讓他來交差，自己卻琢磨著弄個揪心版來折磨她。但她那個版本也未必就不是真的，或許她添油加醋誇大其辭，把一株草誇大成一棵樹，可那到底是一株怎樣的草呢？含羞草、薰衣草、羅勒，還是別的什麼？江小諾不想放過一點事實，卻不敢輕舉妄動。非要較真兒地逆流而上，打聽鍾澤的少年戀情，連她自己都覺得荒唐。但是一想到水千條山萬座，他們曾走過，她就覺得委屈，覺得沒能跟鍾澤出生在一個醫院，打光屁股就認識是人生最大的遺憾。她自己也清楚這並不能說明她多愛他，只是最近一段時間樂於鑽這種牛角尖，雖明白是自討苦吃徒增煩惱，卻還隱約有點快感。她被春夕的空穴來風吹得暈頭轉向又樂此不疲。

想著想著，難免善良地推己及人，蕊妮今天對她的迫害大概也是出於相同的心理，一想到別的女人遊走在自己男人鮮嫩的過去，真是怎麼勸自己都嚥不下這口氣。蕊妮心裡對她和子清的無辜一清二楚，可還是會沒頭沒腦地想使使壞，示示威。下午時江小諾還覺得兩人無冤無仇，她這歹心未免起得無緣無故了吧，晚上就一下子反應過來了，她在蕊妮心裡也是一個「春夕」啊！這樣想來她又後悔了，不該下午亢奮地表演故意氣她，弄不好本來小小的疙瘩加粗成一個心結了，淤血變血栓了。蕊妮確實假惺惺，不真誠，但至少還是通情達理的聰明人。跟子清結婚後，她主動對江小諾示好，奮力表現出大家閨秀的既往不咎。不管這是策略還是老練，人家至少還是敬著你的。要是直接撒潑發狠，也不是沒理由啊。這一下突然發力，大概是積壓太久了。愛情總是排他的，疑神疑鬼也難免，為了捍衛自己，有嫌疑的都幹掉，寧枉勿縱。反覆想了幾輪，竟然惺惺相惜地理解起蕊妮來，還不都是怕男人厭倦了安穩，心血來潮想重拾飄零的舊愛。女人之間，憤恨、理解，往往都是沒道理的一瞬間。

後悔自己沒故意輸一場讓她放鬆警惕，反倒睚眦必報激化了矛盾。舊情人老婆的小惡意，該忍還是要忍的。下次得好好對人家，請她吃飯，點二百個素菜，表示志同道合雙手贊成健康生活。

「小諾，江小諾！」徐子清聲音沉鬱。

「有事嗎？」江小諾覺得應該對他冷淡點，以表示對蕊妮的體恤。

「我心裡很煩。」

「心煩拜佛去，找我沒用。」

「你愁眉苦臉的時候，我是怎麼對你的！人和人的差異怎麼就那麼大呢！」徐子清來氣了。

「那你想怎麼的？我怎樣才能安慰你受傷的心？」江小諾依然心不在焉。

「我跟妮子吵架了，我真想不明白她想怎麼樣！」

「我馬上要錄音，今天公司趕一批鬼故事。我為了中午招待你吃飯，只能現在投入工作了！」

「夠仁義，那午休見。」

大早晨九點，剛到上班時間，徐子清喪氣的聲音從聽筒傳來，江小諾就知道自己捅了馬蜂窩。估計昨晚是被連夜審訊了，搞不好還用了刑。不明就裡的徐子清成了犧牲品，在兩個女人的較勁中充當了最寶貴的受害者。

「你說她是不是瘋了？」碰面時，徐子清耷拉著兩個黑眼圈擰著眉毛說。

「誰？」

「還能有誰？我老婆。」

「那得問精神病院。我雖然比較博學，但暫時還不怎麼懂醫科。」江小諾挺內疚，但還是臉不變色心不跳。

「你能不能說句人話？」

「你被老婆滅了，我就必須得安慰你呀！回頭你覺得她不好，我好，這不破壞你們家安定團結嗎？」

「你還少破壞我們家安定團結了？妮子說咱倆把別人都當傻子，明明謝了幕，但就是不淡出，隨時準備拍續集！」徐子清估計是被折磨壞了，憋得不說難受。

「怎麼都是演戲的事？聽不懂。」江小諾不想攤開了談，覺得很尷尬。

「少裝。那是比喻，影射著說。」

「真有文化。」

「你說就咱倆，不到二十就互相看清了，純得跟自來水似的，她懷疑什麼呀，這不沒事找事嗎？」

「你也別抱怨。女的都一樣，眼睛裡揉不得沙子，實在沒沙子，也得找個什麼抨擊抨擊。」

江小諾知道自己錯了。

「剛結婚時候也不這樣啊。動不動還跟我誇你，說你大大咧咧呀，見過世面呀，單純可愛呀。怎麼還越過越起疑心了呢？上次給你帶包，她就不高興，吊著個臉。你說去之前她也知道要給你帶，你也給錢了。舉手之勞的事，她有什麼可不高興的？」

江小諾想起上次徐子清公幹去法國，問江小諾有什麼想要的。江小諾琢磨著ＬＶ會比國內便宜兩成，而且新款還不用預訂，就讓他帶了個包。誰知ＬＶ不是一般牛，持一張護照只能買兩個，而光蕊妮就讓子清買兩個。子清眼看著任務無法完成，就具體問題具體分析，以為急中生智地想了折中的辦法——蕊妮一個，小諾一個。小諾自然是露出滿意的笑容了，願望實現，還省了將近兩千塊錢。蕊妮就不同了，要兩個給一個，雙胞胎變成獨生子，竟然被江小諾占去一個指標。難道連買東西這樣的小事都要跟江小諾機會均等？老婆和朋友眉毛鬍子一把抓，太分不清裡外拐了！

「雖然那事是我占了便宜，但我還是得說實話，那事你做得欠妥當。你看，人家是你媳婦，你要先滿足她的願望。應該兩個都買給她，讓她感受到自己的無比優越性，回來跟我解釋一下就行。雖然我會有些失落吧，但是也可以理解。要我是蕊妮，我也會來氣的。」江小諾覺得蕊妮的氣生得有道理。

「有什麼可來氣的？咱倆是同學，那麼多年老交情，跟親人一樣的。對，是老婆比朋友更親，但是就算是客氣，就算是為了面子，朋友託我辦件小事，我也得給辦好吧。你讓我帶個包，我回來告訴你，只能買倆，都給我老婆了，我好意思嗎我！」徐子清晃蕩著腦袋說，一臉苦相。

「有道理。我真有可能會不高興！但是你要想清楚，我生氣不能把你怎麼樣。蕊妮生氣了，你可有好日子過了！這事怎麼說都有道理，但是女的都會記得這些，積累在心裡，時間長了就得爆發一次。你要理解。」

「憑什麼呀？我理解她，誰理解我呀！我怎麼攤上你們倆，一個個外邊裝得人似的溫文爾雅的，其實瘋狂暴躁！你說她怎麼想的，我怎麼可能跟你有姦情！我有病啊，我家裡養一老虎，我還出來找一獅子。這獅子我還早就認識，一點新鮮感沒有。她懷疑咱倆，她還不如懷疑地球轉不轉呢！」

「就是，我一個宇宙超級美少女，我哪看得上你呀！回去告訴你們家蕊妮，別自己家東西當寶似的，搭兩金條，我都得琢磨琢磨要不要！」江小諾忍不住搶白。

「別逗了，你還宇宙超級美少女？你宇宙超級自戀女吧你！」

「這話回家說去，你們家那位，估計愛聽你糟踐我。」

「倒也沒那麼誇張。她其實挺喜歡你的，主要是這陣子看我氣不順。」徐子清又開始裝客觀裝男人了。

「反正你還是細心點，說什麼你都順著唄。人家一心一意跟你過日子，還是你孩兒他娘，就算有點小脾氣也是應該的。該哄就哄唄。」

「我告訴你，我結婚以後就認識一個字，心字頭上一把刀——忍。我整個一忍者神龜。女的絮叨，戰鬥力強，這點在你這兒我就領教過。我一般都不吱聲。她就是挖我們家祖墳，我都不攔著，還給遞鏟子！」徐子清陶醉在對自己忍耐功夫的描述上，聲情並茂。

「我是多想相信你啊！就你一天爭強好勝的，不可能。」

「我已經不是原來的我了，我早被她洗腦了，進門立馬披上羊皮。婚姻對我來說沒別的，就是四個字——逆來順受！」

「那怎麼還能吵架呀？你全忍了，打你左臉，你把右臉挪過去讓她打，不就得了。」

「她太胡攪蠻纏。你知道昨天……咳，不說了。」徐子清忽然收了話頭。

「昨天怎麼的？不僅挖祖墳，還盜墓了？」江小諾知道昨晚的事一定與自己有關，想懺悔卻還忍不住好奇，打岔著問。

「昨天她也不知吃錯了什麼藥，非問咱倆以前小時候上沒上過床。你說這不有病嗎？」猶豫了一下，他還是說了。

「想像力真豐富。」江小諾想不到蕊妮竟然會有這樣的疑問，越發後悔自己玩笑開大了，搞得那麼沉著的蕊妮一回家就急不可待出這口惡氣。

「你說咱倆好那時候，別說咱倆，咱們全高中也沒誰跟誰上床啊。就是那最不要臉的女的，就二班那個大長臉，她不也就是跟一男的在操場接吻嗎！咱那時候覺得多傷風敗俗！咱倆就挺高調了，放學手拉手回家，接吻都偷摸的。」

「那你倒解釋啊，你跟蕊妮說清楚了，告訴她咱們在多純潔保守的時代，名義上轟轟烈烈，實際上清清白白。」

「我說了，人家掃了我一眼，說，敢情是時代不允許啊，那後來沒發展發展，把課補上啊？你說，這多家庭婦女，尖酸刻薄又小家子氣。這哪像她嘴裡說出來的話，整個一百四十斤以上更年期婦女。」

「反正你還是得說清楚，別讓她誤會了，你一已婚老男人，我還是純情少女呢，我的名聲一定要潔白。」

「你說，這麼不講道理的人，我跟她解釋什麼。我早知道婚姻生活就是隔三差五的老實交代疲勞審訊，我寧願孤獨終老！這不無事生非嗎？我之前也跟別的女的好過，你說她昨天怎麼就揪住你不放了呢？」

「你還替我打上抱不平了。你腦子轉不過來彎啊？你媳婦昨天還懷疑咱倆，你今天就找我吃飯，你可真是順著媳婦的意思走。」

「那你讓我怎麼辦？這種事，我好意思跟誰說呀！再說清者自清，我不能因為別人說什麼就不和你來往。這麼多年了，你就是我親妹妹。」

「哥哥，你真感人！」江小諾真有點感動，其實他們同歲，徐子清還比她小三個月。但是這麼多年，他一直把自己當哥哥，處處維護照顧著她。

「你才發現啊！別人都不讓著你，就我讓著你。」

「這是粉絲應該做的，沒什麼大驚小怪的。對了，順便問一下，當初是你要把鍾澤介紹給我的？」

「我跟人家又不熟，我忍心那麼坑他嗎！是妮子說的，他倆本來也好些年沒見了，這不鍾澤來參加我們婚禮，妮子覺得各方面都挺好，就想劃拉給你。」

「肥水不流外人田啊。她倒真是到哪兒也放不下我，深情厚誼！」江小諾打算以後不拿耳朵聽蕊妮說話了，反正也沒真的，拿鼻孔聽就夠了。

「你別陰陽怪氣了，鍾澤好歹你還是滿意的。」

「喝點吧。與爾同銷萬古愁！」江小諾端起酒杯，打心眼裡心疼徐子清，為自己昨天的尖酸刻薄感到十二分的後悔。

「銷！」徐子清與她碰了杯子，還是一臉喪氣。

八

江小諾連哄帶勸，讓子清相信天下烏鴉一般黑，跟哪個女的結婚都免不了被小心眼折磨。

懷疑他侮辱他說明惦記他重視他，別飽漢不知道餓漢飢，有多少男的眼巴巴地渴望著有個女人天天盯著自己拿自己當回事呢。子清平復下來，露出慘兮兮的認命的表情，對婚姻是不絕望了，對人生也不抱什麼希望了。

下午趕工錄音，江小諾一直噘著嘴，她悔得腸子都青了，怪自己昨天不該爭一日短長，跟蕊妮那麼咄咄逼人。她出了口惡氣，子清差點被整死，真是光顧自己衝鋒，忘了在人家手裡還有人質呢。下班時她都沒搞清楚自己錄的到底是什麼，好在是技術活，憑著習慣幹一般也出不了什麼大問題。

「你知道嗎，昨天蕊妮和子清吵架了！」晚飯時鍾澤貌似隨意地說。

「是嗎？你是狗仔隊的呀！」江小諾心裡驚詫鍾澤的消息怎麼這麼靈通，嘴上一副事不關己的口氣。

「徐子清到底是個怎麼樣的人？」鍾澤忽然有點嚴肅地問。

「好人！非常好的人。」江小諾也非常嚴肅地答。

「那他為什麼老欺負蕊妮？」

「誰欺負誰呀？你怎麼知道他欺負了蕊妮？你看見了？」江小諾忽然很不高興。

「他們家裡的事我怎麼能看見？蕊妮說的唄。」

「你見她了？」

「沒。她下午給我打了個電話訴苦。」

「嫁給徐子清，她就偷著樂去吧，訴什麼苦啊！趕憂鬱的時髦吧。」江小諾忍不住譏誚。

「蕊妮各方面都不錯，怎麼讓你一說好像嫁子清是撿了大便宜攀了高枝似的呢？」

「本來就是。她不錯，哪方面不錯啊？姿色平平，家道中落，沒特長，沒前途，又不是多可愛！」

「哎喲，看不出來，你還怪勢利的呢。一說條件也離不開長相、背景、前途。」鍾澤也不太高興，好聽的聲音帶著不友好的氣息。

「不說這個我說什麼呀？我說氣質，她有嗎？風度，在哪呢？再說現在給人定性還不都得說這些俗的嗎，不說這些說一堆虛無的，不跟沒說一樣啊！」

「那你喜歡我什麼？我長相一般，出身一般，前途渺茫！」鍾澤似乎被激怒了。

「你把這些往自己身上扯什麼？我就喜歡你，什麼都喜歡，怎麼著吧！」

「嘴倒甜。那子清各方面都好，你怎麼不喜歡他啊？」

「喜歡啊，怎麼不喜歡？過去式了，喜歡完了也就完了。一把一利索。」

「你還真是一新時代年輕人，想得開，心裡沒陰影。」

「那是啊，難道你一輩子就一次，剪不斷理還亂，打算拿一生來紀念初戀啊？」江小諾興奮起來，覺得自己能把這麼不愉快的話題轉移到初戀上，或許可以無心插柳地套出與春夕有關的針頭線腦。

「對呀，我就咬住青山不放鬆。」

「還真是一痴心絕對的人物，誰呀，你初戀什麼樣？」江小諾一陣狂喜，以為苦苦尋覓的答案就要揭曉了。

「你呀！我不告訴你了嗎，你就是我的初戀，我為你擦去了所有記憶。」

「你真是情聖。我服了。」江小諾圓睜的雙眼暗淡下去。

「還是剛才的問題，你能透露我一點，你到底喜歡我什麼呢？」鍾澤看來還真惦記。

「聲音。我第一次見你就想，當我離開這個世界，這個聲音送我多好！」江小諾本來羞於說這些，但為了對鍾澤邀請她做初戀情人投桃報李，就豁出去也肉麻一回，反正也是實話。

「我是該高興還是悲哀，竟然靠嗓子取勝，我還真是一招鮮！我得好好鍛煉身體，走你後頭，用你最喜歡的嗓子送你！」

「夠仁義！對了，他們倆為什麼打架啊？」

「具體沒說。蕊妮通知我有大學同學要結婚，順便慨嘆了一下，說結婚有什麼好啊，她跟子清昨天還大吵了一次。」

「誰跟誰都得吵，你過幾天給她打電話，他倆一和好，她就不是慨嘆了，又變銀鈴般的笑聲了。」

「這倒也是。兩口子怎麼也比朋友親。我是怕蕊妮太老實，再被欺負了。」

「我看他倆感情好著呢。互相欺負欺負促進感情。」江小諾心想，你可真是太不了解蕊妮了，就她那心眼，孫悟空一不小心都能讓她吃了唐僧肉，她還被欺負，你可真是太小看人了。

兩人在緩和過來的氣氛中結束了晚餐，牽手離去，按照慣例依依惜別了一下，就各回各家了。江小諾發覺，在子清和蕊妮的事情上，他們永遠不可能站在相同的立場上。她覺得子清簡單蕊妮複雜，鍾澤覺得蕊妮老實子清厲害。一涉及到那兩口子，她就不由分說跟子清一夥，鍾澤毫無疑問和蕊妮一條戰線，兩人唯一的共同點是——感情代替政策。他們都無法客觀，人都跟自己的過去太親了。

鍾澤又一次巧妙地避開了初戀的話題，好似深情款款的調情在江小諾看來更像是密不透風的堵截，他攔腰斬斷了她千方百計遞去的話題，保持著高度的敏感和警惕。江小諾又一次出師不利，她幾乎已經確定，鍾澤的內心確實有個私密的房間隱居著那個陰魂不散的春夕，她姓遲姓柳姓傅或者其他什麼動聽不動聽的姓氏，這都不重要，重要的是她與鍾澤貌似結束的關係如拔絲蘋果，筷子夾得再遠也還連著隱約的細絲，往事的撥浪鼓一敲照樣叮噹響，還藉著歲月悠長把聲音放得越發脆亮。想想他們四個還真有意思，看起來事業蒸蒸日上，情感也好像心心相印的，但四個人都有自己轉不過來的彎。蕊妮閒來無事想起追究子清和小諾不算故事的故事；子清想不明白怎麼原本心平氣和的蕊妮變得蠻不講理了；江小諾每天鬼鬼祟祟恨不得挖地三尺還是理不清春夕的頭緒；鍾澤自然是小心翼翼守護著初戀的不知是甜美還是傷痛的祕密。

九

江小諾又一次故作興奮地捧著鍾澤家的影集，時不時發出一些虛假的感嘆以顯示興趣。其實她的雙眼已經不聚焦了，這些看了不下五遍的相片，像小學的校訓，每週升旗儀式都背誦一遍，早熬光了興致，成了最無聊的例行公事。鍾澤媽媽記憶力不好，每次江小諾單獨登門，短暫的問長問短後就是開抽屜找影集，還配著那句永遠的「你還沒看過鍾澤小時候的照片吧，來，我給你翻出來瞧瞧」。第一次江小諾簡直是如獲至寶，看著影集裡鍾澤幼小的稚氣的調皮的並不出眾的少年模樣，心裡有種異樣的感覺。在他母親的指揮下偷窺他多年前的瞬間，平素和自己牽手擁抱接吻的男人陡然變成不諳世事的少年。他拿著把塑料劍，擺出威武的姿態，兩根麻稈般的細胳膊，真傻！他穿著印黑貓警長的背心，雙手叉腰站在滑梯下，挺可愛。他繫著紅領巾，抿著嘴不笑，一副光榮又愚蠢的痴相。他媽媽坐在旁邊，微笑地指指點點，抑制不住如數家珍地敘述著很多照片的情景。本來有些尷尬的氣氛馬上融洽起來，兩個其實並不熟悉的女人被照片聯繫在一起，好像認識了很多年。但是再好的飯也架不住天天吃，每次必看的影集倒了江小諾的胃口。江小諾硬著頭皮一次次接過影集，一是不願掃了老人家的興致，二是不看影集還真沒什麼話說，抱著個相冊就省得琢磨手往哪兒放合適了。熟悉了這套流程，進門時候的親切寒暄彷彿是片花，到了看影集階段才算節目正式開始。

江小諾又「讀你千遍也不厭倦」地盯著鍾澤單純貪玩的少年影像，心想我要是早知道未來就是跟照片裡這個毫無特色的小子過家家，小時候何苦那麼急三火四盼著長大成人。窗戶外傳來幾聲鳥叫，江小諾真想變成鳥，也到樹上撒歡地叫一叫。鍾澤爸爸媽媽都不是多事的人，對她親切友善，可她還是不太自在，這種到男友家溜鬚拍馬目的性極強的事，顯然雙方都有心知肚明的精神緊張。據說這是每個女人都要做的功課，於是每趟上鍾澤出差，江小諾都禮貌地來坐坐。雙腿並攏，衣著樸素，看看照片喝喝茶，每隔一兩個月江小諾就要淑女這麼一回。雖然她其實很想說，有鄰居家影集麼？能借來看看就好了！

江小諾看著鍾澤和初中同學的合影忽然靈光一閃，不知道春夕是不是就隱藏在這照片裡。

春夕在她心裡發酵了，動不動就泛起陣陣酸水。這樣的執念一上來，她就擋不住要問問的衝動。

「阿姨，他們這些初中同學還有來往嗎？」江小諾覺得自己問得不是一般不得體，不過倒也很像句並無深意的沒話找話。

「不多，有一個兩個關係不錯的，也不過是一年兩年想起來見一面。」

「這女孩挺好看的，她叫什麼呀？」江小諾一派天真。

「那是他們班長，叫王娜還是王麗，挺平常的名字。很有能力的小姑娘，說話搖頭晃腦的，估計現在應該當幹部吧。」

江小諾一聽名字就放心了，她現在就是嫁給美國總統或者得了戛納影后她也不關心。

「你說真是一晃啊，看這些照片，覺得你們都是小屁孩呢，轉眼都要結婚了。」鍾澤媽媽很擅長發這樣的喟嘆。

「當年還挺急的，想戀愛，偷偷摸摸的。現在到了這年齡了，倒覺得不過如此了。」

「電視裡不總說嗎，初戀時不懂愛情。在什麼年齡幹什麼事，你們啊，都是被寵的，該幹什麼不想幹什麼。」

「還真是。估計現在要是立法不許結婚，我們就都來勁了，擠破頭也得去領證！阿姨，鍾澤早戀過嗎？為這事挨過打嗎？」江小諾一臉可愛地問。

「這孩子就這點還算省心。真沒為這事被老師說過。」鍾澤媽媽戒備心也挺強，兒子過去的祕密哪能輕易透露。

「真不好玩。原來是個毫無瑕疵優秀少年，走著直線長大的。」江小諾鎩羽而歸。

「小時候她挺崇拜他們音樂老師，回家總是岳老師長岳老師短的，總念叨著那老師的好。」鍾澤媽媽忽然拋出一個線頭。

「哈，青澀懵懂的少年和琴聲悠揚的老師，青春電影啊！」江小諾的激動發自肺腑。

在江小諾的引誘下，鍾澤媽媽終於打開了話匣子，把鍾澤小時候迷戀音樂老師的經歷一點點拽了出來。江小諾彷彿看見純潔沉默的少年鍾澤，心事重重欲說還休地站在音樂老師身後，說不清喜悅還是惆悵。那年他十二歲，小學五年級。新學期開始，鍾澤回來不是一聲不響悶頭寫作業，而是先到裡屋的穿衣鏡前看一眼自己，好像要確定下自己白天在學校到底是什麼樣子。媽媽問新學期有什麼新變化，他輕描淡寫地說換了個很漂亮的音樂老師。新音樂老師剛從師範畢業，總是一身時髦的牛仔裝，配一頭清爽的馬尾辮。鍾澤媽媽說去學校開家長會時碰到過那個老師，確實年輕漂亮，有音符一樣簡單卻活躍的氣息。鍾澤本來十分厭煩音樂課，覺得幾十個男女整齊劃一地唱幼兒歌曲很是滑稽，他總是偷工減料出工不出力，在發出聲音的集體裡裝模作樣地跟著張嘴比劃著。新老師一來，他一改非暴力不合作的姿態，奮不顧身地唱了起來，還刻苦惡補學會了五線譜，雖然那是小學三年級就該學會的。總之是新學期新氣象，鍾澤同學愛屋及烏地愛上了音樂課。他甚至覺得每週一次的課程安排太少了，總是翹首企盼。那時候，全學校只有幾台風琴，放在音樂室，上音樂課的班級要在課前派男同學去抬琴，上完課再抬回去，保證其他班使用。以前，鍾澤很不喜歡幹這種活，幾個人架著個好像簡易仿冒鋼琴的醜陋東西，勁兒總是使不到一塊。這回不同了，一想到要抬的東西將被音樂老師的手觸摸，就激動得渾身是勁，好像自己終於可以為她做點什麼了。

江小諾覺得那是清新而動人的，情竇初開的鍾澤悄悄關注著老師的一舉一動，是波瀾不驚，也是排山倒海，什麼也沒有說，卻想了萬水千山。她想起那個叫《記憶中的風琴》的韓國電影，輕快幽默偶爾憂傷，把少女對年輕老師笨拙真摯的暗戀拍得乾淨明亮。竟然鍾澤也有段這樣不思量自難忘的明媚往事。許多年前的音樂課，尚未發育成熟的少年，隨著琴聲歌聲浮想聯翩，靦腆羞澀地單戀老師，真文藝。

後來小學畢業，難以自持的暗戀不了了之，鍾澤換了新書包新學校，藏起悸動繼續求學。那位承載著他最初浪漫情懷的魅力音樂老師可能對此一無所知，也許她一直在那所小學彈著琴唱著歌，送走一屆屆學生，也送走自己最具風韻的韶光，她現在應該人過中年不再年輕了。想著想著，江小諾竟然有些悲傷，她不想音樂老師岳春夕衰老，她該像一塊不會融化的薄荷糖，甜美中散發著陣陣清涼，永遠活潑晴朗，永遠在水一方。這是春夕故事裡她最中意的版本，如果那音樂老師是春夕的話。鍾澤媽媽不記得她的名字了，她的線索在名字那裡斷掉了，只留下姓氏——岳。鍾澤媽媽說，他總是自以為不動聲色地提起她——岳老師。

岳春夕。但願岳老師就是吧，那個揮之不去的彈琴唱歌的優美身影，但願是春夕吧。小男孩對成熟女人顫顫巍巍的痴戀，有幾分古典，有幾分酸澀，江小諾是喜歡的。她寧願鍾澤守著這個香味繚繞的往事永不忘卻，也不願春夕是忽然杳無音訊的女鄰居或者傍了台灣大款的大學女友。那種帶著現實殘酷意味的風箏往往飛不遠，在無數電影電視劇裡都無巧不成書地回頭是岸。曾經背叛的女人恬睡在往事的被窩裡，說不準什麼時候就一躍而起，而男人總是記吃不記打地習慣性心軟，以為找回了曾經掃地的尊嚴。倒是看似刻骨銘心的暗戀，其實沒有真正的牽扯、較量，總是續不上前緣。因為過於珍貴所以小心翼翼，縱使再相逢，千言萬語如鯁在喉沉澱在心間。

如同子清與蕊妮的版本一樣，鍾澤媽媽的版本亦有著值得懷疑的漏洞，單是她邋遢的記憶力和這麼言之鑿鑿的故事就非常不匹配。一個永遠不記得她上個月看過相冊的退休老婦人，真拿得準這暗戀故事來自鍾澤而不是張冠李戴嗎？又或者，她真是大智若愚，乾脆就洞穿了江小諾的狐疑，生編硬造了個前塵往事成雲煙，以堵截她繼續探究的目光。江小諾更傾向後一種可能，逐漸的成長讓她越來越相信薑還是老的辣。忘了是哪個韓劇裡的台詞，「看起來像捷徑的路往往就是陷阱」。信口開河總是顯得比守口如瓶善意。鍾澤媽媽看似沒心沒肺的爆料可能是老謀深算的對症下藥，關鍵時刻，給她一顆定心丸，讓她別糾纏地挖掘下去。她到底是鍾澤的親媽！

可以去鍾澤的小學調查一番，資深錄音師江小諾想弄張記者證並不難，興許可以飛揚跋扈地翻遍他們全校的檔案。可到底還是要知點深淺，別人的門再虛掩著，也不該貿然徑直闖入。還是算了吧，已經夠無聊了，再行動能力過強地把鍾澤的過去翻個底朝天，連自己都瞧不起自己了。

十

好像看到了鼻子上的黑頭，不擠出來就不甘心。江小諾一邊覺得自己的打探追索不健康，一邊繼續興致勃勃。對春夕的研究成了她生活裡一個孜孜不倦的課題，沒有經費也沒有助理，她一個人深一腳淺一腳一本正經地走在通向過去的小徑裡，一門心思要問出春夕這位英雄的出身。子清、蕊妮、鍾澤媽媽，三個合情合理的版本，暹、柳、傅、岳，四個風格各異的春夕。都像是信口雌黃，沒有一個沒破綻。條條大路通羅馬，並且走來走去，發現還不止一個羅馬。

山重水複疑無路，柳暗花明一村又一村，不知到底是哪一村。面對這個根不唯一的多解方程，江小諾一頭霧水雲中漫步。

春夕簡直是太陽，閃耀在無限的遠方，卻每天如約升起，永不消失地普照著鍾澤的生活。江小諾鼓勵自己做新時期的后羿，就算她真是太陽也把她射下來。過去的必須過去，拖泥帶水多無趣！有多少恩怨情仇那也是一去不返的往昔了，既然現在我江小諾掌了權，前任班子就得痛快地捲鋪蓋走人。以前的痕跡都拆掉，把回憶點著，讓往事灰飛煙滅，春夢隨人散。鍾澤必須儘快逃離初戀這個人生大俗套。

小題大做帶來的樂趣其實挺過癮，把春夕拿出來想一想已經成了江小諾新開發的愛好。如同鍾澤媽媽每週必看《同一首歌》，春夕成了江小諾的《同一首歌》。春夕像《瑞典女王》結尾時嘉寶的凝望一樣，總能發覺出新內容，又那麼不具體。她可能是女鄰居、大學女友、小學音樂老師，也可能是江小諾一生也猜不到的什麼人。也許是颯爽英姿的運動女孩，也許是弱柳扶風的嬌弱師妹，甚至可能是學校近旁商場裡賣糕點的年輕售貨員，輕佻女郎，端莊少婦，隨便什麼身分，只要有一秒的風情，就有機會撥動鍾澤的心弦。江小諾到網上搜索，以春夕二字為關鍵詞，絕大部分條目來自崔塗的詩。那首據説是寫羈旅生涯的詩顯然與一個現代女子風馬牛不相及。她又在谷歌百度上絞盡腦汁變換搜索詞，找到了無數尋人網站，發現類似初戀情人再聚首的站點很受歡迎。現代社會手段太發達了，想和誰失散還真不是容易的事情，以為躲到了天涯海角卻相遇在下一個轉彎。當初一拍兩散各奔東西的男女，飽嘗生活艱辛之後就好了傷疤忘了疼，忍不住回望迷霧的遠方，重溫童真的山盟海誓，以為「我還是原來的我」。於是表面繼續朝前走，心裡老尋思著調轉馬頭，再嚼嚼當年第一口青草。初戀是最低成本最打動人的合謀，我們分開，不再相見，用一生來反省懷戀歉疚遺憾，偷偷惦念。時光越久，初戀情人就越像打完先遣就立刻撤退的精銳部隊，後續部隊的任何小小失誤都更襯托了它的精幹輝煌。「身經百劫也在心間，恩義兩難斷」，因為不見，所以不散。

越是搜江小諾就越不安，她簡直覺得全世界人民都對初戀戀戀不捨一步三回頭。她恨自己的初戀太倉促慌張，隨時可以見到明晃晃的徐子清，沒一點甜蜜傷感小祕密。來世重新做人時必得認真初戀才算沒有白活，才對得起自己。

江小諾又在QQ上查找，以春夕為網名的一共有九個。他們來自江西、北京、湖北、黑龍江……貫穿大江南北，當然這裡邊的位置或許與現實有出入。她隨便點了幾個，看了看他們的資料，這些與她生活毫無交集的人，個人說明裡都寫著匪夷所思的話語：「上帝欲使人滅亡，必先使其瘋狂；上帝欲使人瘋狂，必先使其買房。」「子在川上曰：船呢？」「新品上架，期待您的光臨。」房奴、小憤青、網鋪店主……形形色色的春夕與江小諾的想像相去甚遠。她看著那些花哨的資料，絲毫也不想與任何一個交談，冷眼看人聲鼎沸眾聲喧嘩，忽覺無話可說無聲無息。

明察暗訪道聽途說，偵探般處心積慮地調查過後，還真是收穫頗豐。春夕像俄羅斯套娃，一層套著一層，貌似滴水不漏，卻引著人層層剝繭。從現實到網絡，一個春夕，搞出姹紫嫣紅一片，亂花漸欲迷人眼。江小諾，鬼迷了心竅。

十一

週末，江小諾盤腿坐在沙發上吃杏仁看電視，鍾澤在廚房刷碗。白天兩人相親相愛地去了鍾澤家，鍾澤媽媽又以過來人的口吻提醒兩人：老大不小了，是時候收收心了，結婚也不耽誤談戀愛，該提上日程仔細考慮了。

「小諾，我媽今天又說結婚的事了，上個月你爸也說來著。」鍾澤在洗洗刷刷中朝屋裡喊話。近兩個月，他似乎是忽然動了結婚的念頭，兩人平時絕少提及的結婚話題一下子成了他的高頻詞彙。恐怕是扛不住爹媽的催促了。

「歲數大的都那樣，好像不結婚就不是人似的。」

「你說人家女孩到了歲數都恨嫁，你倒是不急。」

「我急什麼呀，我沒那麼自暴自棄，還不想埋頭苦幹。婚姻生活一過就是幾十年，當一天和尚就得撞一天鐘，我扎進去之前先多吸點新鮮空氣！這也是對你負責！」

「好傢伙，你真當婚姻是墳墓呢！」

「別說了，別說了，廣告完了，開始了。」江小諾慌忙打斷了鍾澤的規勸教育，按著遙控器調大了聲音。

《血色浪漫》廣告後繼續上演。周曉白、秦嶺兩個女人故作姿態地坐在茶樓裡，兩人都端著襟懷寬廣心胸開闊的淑女架勢，不鹹不淡親切交談。談論著那個美夢一樣難忘卻抓不住的男人，誰也不氣勢洶洶，一個賽一個地超然淡定。那種莊嚴的神態，真像兩個國母。江小諾心想自己還是修煉得不夠，對著情敵最友好的態度也不過是沉默吧，不歇斯底里已經算是有涵養了。如若是春夕坐在自己對面，保不齊會給她下兩顆巴豆，丟兩個暗器。

結果大概是想得太多，那晚江小諾夢見春夕了。一個面容模糊女子坐在她對面，沒有自我介紹，沒有出字幕，但是夢裡的江小諾知道那女人就是春夕。春夕像鋼筆畫一樣緘默，似有似無地坐著，表情古怪缺乏語言。江小諾也安靜地坐了一陣子，她心裡翻江倒海，想這個隱姓不埋名的女子如何輕易地打亂了她的戀愛節奏。她忽然生氣了，面紅耳赤，委屈地發洩，潑婦般地指著春夕的鼻子叫罵。這麼多年過去了，你有什麼理由回來！在他錢包裡留下鋼筆畫，簡直是為了坑害我故意留下的線索！春夕，無論你姓什麼，我恨你！

「小諾，小諾，醒醒！」鍾澤關心地搖醒在夢中鬥氣的小諾。

「……」江小諾發出含混的哼哼，半睜開眼。

「你做夢了。嘴裡一直叨咕。」

「我知道。」江小諾猛地清醒過來，殘留著夢裡對春夕的憤怒。

「你一直說什麼春一春一，什麼意思啊？」鍾澤的雙眼在檯燈微弱的黃色光線下閃爍著關心和不解。

「我，我也不記得了，被你一搖我就忘了。」江小諾想不到自己竟然一直把那名字咬在嘴裡。

「是噩夢吧，別怕，有我呢。」鍾澤把頭貼江小諾額頭上，像個溫柔的爸爸。

「沒事，我正要反撲呢，被你打斷了。」

幾分鐘後鍾澤重新陷入均勻的睡眠呼吸，江小諾的睏意卻被那夢給劈成了兩半，無法修復。她食指玩著自己頭髮，又思緒萬千了。

剛才鍾澤說的春一春一，是沒反應過來還是故意裝傻？這傢伙到底是太遲鈍還是太高深？

按說他不至於沒聽清是春夕兩個字啊，給出這麼與己無關的反應，還真讓江小諾意外。她從未提起過那個敏感的名字，彷彿那是一顆手榴彈，一旦丟出去，不是血肉橫飛也得塵土飛揚。沒想到，鍾澤竟然四兩撥千斤，用諧音打了個馬虎眼，彷彿那張泛黃的鋼筆畫是不存在的。

江小諾忽然受了啟發，她決定放開春夕，也放自己一馬。幾個月了，自己天天揣測春夕的音容笑貌，捕風捉影地豐滿她的背景，吳剛伐桂般不辭辛勞地做著無用功。是獵奇？是畏懼？江小諾自己也說不準，怎麼就走上了尋訪她的長征。

無論他們是恩斷義絕還是心魂相守，不管之前的故事是多宏大的敘事還是多香豔的野史，那一頁已經翻過去。春夕再厲害，她的王朝也已經覆滅了。甭管現在登基的是世襲貴族還是農民起義，反正天下在手，甭管鍾澤是不是前朝忠民，他還是要識時務地活在新時代。不論他是裝傻充楞還是麻木愚鈍，至少歸順的態度是明確的。他惦記春夕——不敢表現；他忘記了——那更好了。計算器已經清零，上次的計算結果無從查證，冥思苦想只是給自己添堵。說不定，春夕對鍾澤不過是個符號，不小心留在錢夾裡，只是捨不得年輕的一段時光。歲月匆匆，多年後再相見，物是人非得認不出來，只剩一地失望。還是不要再刨根問底斬草除根了，該施仁政施仁政，該裝糊塗裝糊塗，何苦對一切洞若明燭。退一步說，你有再多夢，也架不住我讓天光大亮。擊垮春夕的最好辦法就是徹底把鍾澤收編。再懷念那也是形而上的，只有妻子才是男人生命中名正言順共同的部分。從正牌女友變首席娘子，給他一個好歸宿，用時間告訴他，過往的一切都是誤入歧途。把未來折騰得精彩豐腴了，過去自然就暗淡乾癟了。你春夕是謎面，我江小諾才是最後的謎底。你山盟雖在，我也讓你錦書難託！

何況把春夕查個水落石出對自己又有什麼好處？打一開始她也只是想掌握，並不是想揭穿什麼。知道不知道對她和鍾澤的關係大方向上不會有什麼影響。江小諾覺得自己太專注地拽著春夕不放，忽略了眼前瀰漫的萬事俱備的訊號，戀愛九十九步，該跨上那級更加風雨同舟的台階了。結婚。鍾澤再提，就順水推舟地答應吧。反正又不是看破紅塵，也早就認定遲早要嫁給他，老拖著沒什麼意義。

如果再動了卑鄙小念頭又琢磨春夕呢？江小諾了解自己的翻來覆去。沒必要一下子掏空什麼，蠶食也挺有樂趣。慢慢來吧，結婚了更方便調查。以老婆的身分說話更理直氣壯，到時候也可以像蕊妮一樣，動不動暴跳如雷放火燒山。如果鍾澤一輩子心裡裝著春夕，又一輩子沒有說，那他是個好演員，憋屈的是他自己。如果他實在忍不住了，和盤托出，人到中年瘋狂一把去追求遺失的美好，那就隨他去。好歹也算幫我江小諾解開了一個謎破一個懸案，左右不吃虧。這年月跟誰過能打白頭偕老的保票？退一步海闊天空，或許不解恨，但是最精明，互惠互利。

清晨，豁然開朗的江小諾咧開還沒刷牙的嘴，著急地衝鍾澤笑。親愛的，我試圖偷竊消滅你的昨天，我偷偷向你道歉。她在心裡這樣說，並且厚顏無恥地覺得自己臉上其實毫無悔改之意的笑容十分真誠。鍾澤擺弄著江小諾的劉海，又暗示著人生大事。

「你得求婚啊，我一個粉絲眾多的美女，不能隨便就點頭。」江小諾心想，這下你可撞槍口上了，我正卯足了勁要嫁呢！

「我求。我雪地赤裸跪求！」

「我可記住了，你別說話不算數。」

「最毒不過婦人心！你還真捨得！那多不浪漫啊，我要求也要在春日夕陽下。」

江小諾警覺地晃了下脖子，大腦已經自動在句子裡揪出了「春」、「夕」二字。笑容凝了兩秒，但沒有完全凍住。

「行。春日夕陽就春日夕陽，在哪兒求我都答應。」說罷，她進了衛生間，抓起了牙刷。

死命打探換來無可奉告，求婚時卻好似暗藏玄機。可是又能怎麼樣呢？大清早剛睡醒，還是睏的，睜一眼閉一眼吧！有沒有春夕這個人也要過日子吧。在三十歲的男人裡找個沒過去的不可能吧。沒膽量孤獨到殘年吧，那麼，結婚吧。

但行好事，莫問前程。這是一個尋常的、清醒的、定了終身的星期天。

後記——永不落伍的井底之蛙

我出過六本書，從來沒寫過自序或者跋。這兩種文體對我來說比小說難多了，工作已經結束，還要囉嗦什麼呢？交待寫作的過程，解釋未完成的想法，抑或傾訴過程的艱辛，好像都有一點多餘的。如同電影結束，字幕不是重頭，有再大的彩蛋也不過是小噱頭。

除了不覺得很重要，也確實不知道怎麼寫，每次面對創作談、文學觀一類的文章，我都心亂如麻，一腦子漿糊不知該從何說起。我總覺得，一個作家懷揣怎樣的文學觀，或者用多麼詭異的方式創作，這其實都不重要。只要他的作品拿得出手，其餘的過程，怎樣殊途同歸都好。如同跑道上，沒人在乎你咬緊牙關訓練了一百年，還是游手好閒來隨便跑跑，快不快，最後有裁判計時讀秒。於是，作為跑得不快的賽跑者，走得尚且不遠的寫作者，我以為，在這樣的時刻，我可以保持沉默，何況我本來就東一榔頭西一棒子，沒什麼整理清晰的事情可說。

偶爾會氣急敗壞地想，為什麼要選擇寫作，這是一份永遠要求動腦筋，永遠需要再創作的職業，一本書寫完，需要面對的就是下一本。不必說那些熟能生巧的熟練工種，哪怕是當歌星，有幾首代表作也夠走穴用了。可是作家卻隨時要和自己的頭腦、身體的懶惰較勁，不斷直面枯竭的挑釁。可是抱怨歸抱怨，雖走得並不穩健，有時左顧右盼，也難免快快慢慢，卻終究還是游蕩在寫作者的隊伍裡。若讓我說出為什麼，我當然不會說基於對文學的熱愛。這樣的表達方式過於肅穆鄭重，我不喜歡。我想，是出於好奇和迷惑。寫作於我，還是一條煙霧瀰漫的路，像童話的盡頭，恍惚看不清前方，才充滿著誘惑。因為無法說清楚，所以一直在探尋。

如果從時間上算，我出第一本書時只有十七歲，有點說來話長的意思，扭頭看過去，脖子也伸得都擰了。彼時那本隨筆集得以出版，完全是機緣巧合，滿足的也不過是少女的虛榮心，沒有想過可持續發展戰略，我以為我會有更大刀闊斧的夢想，出書和我不過是蜻蜓點水的一面之緣。那本完全就是中學日記改頭換面的小冊子如今已成了我極力想掩飾的短處，生怕有誰發現我曾經那麼假正經、低智商。如果早知道我會鬼使神差開始正兒八經的寫作，我當然不會允許年輕時的自己醜態百出的亮相。出道早並不代表星運好，並且出道早最大的害處是，糗事一籮筐。當別人拿出十年磨一劍的處女作，對比著我那本瘋狂歌頌真善美鞭撻假惡醜的中學生正義感爆棚小冊子，我的無知少女形象立馬呼之欲出。

屬於藝不高膽還大，不小心就走上了不歸路。所以很多年，我都面目模糊地被歸類為八〇後、新概念、青春寫作、十七歲出書，加上我那不靠譜的爹娘也是幹這行的，還要加上作二代的符號。把這些符號拼一起，出來那個人其實挺陌生的，那傢伙好像蹦蹦跳跳一直在捷徑上晃蕩呢，而其實現實中的我挺步履蹣跚一步一個腳印的，吭吭哧哧半月板都快磨損了。從小到大，考了一路學，沒加過分，沒保過送，沒破過格，其實書賣得也沒多好，該走的彎路一個也沒繞過去，我一直覺得我挺賣力挺刻苦的。

多年來我羞於提起自己的經歷，它筆直如一條直線，光陰荏苒，回頭卻依然可以輕易看見出發點。我對痛苦的體驗多半來自書籍、影像，能想到最大的打擊不過是失戀。流浪、漂泊、出走、飢餓、侮辱……它們離我那麼遙遠，我像阿里巴巴一樣是個快樂的青年。我一直得到過剩的愛，活在甜蜜的牢籠，對自己的欲望和索取也常常放任，帶著理直氣壯的驕縱。因為缺乏傷筋動骨的疼痛，說來說去也不過是草長鶯飛，總是被歸類為溫室裡的花朵。可是有一天，我忽然反應過來了，沒輟學，沒得抑鬱症，是社會造成的，不是我一個人的責任。平凡並不可恥，並且與作品無關。我是一隻老鼠，並不耽誤我以文字飼養猛虎。文學從來不拘泥於自傳，寫作也從不僅是對切膚之痛的有感而發，它是對境界、精神、智慧的追求，當然也包括接納自己的平凡。

甚至恰恰是文學，給予我更開闊的世界。我算是個枯燥的人，雖然性格開朗，但是不善玩樂。小時起，我便對一切對抗性的遊戲缺乏興趣，時常拿著一根小棍挖土，一挖就是幾小時，沒有人知道我在想什麼，包括我自己。我不自閉，可以坦率直接地表述自己的想法和需求，但我不喜歡熱鬧，人一多，便有莫名的煩躁。熱衷一個人的遊戲，挖土、捏橡皮泥、背誦繞口令、過濾雨水、把冰雹凍在冰箱裡……相對這些，顯然閱讀是相對高雅的消遣。於是父母鼓勵我看書，在拿著小棍挖土和看書之間，他們以引導的方式幫我做出了取捨。尋常的詞語在組合排列之後產生的效果為我開啟了另一個世界，最精準的挑剔，最寬容的原諒，那份炫目、豐盛和直指人心簡直讓人生疑。我發覺縱使永在方寸之地亦可遙望無盡的遠方，文字裡突如其來的新鮮事遠比生活來得酣暢淋漓。文學，成了我一個人的天馬行空，一個人的呼風喚雨。懷揣書籍，我可以輕巧地感知天下，成為永不落伍的井底之蛙。

小時喜歡把筷子插在飲料瓶裡，叼住筷子，表情陶醉，裝作正在吸食瓊漿。媽媽一次次制止我愚蠢的表演，但我樂此不疲，並且不懂大人為何沒被我蒙蔽。如今這份自作聰明依然偶爾被父母當做標誌性回憶提起，但我想作家應該是有些自作聰明的人，必須保持對某種荒誕的堅信，才可能穿越世間浮華淒冷寫出真正的悲辛和溫暖。雖然我的自作聰明尚未在寫作上有良性的顯露，但我自己偷偷認為我終會內力精進參透祕笈。作為一個興趣濃厚，卻尚未掌握足夠經驗的寫作者，我這樣說甚至不是出於自信，而是盼著這是個不錯的自我暗示，絞盡腦汁討自己歡心。

這看起來多像一篇敷衍的後記，說了半天，也沒說出什麼像模像樣的東西。最後我不得不有點內疚的交待一點問題：其實我一直隱隱地懼怕出小説集。同一個人的一堆作品放在一起，趣味上、好惡上的同質化常常顯露無疑。我曾經無數次熱情洋溢翻開一本小説集，讀了一半就對後一半沒來興趣。非常遺憾，我的小説連題材都單調得可以，再往深想簡直要掩面而泣。一直覺得自己還年輕，整理創作年表才發覺竟然已經寫了那麼久，只是產量低、心疼自己，不思進取。所以說來說去，這個後記並不是沒有意義，它讓我忽然有點自省，有了些痛定思痛的悲壯。

一直想跳出自己狹窄的世界，但是對荒誕、扭曲、挫敗並不太熟悉。說來說去我也依然懵懂，不過這就是我想說的，說完了有點痛快，也就可以了。還有一些沒想明白，留著以後再說。

馬小淘創作年表

作品名稱	刊物（或出版社）
《藍色髮帶》（隨筆集）	東北朝鮮民族教育出版社一九九八年八月出版
〈我和爸爸〉（短篇小說）	《青年文學》二〇〇四年第一期
〈仰望〉（短篇小說）	《布老虎青春文學》二〇〇四年試刊第一期
《火星女孩的地球經歷》（中短篇小說集）	時代文藝出版社二〇〇五年一月出版
《飛走的是樹，留下的是鳥》（長篇小說）	時代文藝出版社二〇〇五年一月出版
〈冷眼〉等三篇（散文）	《人民文學》二〇〇五年第六期
〈蝴蝶的翅膀在遠方煽動〉等三篇（散文）	《美文》二〇〇五年第九期
〈我等你〉（散文）	《布老虎青春文學》二〇〇五年第四期
〈戴珍珠耳環的少女〉等三篇（散文）	《福建文學》二〇〇六年第三期
〈我是女生，我愛男生〉等兩篇（散文）	《作品》二〇〇六年第八期
〈姬別霸王〉（散文）	《美文》二〇〇六年第八期
〈一九七八年的青春〉等兩篇（散文）	《作家》二〇〇六年第八期
〈向青春此致敬禮〉等兩篇（散文）	《歲月》二〇〇六年
〈一個偽素食主義者的自白〉（散文）	《青年文學》二〇〇六年
〈影像金錢〉（散文）	《美文》二〇〇七年第二期

〈求求你，讓我死〉（散文）　《小說林》二〇〇七年第四期

〈藕〉（散文）　《美文》二〇〇七年第五期

〈誰的戒指在哭〉（散文）　《布老虎青春文學》二〇〇七年第五期

〈愛到死，愛不死〉（散文）　《美文》二〇〇七年第十二期

〈我是一隻叫咪咪的狗〉（短篇小說）　《羊城晚報》二〇〇七年十二月

〈衣說〉（散文）　《人民文學》二〇〇八年第二期

〈青春是一場病〉（散文）　《青年文學》二〇〇八年第三期

〈瘋子是這樣煉成的〉（散文）　《小說林》二〇〇八年第三期

〈悔過也是一種捷徑〉等兩篇（散文）　《福建文學》二〇〇八年第三期

〈如一陣冷風〉（散文）　《青年文學》二〇〇八年第四期

〈不是我說你〉（中篇小說）　《十月》二〇〇八年第四期；《中篇小說選刊》二〇〇八年第五期

〈牛麗莎白〉（短篇小說）　《紅豆》二〇〇八年第五期

〈讓文字轉身〉（散文）　《大家》二〇〇八年第五期

〈中學物語〉（散文）　《中華文學選刊》二〇〇八年第五期

〈你讓我難過〉（中篇小說）　《中國作家》二〇〇八年第六期

〈泰州，自難忘〉散文　《福建文學》二〇〇八年第九期

〈語言的事〉（隨筆）　《中國校園文學》二〇〇八年第十二期

專欄「愛到死，愛不死」　《美文》二〇〇八年三月至二〇一一年一月

專欄「小說之後 電影之前」《名作欣賞》　二〇〇九至二〇一二年第十二期

〈人類繼續繁忙，天使都回家鄉〉（隨筆）　《青年文學》二〇〇九年第一期

〈成長的煩惱〉（散文）　《美文》二〇〇九年第七期

〈春夕〉（中篇小說）
《人民文學》二〇〇九年第八期

〈大成街1號〉（散文）
《邊疆文學》二〇〇九年第十期

〈我去2005年〉（散文）
《天涯》二〇一〇年第一期

〈人間臘月天〉（散文）
《文藝爭鳴》二〇一一年五期

〈毛坯夫妻〉（中篇小說）
《大家》二〇一一年第三期；《長江文藝好小說》二〇一五年第六期選載

〈北京的北，北京的京〉（散文）
《江南》二〇一〇年第六期

《慢慢愛》（長篇小說）
北京燕山出版社二〇一〇年九月出版；作家出版社二〇一五年十月再版

《成長的煩惱》（散文集）
新疆美術攝影出版社二〇一一年九月出版

〈靈魂的香味〉（散文）
《福建文學》二〇一三年第三期

〈葉公好龍的貓咪愛好者〉（散文）
《博覽群書》二〇一三年第十期

《琥珀愛》（長篇小說）
安徽文藝出版社二〇一四年一月出版

〈兩次別離〉（短篇小說）
《創作與評論》二〇一四年第二期；《小說月報》二〇一四年第五期選載；《中篇小說選刊》二〇一四年第三期選載

〈騙你的〉（散文）
《美文》二〇一四年第八期；《散文選刊》二〇一四年第十期選載

〈章某某〉（短篇小說）
《收穫》二〇一四年第五期；《小說月報》二〇一五年增刊第一期選載

《橋》創刊號　二〇一四年冬季號　徐秀慧等編　二〇一四年十二月出版

在物質娛樂掛帥的年代，辦一份文學評論刊物似乎是件不智的事。之所以不惜氣力搭橋，無非是為了摸索新的契機，希望重新激發文學與我們當前生活之間的活力。

兩岸當代文學評論刊物《橋》由五位學者發起，首期介紹備受矚目大陸七〇後作家張楚，並且嘗試由兩岸評論者相互評論對方作品，包括台灣的伊格言、吳明益、郝譽翔、駱以軍等，大陸的徐則臣、阿乙、付秀瑩、田耳等七〇後作家均在評論之列。期望，這一次新的嘗試，是通往深層理解的開始。

《橋》第二期　二〇一五年夏季號　徐秀慧等編　二〇一五年六月出版

這一期的《橋》包含兩個專題。其一為台灣新銳作家「野路上的少年郎——張萬康」專題，透過作家自述、長篇小說《道濟群生錄》的節選與從未發表過的短篇小說〈旅館〉，與兩岸評論者的分析與討論，來提煉、凸顯作家創作的精神與特質。其二「對話空間：我們一起讀書！」選擇了十本近幾年出版的兩岸文學作品，包括大陸六〇後的胡學文、七〇後的葛亮和石一楓、八〇後的蔡東和甫躍輝，台灣方面則有「六年級」的童偉格和黃麗群、「七年級」的黃崇凱、言叔夏和陳栢青。透過兩岸評論者共同閱讀評論的方式，既展現作家在關懷和寫作風格上的差異，也呈現評論者閱讀視點與評論方式的異同。

當代大陸新銳作家系列

01 **在雲落**　張楚著　二〇一四年十二月出版

二〇一四年魯迅文學獎得主張楚第一本台灣版小說集

河北作家張楚的《在雲落》以現代主義筆緻，書寫北方小縣城裡面貌模糊、生存堪慮的人們面對生活中種種困阨與苦難時的現實選擇與精神狀態。無論是〈曲別針〉裡既是殘暴凶手也是慈愛父親的宗國，或是〈七根孔雀羽毛〉裡吃軟飯的宗建明，甚者是〈細嗓門〉裡因不堪長期家暴殺了丈夫後，被捕前到了閨蜜所在的城市，想幫閨蜜挽救婚姻的女屠夫林紅；張楚既逼近他們的生命創傷又滿含悲憫，寫出他們絕望的黑暗與卑微的精神追求，介乎黑暗與明亮間蒼茫的生存景觀。

02 **愛情到處流傳** 付秀瑩著 二〇一四年十二月出版

被譽為具有沈從文之風的七〇後女作家

在《愛情到處流傳》中，北京作家付秀瑩以沉靜的目光靜看「芳村」，遙念「舊院」，不管是「芳村」系列中農村大家庭裡夫妻、母女、贅婿們之間的愛情與競爭，或者是〈小米開花〉裡，小米的性啟蒙與看待身體的方式，無一不精準的抓到鄉村人們特有的、微妙的人際關係、獨特的處世方式與世界觀。另一部分作品則是書寫都市人們精神與情感的隱密曖昧：〈出走〉裡男性小職員亟欲逃離瑣碎平庸日常生活的衝動；〈醉太平〉中學術圈裡浮沉男女的利益交換、欲望追逐；〈那雪〉則寫出了都市女性的情感缺憾。付秀瑩以傳統溫柔敦厚的溫暖剔透筆法，書寫了這人世間的岑寂荒涼。

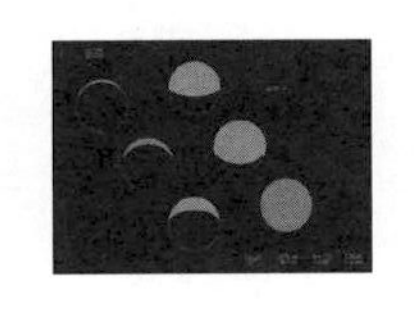

03 **一個人張燈結彩** 田耳著 二〇一四年十二月出版

當魯蛇（loser）同在一起！

《一個人張燈結彩》具有鮮明的通俗色彩，來自湘西鳳凰的田耳筆下的人物都是現實世界中的失敗者、邊緣人、被損害者，他們在陰鬱、沒有出口的情境中，群聚在一起，以欲望反抗現實困厄的生存法則，以動物感官吹響魯蛇之歌。他們欲以魯蛇之姿，奮力開出一朵花。

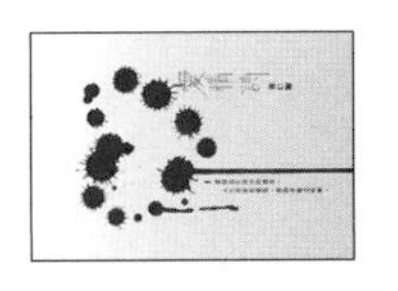

04 **愛情詩** 金仁順著 二〇一四年十二月出版

與衛慧、棉棉、陳染齊名的七〇後女作家

二〇〇二年的〈水邊的阿狄麗雅〉造就了二〇〇三年張元、姜文和趙薇的電影《綠茶》。

二〇〇九年的〈春香〉又開啟了朝鮮民間傳說的故事新編。

不管是朝鮮族的金仁順、女作家的金仁順，或是編劇的金仁順，她總面對著愛情，描繪著孔雀開屏時的美好與幸福，以及華麗開屏背後的殘酷與幽微。

05 **在樓群中歌唱** 東紫著 二〇一四年十二月出版

山東作家東紫擅長日常生活化敘事，在《在樓群中歌唱》一書中，她敏銳細膩地觀察人情百態，寫出各階層人物在近

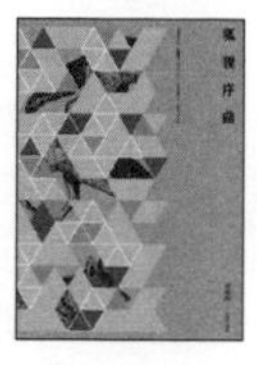

乎無事日常生活中的情感空虛與心靈創傷。〈白貓〉藉由一隻白貓介入初老失婚男性與闊別十年的十八歲兒子重聚的生活，帶出父親對兒子期待又戒慎恐懼的情感、初老失婚男性枯寂冷漠的生活與對生命的回顧與甦醒。〈在樓群中歌唱〉中，透過喜歡唱著「我在馬路邊撿到一分錢，把它交到警察叔叔手裡邊」的清潔工李守志無意間撿到十萬元所引發的波瀾，寫出消失中的德性與安於本分的快樂。東紫的作品看似庸常，卻宛若「顯微鏡」般總能於瑣碎中見深刻。

06 **狐狸序曲** 甫躍輝著 二〇一四年十二月出版

剛滿三十歲的甫躍輝來自中國南方邊陲保山，大學考上了上海復旦大學，從此開始了一個鄉村青年的都市震撼教育，也開啟了他的創作之路。身為作家王安憶的學生，也為現在大陸最受注目的八〇後青年作家之一，他的小說主人公多數和他自身一樣，是外地移居上海的異鄉人，他們孤寂，他們飄零，他們邊緣，他們是大城市中的一點浮塵微粒，他們存在，但並不擁有這個世界。然而，這群浮塵微粒也有過去，因此，他也喜寫老家保山，這個孕育他想像力的故鄉。在這些鄉村書寫中，可以察覺出他對幼年時代農村生活的懷念。然而，懷念亦表示這群浮塵微粒再也回不去了，他們註定在這個世界中繼續飄零。

01 **山南水北** 韓少功著 二〇一四年七月出版

韓少功散文集《山南水北》的最新繁體中文版

《山南水北——八溪峒筆記》是韓少功在多年以後從大城市重新回到文革時期下放的農村，重新拿起農具務農的農村生活筆記。書中充滿了他對生命、農村、勞動、農民、自然的重新思考。特別是在現今這個只講求ＧＤＰ成長的時代，韓少功對生命、農村、勞動和自然的重新探索，開啟了我們面對世界時的另外一種思索與想像。

02 **中國在梁庄** 梁鴻著 二〇一五年五月出版

梁鴻在離家二十多年之後，回故鄉「梁庄」以田野考察的方式，再現中國的轉型之痛、農村之傷。透過作者具有思考力的觀察和誠懇、踏實的文筆，我們看到在當代中國經濟朝前飛越、並取得莫大的成功的同時，沒有討到便宜的「農村」在這過程中，逐漸崩壞、瓦解，漸成一個廢墟，產生了諸多的問題，比如留守老人、留守兒童產生的家庭倫理和教養問題，天主教進入農村產生的「新道德」之憂，離鄉青年們在中國當代大規模經濟資本下的生存苦鬥，成年「閏土」們欲走還留的困境，與農村改革與鄉村政治之間的衝突與折衝等等。透過梁鴻筆下的「梁庄」故事，除了道出「梁庄」這一農村的困境，更道出中國近二十年被消滅的四十個農村的美麗與哀愁。

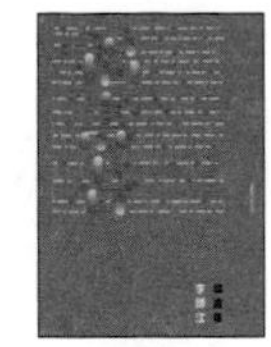

03 **福壽春** 李師江著 二〇一五年六月出版

在現代和傳統兩造之間欲走還留的鄉村圖景

《福壽春》是一部世情小說，且是一部近期少見的用章回體創作的長篇小說，李師江從世道人心的角度書寫現代鄉村生活。書中，李師江刻畫了一個李福仁家庭兩代人——父母與四個兒子的倫常關係與命運，透過這一家兩代人描述了中國東南海邊鄉村近十幾年來的風土人情，可說是一幅充滿命運感、生命力的風俗畫。但李師江並不著急表達這種生活的意義所在，而是用如同工筆畫一般的細膩筆觸，著力對生活本身進行日常化的精細描摹，由此我們看到一個在現代和傳統兩造之間欲走還留的鄉村圖景——又耕田又種花又做海的農民生活，迷信色彩與傳統觀念交織的鄉村精神世界，老一代農民與下一輩觀念斷裂中的痛楚和傷感，一個從農耕社會城市化正在消失的農村。

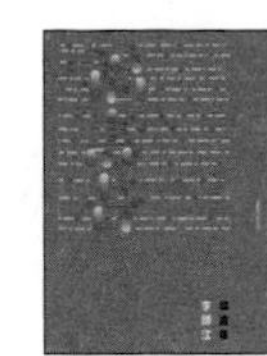

04 **出梁庄記** 梁鴻著 二〇一五年七月出版

梁鴻於二〇一〇年推出《中國在梁庄》之後，深感必須把散落在中國各處打工的「梁庄人」都包括進去，才是真正的「梁庄」故事。因此，他歷時兩年，走訪十餘個省市，再度以田野調查的方式訪問了三百四十餘人，最後以二十二萬字和照片，描繪出這些出梁庄的人們——也就是我們熟知的「農民工」、當代中國的特色農民——的生活與精神樣貌。他們遠離土地已久，長期在城市打工，他們對故鄉已然陌生，但對城市卻也未曾熟悉。不管在哪裡，他們都是一群永恆的「異鄉人」。梁庄外出的打工者是當代中國近二・五億農民工大軍中的一小支，從梁庄與梁庄人的遷徙與命運、生存與苦鬥，可以看到當代中國的細節與經驗的美麗與哀愁、傲慢與偏見。看梁庄人出走的路徑，也就如同在看中國農民從農村——土地出走的過程，看得見的「梁庄」故事編織出一幅幅看得見的與看不見的當代中國。

國家圖書館出版品預行編目(CIP)資料

春夕 / 馬小淘著. -- 初版. -- 臺北市：人間,
2015. 12
328面；14.8 x 21 公分
ISBN 978-986-92485-5-6 (平裝)

857.63 104026628

春夕

作者 馬小淘
執行編輯 蔡鈺淩
封面設計 蔡佳豪
內文版型設計 黃瑪琍
排版 仲雅筠
校對 李六、高怡蘋、蔡鈺淩

發行人 呂正惠
社長 林怡君
出版 人間出版社
台北市長泰街五十九巷七號
電話 (02)23370566
傳真 (02)23377447
郵政劃撥 11746473・人間出版社
電郵 renjianpublic@yahoo.com.tw

定價 三四〇元
初版一刷 二〇一五年十二月
ISBN 978-986-92485-5-6

印刷 龍虎電腦排版股份有限公司
總經銷 聯合發行股份有限公司
新北市新店區寶橋路二三五巷六弄六號二樓
電話 (02)29178022
傳真 (02)29156275